D1356024

EEN GOEDE ZOON

Boudewijn Smid

EEN GOEDE ZOON

roman

2010
De Bezige Bij
Amsterdam

Omslagontwerp Studio Jan de Boer
Foto auteur Sophie Eekman
Vormgeving binnenwerk Aard Bakker
Druk Koninklijke Wöhrmann, Zutphen
ISBN 978 90 234 6015 2
NUR 301

www.debezigebij.nl

Proloog

'Kijk, die buis steekt zijn tong uit,' hoort Lenna haar jongste zoon zeggen, terwijl ze door het bevroren gras het talud afdaalt. Ze staat stil en kijkt op, meer voor hem dan uit nieuwsgierigheid. Aan de overkant van de tocht hangt een witte lap ijs uit een betonnen duiker.

'Warempel,' lacht ze. 'Toch niet naar ons, hoop ik?'

Krijn haalt zijn schouders op. 'Naar de natuur misschien?'

'Hoezo, naar de natuur?'

De jongen houdt stil en denkt na. 'Omdat de vorst hem te pakken heeft.'

Hij springt lachend het donkere ijs op en glijdt een paar meter door. Zijn vader volgt hem behoedzaam en wacht bij de rietkraag op zijn vrouw.

'Voorzichtig,' zegt Ward. 'Het is glad.'

'Je meent het,' zegt ze.

'Kom,' zegt hij, 'als je op de duiker gaat zitten, bind ik je schaatsen onder.' Lenna schuifelt naar de overkant van de tocht en neemt plaats op de koude buis. Haar man keurt de kwaliteit van de ijsvloer. Hij prikt met een stok in een bevroren luchtbel, water gulpt uit het gat. 'Minstens tien centimeter,' meet hij. 'Hard als beton en zo glad als een spiegel.' Hij loopt met stijve benen naar de kant en schudt de tas met schaatsen leeg. Lenna kijkt ernaar, zonder aanstalten te maken haar schaatsen te pakken.

Naast haar op de walkant zit Krijn. Ze monstert hem. Zijn haar beweegt in de wind, groene ogen onder donkere wenkbrauwen. Hoewel hij met vaardige vingers zijn noren aandoet, lijken zijn gedachten er niet bij. Onder zijn neus begint zich een zweem af te tekenen, zijn onderlip hangt een beetje waardoor zijn mond een kwart openstaat. Een schaduw trekt over haar gezicht. Hij is nu nog haar jongen, maar voor hoe lang nog? Het is haar opgevallen dat zijn stem nu en dan overslaat. Ze probeert de gedachten aan later te verdrijven en concentreert zich op het hoofd van haar man, die geknield voor haar zit. Ze bestudeert de inplant van zijn dunne donkerblonde haar, ziet dat hij aan de slapen voorzichtig begint te grijzen. Ze draait haar hoofd af en kijkt afwezig naar de spaarzaam voorbij suizende auto's. Ward worstelt met de leren bandjes van de Friese doorlopers.

'Au,' kreunt ze, 'voorzichtig!'

'Schaatsen moeten strak zitten. Anders zwik je er steeds naast.'

'Ik ga vast!' Lenna kijkt op. Met zijn bonte wintertrui, zijn blauwe sjaal en zijn door de koude wind gekleurde wangen poseert Krijn voor haar. Wat lijkt hij al groot op schaatsen. Ze knikt glimlachend en wuift even met haar hand. Ze staart hem na als hij met sierlijke slagen van hen wegglijdt. Alleen voor jou zit ik nu hier op deze koude buis, denkt ze. Wards idee te gaan schaatsen is je reinste waaghalzerij. Ik heb al meer dan dertig jaar niet meer op die dingen gestaan!

Ze kan Krijn zo moeilijk iets weigeren. Wel dingen die slecht voor hem zijn, natuurlijk. Verlokkingen van de wereld.

Ja, daar probeert ze hem voor te behoeden. Maar verder... Ze voelt zich met haar jongste verbonden als met een ledemaat. Als hij langer dan een dag weg is, ervaart ze een zeurende fantoompijn.

'Zo, Len,' zegt haar man. 'Die zitten. Nu de mijne nog.' Zuchtend staat hij op en gaat in het gras zitten, op de plek waar Krijn zo-even zat. Ze hoort hem nauwelijks. Het is al bijna twee weken 1980, denkt ze. Alweer een decennium voorbij. Wat zal de komende tien jaar brengen? De jongens het huis uit, zij en Ward alleen... In een impuls staat ze op, maar ze is vergeten dat ze schaatsen onder heeft. Net op tijd vindt haar hand steun op de duiker.

'Wacht even op mij, dan kan je je aan mij vasthouden,' zegt Ward.

'Goed,' zegt ze, 'ik wacht even.'

Niet veel later staat hij met onvaste benen voor haar en steekt zijn hand uit. Ze kijkt er even naar en laat zich dan overeind trekken. Onvast staat ze naast haar man, die een arm om haar middel slaat.

'Niet bang zijn, Len. Schaatsen is net zwemmen. Dat verleer je niet. Wacht, ik duw je wel even op gang.' Zonder haar antwoord af te wachten, plaatst hij zich achter haar en begint met korte slagen te schaatsen. Ze voelt zijn handen op haar heupen. 'Laat me maar los, Ward. Het gaat nu wel.'

'Weet je het zeker?'

'Toe nu maar.'

Hij geeft haar een bemoedigend zetje in de rug. Ze schiet vooruit, probeert een slag te maken, maar haar beide schaatsen glijden onder haar lichaam weg. Een hoge gil ontsnapt haar. De wolkeloze hemel schiet in een flits voorbij, de graaiende handen van haar man. Ze hoort de doffe klap van haar achterhoofd op het ijs. Een moment voelt ze niks. Dan dringt een scherpe pijn haar hoofd binnen, alsof iemand een pin in haar schedel probeert te slaan. Even knettert het, dan wordt het donker.

1

Toen ik werd gewekt door een binnenkomende e-mail had ik niet het gevoel dat de toekomst als een verleidelijke vrouw voor me lag. Misschien was het de hitte, die mijn slaapkamer vulde. Misschien lag het aan mijn verjaardag. Of aan de Pinot Gris van gisteravond, als voorschot op de heugelijke dag. Ik was blijkbaar vergeten het geluid van mijn computer op het bureau naast mijn bed zacht te zetten, want het was alsof naast mijn oor aan een gitaarsnaar werd getrokken. Pang pong! Maar liever niet openen, dat mailtje. Beter vandaag helemaal geen mail openen. Dat schiep verplichtingen en ik was allergisch voor verplichtingen. Zeker in combinatie met een kater.

Ik greep naar mijn mobieltje: 10.07 uur en nu alweer hing er een benauwde atmosfeer in mijn appartement. De warmte had zich schijnbaar niets aangetrokken van de nacht, alsof er geen enkele relatie met de zon bestond. Een laagje zweet lag als cellofaan op mijn huid. Ik bekeek mijn voeten die onder het laken uit kwamen. Wijstenen lang als vingers. Ze staken een flink stuk boven mijn grote tenen uit. Ooit deelde ik het bed met een meisje met een esoterische inborst. In het ochtendlicht wees ze op mijn tenen. Als twijgen uit een knotwilg, zei ze. Volgens haar duidden lange wijstenen op bijzondere gaven.

Onder de douche probeerde ik me te herinneren welke gaven het tenenmeisje mij had toebedacht. Daarop probeerde
ik me haar gezicht voor de geest te halen. Ook dat mislukte.
Ik was haar vergeten, op die opmerking over mijn tenen na.
Een mens vergeet veel meer dan hij onthoudt. Ik probeerde
me een voorstelling te maken van alles wat ik vergeten was.
Wat wist ik bijvoorbeeld nog van 1993? Niets persoonlijks was
me in dat jaar overkomen. Geen scheiding, geen dood, geen
nieuwe liefde, geen nieuwe baan, geen voltooide studie, geen
geboorte. Er waren geen Muren gevallen, geen nieuwe mun-
ten ingevoerd, geen noemenswaardige oorlogen begonnen of
beëindigd. Er was geen WK, geen EK, er waren geen Olympi-
sche Spelen. Geen enkele richel voor mijn geheugen om zich
aan vast te klampen. Mijn leven was bezig te vervagen, die gedachte beviel me wel. 'Een slecht geheugen is een zegen voor
de mens,' sprak ik voor me uit. Het lauwe water stroomde
langs mijn ogen en neus in mijn mond. Door het spleetje tussen mijn voortanden sprietste ik het tegen de betegelde muur.
   Mijn haar drogend stapte ik de slaapkamer in. Bij het passeren stootte ik hard met mijn dijbeen tegen de zijkant van
het bureau. De botsing hief de screensaver van de computer
op. Mijn blik ging onwillekeurig naar het nieuwste mailtje
in mijn Postvak In. 'Doris Vonkel,' las ik. Ik nam plaats op
de bureaustoel, kleine druppels water rolden vanuit mijn
haar in mijn nek. Doris Vonkel. Een naam die intrigeerde en
verontrustte. Het was een naam die ik nog nooit ergens was
tegengekomen, terwijl ik me als naamkundige toch al meer
dan tien jaar bezighield met de oorsprong, betekenis en verspreiding van Nederlandse familienamen. Vonkel was ook
geen naam die paste bij de spam die ik nu en dan ontving.
Mailtjes met boodschappen als *Make your wife happy, add*

two inches of *Make a million in one month*. Bij het onderwerp stond: *Vreemde blikken*. Er zat een gelijknamig attachment bij. Nieuwsgierig opende ik het bericht. Ik las:

Hi Krijn,
Voor de rust en het overzicht in mijn en jouw hoofd heb ik onze toekomstige activiteiten op een rij gezet. Lees en reageer. Ik heb er veel zin in.
We spreken,
Doris

Ik staarde naar de regels. De aanhef met mijn naam zinde me niet, net zomin als de frase 'voor de rust en het overzicht in mijn en jouw hoofd,' en 'onze toekomstige activiteiten.' Ik had rust en overzicht in overvloed. Ik had mijn leven er zelfs op ingericht. Ik woonde alleen. Ik ging elke ochtend om halfnegen naar mijn werk. Mijn salaris was hoog genoeg om de dingen te doen die ik wilde doen en laag genoeg om geen financiële hoofdbrekens te kosten. Ik werkte aan een project dat me minstens tot mijn pensionering zou bezighouden. Ik had helemaal geen behoefte aan aanvullende toekomstige activiteiten. Hoe kwam die Doris überhaupt aan mijn mailadres? Een typefout in de adressering lag niet voor de hand. Uit hoofde van mijn beroep wist ik dat er weinig Stervelingen in leven waren. Mijn vader was enig kind geweest en had inmiddels zijn naam eer aan gedaan. De enige Stervelingen buiten mij waren mijn broer en mijn moeder.

Misschien was het verstandiger geweest het attachment niet te openen en de mail meteen weg te gooien. Maar ik opende hem toch, als nam ik een hap uit een verboden vrucht:

Project Vreemde blikken

Doris en Krijn

Gefascineerd door de doorsneemens en zijn bezigheden kijken we naar het leven om ons heen. Vooral het dagelijkse boeit ons. In een wereld die voor velen vanzelfsprekend is zoeken wij naar een nieuwe beleving van vrijheid. Een nieuwe rol brengt nieuwe mogelijkheden.

We experimenteren door ons te verplaatsen in de leefwereld van anderen. We confronteren ze met de vanzelfsprekendheid van hun gedrag. We ondernemen een ontdekkingsreis langs mensen, rollen en verwachtingen. Jij en ik gaan persoonlijk ervaringstheater maken met Amsterdam als decor...

Ik blies tussen mijn tanden door en stopte met lezen. Wat een bullshit! Deze vrouw is echt de weg kwijt. Ik staarde langs het beeldscherm door het open raam. Daar had ik tot na middernacht gezeten, met een been op de vensterbank, de andere bungelend buiten het raam.

Ik had zwijgend de opgeschoten Marokkaanse jongens op hun kruin gekeken die elkaars scooters bewonderden tot ze gas gaven richting het hart van de stad. De gracht voor mijn huis was vol leven geweest. Ik had roeiboten, motorjachten en platbodems met dreunende beat zien passeren, diep liggend onder de ballast van zomers geklede feestnummers. Een keer zelfs had ik onhandig mijn glas geheven naar een paar naaktnavelige meisjes met bierflesjes in hun hand. Ze dansten zonder van hun plek te komen, met draaiende heupen, de armen half geheven boven hun hoofd.

Uit het niets was een bos bloemen langs komen drijven. Rode tulpen, de groene stelen netjes bijeen, wiegden op de waterspiegel. Een speedboot stoof in een voor van water voorbij. Terwijl het opgewonden motorgeluid wegstierf, klotsten de golven tegen de kademuren. De woonboten rukten onrustig aan hun kabels, een meerkoet vrat aan een geknakte tulp. Ik had het als een omen gezien, een aanwijzing dat het openen van een tweede fles noodzakelijk was.

De combinatie van witte wijn en de vallende avond had me melancholiek gemaakt. Ik had de zon achter de gevels aan de overkant van de gracht zien zakken, de lucht zien roden en daarna diepblauw worden. Boven de daken hing een baan van licht, alsof de warmte van de huizen uitstraalde in de avond. Het werd donkerder tot bijna zwart. Met de avondwarmte was een vlaag van geluk door het openstaande raam gewaaid. Ik was blijven zitten tot ik van de drank en de slaap naar beneden dreigde te tuimelen.

Nu was op de gracht het spelevaren alweer begonnen. Het krioelde van de bootjes. De kajuit van een jacht was te hoog om onder de brug door te varen, tot groot plezier van de omstanders. Een paar mannen sprongen aan boord om de boot meer diepgang te bezorgen. Een centimeter te hoog nog. Nog twee man erbij. Onder gejoel schoof het dak van het vaartuig twee centimeter onder de ijzeren brugbalken door. Ik sloot het document, klikte op Beantwoorden en typte:

Beste Doris,

Ik heb geen behoefte aan het oproepen van vreemde blikken, noch aan andere toekomstige activiteiten. Sterker nog: ik ken je helemaal niet en wil dat graag zo houden. Ik denk dat je per ongeluk een verkeerd adres hebt ingetikt. Veel succes met je project.

Groet,
Krijn

Nadat ik het bericht had verzonden, wist ik meer dan ooit: nieuwe impulsen zijn een gevaar voor de orde in mijn bestaan. Heelhuids de tijd laten passeren, je niet snijden aan de rafelranden ervan; daar gaat het om in het leven. Ooit had mijn moeder me verteld: 'Jij bent uitverkoren.' Het was ongetwijfeld als compliment bedoeld, maar mijn grote wens was te versmelten met de massa. God, wat had ik me daarvoor ingezet. Op school en tijdens kerkdiensten, later tijdens popconcerten, voetbalwedstrijden en feesten. Ik had een studie gemaakt van het juichen, bidden, lachen en dansen van anderen. Ik had me doorsnee gekleed, volkssporten beoefend, me hetzelfde kapsel aangemeten als mijn leeftijdgenoten. Ten slotte was ik naar Amsterdam vertrokken, in de hoop op te gaan in het stadsgewoel. Het was me niet gelukt. Ik was soms zelfs bang dat ik me zo onopvallend gedroeg dat het opviel.

De laatste tijd ging het versterven me beter af. Bijna nooit meer had ik het gevoel op straat door willekeurige voorbijgangers onderzoekend aangekeken te worden. Een gezonde ontwikkeling die niet verstoord mocht worden. En zeker niet door een absurd voorstel van een wildvreemde. Met een muisklik verwijderde ik Doris Vonkel uit mijn Postvak In. Kruis erover. Korte metten, dat moet je maken met indringers. Enigszins gerustgesteld leunde ik achterover in mijn bureaustoel en keek weer naar buiten, naar de drukte op het water. Ondanks de warmte rilde ik, stond op en trok een korte broek en een overhemd aan. Terwijl ik koffiezette, ging mijn mobieltje over. Stan, zo las ik op de display:

'Attent van je,' zei ik.

Het was even stil. Toen zei mijn broer: 'Gefeliciteerd, Krijn! Over hoeveel jaren hebben we het nu.'

'Zevenendertig. Schaam je, de verjaardag van je enige broer...'

'Geef je nog een feest?'

'Ik heb het gisteravond al gevierd, eenvoudig doch stijlvol. Waar bel je voor, Stan?'

'Het gaat niet goed met mama. De warmte, weet je. Ze kan er niet tegen. Als deze hittegolf aanhoudt, geef ik haar niet lang meer.'

Ik zweeg, mijn slapen bonkten. Minder drinken, dacht ik. Misschien een week lang helemaal geen alcohol, om lichaam en geest grondig te ontgiften.

'Je moet haar bezoeken voor het te laat is,' vervolgde Stan. 'Ze ligt alleen nog maar op bed, eet nauwelijks meer. Je krijgt grote spijt als je nu niet gaat.'

Van Stan hoorde ik zo nu en dan dat ze nog leefde. 'En nog geen steek veranderd,' iets in die geest voegde hij er dan aan toe. 'O,' zei ik dan. Aan meer informatie had ik geen behoefte. Twaalf jaar lang had ik de gedachten aan mijn moeder gevangen, opgeborgen en weggestopt in het ruim van mijn geheugen. Netjes gestapeld, vastgesjord, dekluiken goed afgesloten. Nu dreigde de lading te gaan schuiven.

'Krijn?'

Ik zuchtte, ging in een stoel zitten en sloeg mijn benen over elkaar. Met mijn vrije hand wreef ik het haar op mijn linkerkuit in een scheiding. Het is toch goed dat ze doodgaat? dacht ik. Voor sommige mensen was het nu eenmaal beter dood te zijn. Dat was een onwrikbaar feit. In sommige gevallen omdat het voor anderen beter was. Soms omdat het voor henzelf beter was. Soms omdat het voor iedereen beter was.

'Dit is je laatste kans.'

'Ik denk er niet aan, Stan. Je weet dat ik...'

'Ze gaat dood, man.'

'Lijkt me het beste. Ik heb haar gewist uit mijn bestaan en haar nog geen dag gemist.'

'Dat verhaal hoef ik nu niet weer te horen. Je moet gewoon gaan.'

De vasthoudendheid van Stan irriteerde me. Vooral omdat ik uit ervaring wist dat mijn broer niet los zou laten. Die koppelde koppigheid aan moreel gelijk, een bijna onoverwinnelijke combinatie.

'Misschien ga ik binnenkort wel een keer.'

'Vanmiddag!'

'Jij je zin. Deze week.'

'Vandaag! Morgen kan het te laat zijn. Toen ik haar gisteren achterliet, lag ze er slecht bij.'

'Waarom heb je dan geen hulp gehaald?'

'Jezus, Krijn. Je kent haar. Ze wil geen gedoe aan haar bed. Ze werd panisch toen ik het voorstelde. Ik heb voor haar gekookt en haar wat aardappels en groente gevoerd. Meer kan ik niet doen. Ik heb een gezin, een drukke baan en...'

Ik had spijt van mijn opmerking. 'Maar vandaag... Ik ben verdomme jarig. Bovendien schrikt ze zich dood als ze me ziet. Straks denkt ze dat ik een geest ben.'

'Ze schrikt niet van geesten. Heb je nog een huissleutel?'

'Ik beloof niks...'

2

In de zomer van 1970 mindert een groene Ford 17M vaart. De slagboom van de ophaalbrug zakt. De auto staat stil op het moment dat de ijzeren hefboom in de beugel stuitert. Een portier gaat open en een rijzige man stapt uit. Hij draagt een lichtblauw overhemd, met daarop een donkerblauwe das. Zijn hemdsmouwen zijn opgerold tot vlak boven zijn ellebogen.

De achterdeuren van de auto zwaaien open. Twee jongens springen eruit: een grote met blond haar en een kleinere met donker haar. Ze leunen naast de man over de slagboom en kijken naar de boten die in de sluis traag in beweging komen.

Ward Sterveling zuigt zijn borst vol lucht. Hij kijkt langs het rechtopstaande wegdek van de brug naar de overkant. Daar ligt het nieuwe land, zijn land. Hij heeft zelf de dijken getekend en toegezien op de bouw ervan, hij heeft een kriebel rond zijn middenrif gevoeld toen de gemalen aansloegen en het donkere water tussen de dijken begonnen weg te pompen. Hij is met rubberlaarzen door de droogvallende modder gelopen, hij heeft langs een liniaal poldervaarten getrokken, en wegen tussen de dorpen. Naar een van die dorpen brengt hij zijn gezin nu. Ze verhuizen van het oude naar het nieuwe land, het land dat nu als een pas gedekte tafel onder de blauwe hemel voor hem ligt. Een perfecte en veilige plek voor het gezin.

Links loopt de dijk naar de einder, rechts loopt de dijk naar de einder. Ward volgt de flauwe buiging tot de kromme oplost in de nevel. Hij veegt met een hand een lok van zijn bezwete voorhoofd. Naast hem stoeien zijn zonen. Ze zwaaien naar de jachten die voor hen langs schuiven. Het wordt een nieuwe start voor ons allemaal, denkt hij. Een nieuwe school voor de jongens, nieuwe vriendjes. Ook een nieuwe start voor Lenna en hem. De strakke ordening van de polder zal haar goed doen. Haar geest is de afgelopen jaren onrustig geweest. Ze verlangt veel van hem, van het leven. Soms te veel.

De stank van het groenige water vermengt zich met die van smeltend teer en de uitlaatgassen van de wachtende auto's. Waarom blijft Lenna op dit historische moment in de auto zitten? Hij kijkt om naar de auto. Vlak voor de verhuizing heeft hij een nieuwe gekocht, om de herstart compleet te maken. De Ford stond nog geen uur voor het huis of zijn vrouw had er al een sticker op geplakt. Een bloedrode hand met wijzende vinger tussen grote letters: Eén Weg Jezus. 'Je beschadigt de lak,' had hij voorzichtig geprotesteerd. Ze had hem verontwaardigd aangekeken. 'De mensen moeten weten dat we niet van deze wereld zijn,' had ze gezegd. Daarop had ze zich omgedraaid en was naar binnen gelopen.

Lenna Sterveling zit in de auto die naar plastic en leer ruikt. Ze ziet dat haar man haar wenkt. Ze schudt haar hoofd. Vanuit de auto heeft ze een prima uitzicht. Ze kijkt naar haar kinderen. Twee heeft ze er ter wereld gebracht, terwijl de dokter na de eerste had gezegd dat ze geen lichaam had voor het baren. Bij een volgende zwangerschap stond hij niet voor haar leven in. De barensnood was ook de tweede keer hels geweest, maar de beloning groot. Twee gezonde kinderen heeft ze op de wereld gezet. Een flauwe lach trekt langs haar smalle mond.

Ze kijkt naar haar jongste. Krijn loert onder de slagboom door, nauwelijks groot genoeg om zijn hoofd erbovenuit te steken. Hij is de vrucht van de laatste keer dat ze gemeenschap had met haar man. Ze wilde eigenlijk niet, maar hij had haar gewezen op haar huwelijkse plichten. Bij hoge uitzondering was zijn wil sterker geweest dan de hare. Ze had zich aan hem gegeven, zonder verzet, maar ook zonder medewerking. Het deed pijn toen hij bij haar binnendrong, maar met pijn wist ze wel raad. Ze had geen kik gegeven en langs zijn hoofd naar het plafond gekeken. Toen hij klaar was, had ze gehuild. Toen ze zag hoe ontreddderd hij was, had ze nog harder gehuild.

Nu is ze blij dat haar man die dag zijn zin doorgedreven heeft. Krijns aanwezigheid maakt de toekomst minder dreigend. Nog jaren zal hij bij haar zijn, haar eenzaamheid verjagen met zijn jongenslach. Ze kan haar ogen niet van de kleine jongen afhouden. Alsof Krijn haar blik in zijn rug voelt, draait hij zich om. Zijn ogen lichten op in de zon. Hij knijpt ze samen om zijn moeder te kunnen zien, ze knikt naar hem. Hij zwaait terug. Achter hem ziet ze het wegdek sloom terugzakken.

De auto rolt de hoge dijk af, de polder in. 'We rijden over de bodem van de zee, jongens,' hoort ze haar echtgenoot triomfantelijk zeggen. Rechts staan grijze barakken waar ooit landbouwkundige opzichters en landarbeiders ongeduldig wachtten op de oplevering van de eerste boerderijen. De weg doorsnijdt een jong bos. De manshoge boompjes staan strak in het gelid. Honderden meters ver kun je tussen de rijen kijken. Opgeschoten gras bedekt de bodem. Het bos gaat abrupt over in akkerland. Vierkante stukken aardappelland, vierkante lappen bietenland en goudgele graanpercelen omgeven door rechte droogstaande sloten. Daartussen liggen boerderijen met identieke schuren en identieke woonhuizen. Soms staat een schuur niet haaks op, maar in het verlengde van het huis. De windsingels zijn laag en hun naam nog niet waardig.

'En, Lenna, wat vind je van je nieuwe omgeving?' vraagt Sterveling aan zijn vrouw. Voldaan strekt hij zijn armen en drukt zijn rug in de autostoel. In gedachten verzonken staart Lenna voor zich uit. Met moeite maakt ze haar ogen los van het punt waar de weg de einder raakt en kijkt door het zijraam naar de voorbijschietende akkers. 'Mooi,' zegt ze. 'En zo ordelijk allemaal.' Met het vormen van de woorden wordt ze zich weer bewust van de situatie. Ze zijn aan het verhuizen en rijden voor de verhuiswagen uit naar hun nieuwe woonplaats. Een nieuw leven tegemoet.

'En wat vindt mijn benjamin van de polder?' Ze keert zich om naar Krijn, die met zijn hoofd net boven het raam van het autoportier op het puntje van de achterbank zit. 'Ik heb nog nooit zover kunnen kijken,' zegt hij. 'Kijk, de horizon is van goud!' Hij wijst voor zijn vader langs naar links waar een eindeloos graanveld zich uitstrekt. Groene en gele combines zijn bezig het koren kaal te vreten, uit de achterkanten van de reuzenmachines valt het stro op de akker. Kleine stofdeeltjes waaien door het open autoraam naar binnen. Lenna kijkt naar Krijn. Ze glimlacht en strijkt over zijn haar.

Ze passeren een industrieterrein in aanbouw, rijden langs nog meer akkers, kruisen poldervaarten en zien in de verte het dorp liggen. 'Onze bestemming,' zegt Sterveling. Ze rijden de bebouwde kom binnen. Aan hun linkerhand is het winkelcentrum: een fietsenmaker annex boekhandel, een supermarkt, een bakker, een kapper, een slager en een doe-het-zelfwinkel. Tegenover het winkelcentrum ligt een geblokt gebouw van grauwe baksteen met een losstaande toren ernaast. 'Dit is het multifunctionele kerkcentrum,' vertelt Sterveling alsof hij toeristen rondleidt. 'Voor zowel protestanten als katholieken.' Hij spreekt de slot-n van de meervouden nadrukkelijk uit, het enige restant van zijn oostelijke afkomst. Lenna Sterveling snuift minachtend. 'Twee geloven in één kerk...' Ze schudt haar hoofd.

De auto nadert een groot grasveld. De jonge boompjes staan met een leren riem vastgesnoerd aan een stevige paal. Links en rechts van de brink staan identieke huizenblokken met identieke huizen en identieke voortuintjes. Op de T-splitsing slaan ze linksaf. 'De hoofdstraat,' weet Sterveling. 'Onze straat.' Het winkelcentrum gaat over in een overwoekerd stuk niemandsland. Aan de rechterkant staan drie paar huizen van het twee-onder-één-kapprincipe. Een stoep en een ondiepe voortuin scheiden de panden van de straat. Tussen de huizen zijn garages met grijsblauwe deuren gebouwd, sommige met een kantoorruimte tussen huis en garage.

'Hier is het,' zegt Ward Sterveling en hij stuurt een oprit op. Energiek springt hij uit de auto, opent de voordeur en laat zijn familie binnen. De jongens rennen uitgelaten door het huis, Lenna loopt naar de L-vormige woonkamer. Ze hoort het lawaai van haar zonen en de stem van haar man die een rondleiding geeft. Ze hoort de jongens op de bovenverdieping ruziën over de verdeling van de slaapkamers. Daarna hoort ze hen de houten zoldertrap op stommelen. Hun stemmen klinken ver weg, alsof ze in een aanpalend huis zijn.

De woonkamer is leeg, op een grijsleren bankstel na. Als het aan Ward had gelegen had hij alles nieuw gekocht. Alleen de auto en het bankstel heeft hij erdoor weten te krijgen. Het is haar concessie aan hem, het bankstel is in haar ogen veel te modern. Haar vingertoppen raken het leer. Het voelt koud aan. Daarna zet ze een paar stappen in de richting van de twee manshoge voorramen. Onder haar voeten kraakt de parketvloer. De zon zet de ruimte in een fel licht. Ze staart naar buiten, naar de woeste onbebouwde overkant van de straat. Uit het zand schieten schrale boompjes en sprietig gras.

Ze loopt dichter naar de ramen toe. De vensterbank komt niet eens tot haar knieën. Als ze een beetje vooroverbuigt kan ze links de winkels zien. Over de stoep komt een man aanlopen. Instinctief doet ze een stap achteruit. Nieuwsgierig kijkt de man naar de auto voor de deur, daarna tuurt hij in het grote lege huis. Lenna doet nog een stap terug. Ze voelt zich naakt tussen de kale witte muren. Waarom gaat haar hart plotseling zo tekeer? Weg wil ze, en wel zo snel mogelijk... Ze negeert de opgestoken hand van de voorbijganger, draait zich om en loopt de gang in. Daar komt ze enigszins tot rust. Als haar man de trap af komt, zegt ze afgemeten: 'Je moet zo snel mogelijk luxaflex voor de ramen hangen, Ward. We zijn geen etalagepoppen.'

3

De krant lag open op mijn bureau en ik had juist beneden bij de receptie mijn tweede kop koffie van de ochtend gehaald. Nog even en ik zou aan de slag gaan. Het in kaart brengen en verklaren van de familienamen was een onderneming die ik, hoe hard ik ook werkte, tijdens mijn leven niet zou kunnen voltooien. Toen ik in een personeelsadvertentie over het project had gelezen, had ik dezelfde dag nog gesolliciteerd. Waarschijnlijk zag de sollicitatiecommissie een honkvast mens in me, iemand met genoeg zitvlees om het immense project uit te zitten, want ik kon een week later aan de slag in een verwaarloosd pand in het centrum van de stad.

Eerst had ik alle bestaande Nederlandse familienamen ingevoerd. Ook had ik de verspreiding ervan over de verschillende provincies achterhaald. Inmiddels was ik behoorlijk op weg met de herkomst van de namen. Ik vulde de databank alfabetisch en was inmiddels bij de F beland. Als ik de herkomst eenmaal in kaart had gebracht, kon ik beginnen aan de grootste klus: de betekenis van familienamen. Het levensoverschrijdende karakter van het project gaf me een aangename rust.

Ik stond op het punt de naam Vonkel in het zoekvak te tikken toen Stan belde.

'Hoe was het gisteren?'

Ik zei niets.

'Zeg me niet dat je niet bent geweest.'

Ik volhardde in zwijgen.

'Godverdomme.'

Ik had Stan slechts één keer eerder horen vloeken. Dat wil zeggen, een echte ronde vloek. Niet halfbakken verdomme of godver, maar voluit.

'Wat denk je, dat ik na twaalf jaar weer fluitend naar ma ga? Met een bosje bloemen onder de arm?'

'Het extreme is er bij ma af. Ze is een stuk milder geworden.' Nu liet Stan een stilte vallen. Toen ik ook niets zei, vervolgde hij: 'Shit man. Nu heeft ze twee dagen geen bezoek gehad. Wie weet is ze al dood...'

Ik bewoog mijn muis, zodat op het beeldscherm de screen-saver plaatsmaakte voor de databank met familienamen. Ik tikte Dood in het zoekvak en drukte op Enter: 78 naamdragers, waarvan 42 in Overijssel. Varianten: Van Dooden, Van de Dood, De Doodt en Doods.

'Ik weet dat je mijn werk totaal nutteloos vindt, maar ik kan hier niet zomaar even weg.'

'Neem vrij. Een half dagje kan er toch wel af? Het blijft je moeder.'

Dat had Stan me al vaak gezegd, en ik had er steeds mijn schouders over opgehaald, met in mijn achterhoofd het besef dat er ooit een dag zou komen dat ik me niet meer zou kunnen onttrekken aan de familieverplichtingen. Ik zuchtte.

'Verjaart zoiets niet, een bloedband?'

'Zoals een misdaad, bedoel je? Nee man, je hebt levenslang. Onvoorwaardelijk.'

Ik hoorde Stan grinniken.

'Ik heb geen vrije dagen meer,' probeerde ik.

'Ze vraagt naar je, wist je dat? Heel vreemd. Ze heeft al die jaren nooit naar je gevraagd en nu heeft ze het weer over je.'

'Wat maak je daaruit op?'

'Dat de tijd dringt.'

'De tijd dringt altijd.'

'Donder op, Krijn, nu niet quasi-filosofisch gaan doen. Als je nu niet gaat, dan...'

'Dan wat?'

'... dan bekijk je het voortaan maar.'

Ik wist dat Stan niet aan loze woorden deed. Geen contact meer met hem, het vooruitzicht deed me rillen. Ik had weliswaar een paar vrienden, maar de vriendschap ging niet dieper dan het bierglas in de kroeg. Het feit dat mijn broer een ordelijk bestaan had opgebouwd als accountant bij een middelgroot kantoor, met een vrouw en twee kinderen in een vrijstaand huis in een provinciestad was balsem voor mijn gemoedsrust. Ik speelde met mijn muis, de cursor maakte cirkels op het scherm.

Nadat ik mijn mobieltje op het bureau had gelegd, duwde ik mijn gezicht in mijn handen. Mijn voorhoofd was nat van zweet. Ik haalde mijn neus op en wreef in mijn ogen. Toen stond ik op, liep de kamer uit, de gang in naar de kamer van de afdelingssecretaresse.

'Ik meld me ziek, Kirsten.'

Kirsten keek me onderzoekend aan. 'Ziek? Wat heb je?'

'Geen idee. Een zomergriepje, denk ik. Ik voel me erg warm.'

'Het ís warm, we zitten midden in een hittegolf!'

'Weet ik. Maar ik heb het extra warm. Boven de 38 graden, schat ik, plus koppijn. Bonkende koppijn. Ik trek de gordijnen dicht en ga op bed liggen.'

Ze keek me opnieuw onderzoekend aan. 'Je ziet er inderdaad niet best uit. Ik geef wel door dat je naar huis bent. Die familienamen van je lopen niet weg.'

Thuis voor de klerenkast besloot ik me voor de gelegenheid te kleden. Kleur en stof koos ik met zorg. Lichte corduroy broek, groen zijden overhemd en effen zwarte sokken. Ik verwisselde mijn sneakers voor de zwarte lakschoenen die ik voor feesten en partijen in de kast had staan. Met een doek veegde ik het stof eraf tot ze glommen als tafelzilver. Ik poetste mijn tanden tot bloedens toe en kamde mijn haar in een zijscheiding, precies zoals mijn moeder het vroeger graag zag. Als ik dan toch ging, was het beter op geen enkele manier aanstoot te geven. Niet door het dragen van een spijkerbroek, niet door een te gewaagde kleurencombinatie, niet door een naar alcohol riekende adem.

Toen ik Amsterdam uit reed nam ik me voor haar bij de begroeting in mijn armen te nemen en te kussen. Haar nog een klein beetje genegenheid te geven voor haar dood. Wat menselijke warmte, dacht ik, terwijl het zweet over mijn borst liep. Nog voordat ik de polder bereikt had, plakte mijn overhemd als een plastic zak aan mijn rug. Ik vervloekte mijn auto zonder airconditioning, uit een bouwjaar ver voor de ontdekking van de opwarming van de aarde. De lucht boven het asfalt trilde, het bermgras zag bruin van watertekort. In de hoek van een akker stond een groot bord op een kar.

SUIKERBIETEN, KAMPIOEN CO_2 VANGEN

Ook de buurman gebruikte een hoek van zijn land voor een boodschap. Een tegenboodschap, zo leek het.

WIE IN DE ZOON VAN GOD GELOOFT, HEEFT HET EEUWIGE LEVEN!

Een goede slogan behoeft geen uitroepteken, bedacht ik. Bovendien, echte gelovigen hebben toch geen bevestiging nodig? Gelovigen zoals mijn moeder? Die gelooft als geen ander in de zoon van God. Toch gaat ze dood. Volgens Stan althans. Dood door de snikhete zomer, die toch weer heter is dan vorig jaar. Die nog weer extremer is dan de recordzomer van het jaar voor vorig jaar. En het jaar daarvoor. Het einde der tijden is nabij, zoveel is zeker. Vroeger dacht ik dat de Apocalyps zou komen met aardbevingen, vulkaanuitbarstingen en overstromingen, nu begreep ik dat het allemaal veel wreder zou gaan. Als de opwarming doorzet worden de mensen gekookt als kreeften. Ze zwellen op en knallen uit elkaar. De ouderen gaan nu al bij bosjes, zo stond gisteren in de krant. Ik stelde me mijn moeder voor, als een opgezwollen kadaver op de vloer van haar bejaardenwoninkje. Een straaltje zweet jeukte langs mijn slaap.

In mijn herinnering was de polderhorizon een liniaal van klei, die lucht en aarde scheidde. Onverstoorbaar en rustgevend. Ik kon er, liggend naast mijn vriendjes tegen het talud van een sloot, uren naar kijken. Nu braken tientallen windmolens de knalblauwe lucht boven de akkers. Hun driearmige sterren wiekten loom in de oostenwind.

Voorbij de windmolens sloeg ik rechtsaf naar de woonplaats van mijn moeder, naar het dorp van mijn jeugd. De populieren langs de polderweg reikten minstens driemaal hoger dan vroeger. 'Snelgroeiers,' mompelde ik. 'Bomen van ongeduld en armoe.' De zilveren bladeren blikkerden in de wind. Een ooievaar foerageerde met stijve poten op een stuk grasland. Ik kon me niet heugen die ooit eerder in de polder te hebben gezien. Reigers te over, maar een ooievaar... De polder is op leeftijd gekomen, dacht ik. Ooievaars houden niet van jong land. De aardappelen stonden slap op grijze grondruggen en de tarwe was geel voor de tijd van het jaar. Links en rechts spoten sproeiers grote stralen over het land. De zon maakte regenbogen in de waterwaaiers.

De geur van landbouwgif drong de auto binnen. Het was een geur van vroeger. Landbouwgif, gemaaid gras, de lucht van warme klei. Ik keek naar de kurkdroge poldervelden die langsschoten en mijn gedachten dwaalden af. De grote vakantie was voorbij, de tarwe moest geoogst worden. Het was alsof ik de combines hoorde aanloeien, de tractoren hoorde ronken. Met mijn vriendjes hielp ik de half ontblote boeren met het stapelen van de strobalen. De graanstoppels prikten door de zolen van mijn rubberlaarzen. In navolging van de mannen hadden ook wij onze T-shirts uitgetrokken en tilden we te zwaar voor onze leeftijd. De boeren maakten grappen, lachten naar ons en lurkten zittend op de platte wagen aan hun bier. In mijn jongensborst mengde zich het geluk van het warme land met het besef dat met de graanoogst ook de zomer ten einde liep.

Die aangename zielenpijn gaf me het gevoel anders te zijn. En dat voelde ik me ook als ik met mijn vriendjes op de boerenwagen zat, die het graan naar de silo's aan de rand van het dorp bracht. De voortrazende tractor maakte warme wind. De korrels vormden een puntberg in het midden van de kar. Ondanks het kabaal van de motor en het suizen van de manshoge achterwielen, rolde de tractor traag door het vlakke land. Wij lagen ruggelings tegen het graan en staarden naar de achteropkomende auto's. Mijn laarzen liepen vol met korrels. Ik zocht lieveheersbeestjes en gooide ze op in de wind. Traag maalde ik de tarwekorrels tussen mijn kiezen tot een bal van deeg. Als de smaak eraf was, spuwde ik hem in de berm.

Ik reed langs de voetbalvelden en draaide het dorp in. In mijn hoofd begon het te zoemen als een warme transformator. Ik passeerde blokken nieuwbouwhuizen, het huis van het meisje wier borsten de eerste waren die ik aanraakte. Ze waren veel zachter dan ik me in koortsige dromen had voorgesteld.

Het zoemen in mijn hoofd werd hinderlijk. Na de bocht naar rechts passeerde ik de kerk. De toren stond los van het hoofdgebouw en had in plaats van een spits een soort geopende vogelbek. Links was een videotheek, rechts de bank en de bibliotheek. Voor de bibliotheek was een grote steen met ijzeren kabels aan een roestige stalen plaat gehangen. De kunst had blijkbaar haar intrede gedaan in het dorp.

Ik zag dat het kleine winkelcentrum ingrijpend verbouwd was. Boven de winkels waren appartementen gebouwd. Aan vele daarvan hing een Te Koop-bord. De voormalige slagerij was een pizzeria geworden. Naast de kunst had ook de vooruitgang het dorp niet ongemoeid gelaten. Tegenover mijn vroegere ouderlijk huis was een supermarkt verrezen. Het huis stond er nog steeds bij als een aquarium. De twee enorme ramen aan de voorkant leunden op een lage vensterbank. Er hing geen luxaflex.

De christelijke basisschool liet ik rechts liggen. De weg voerde naar de eerste grote uitbreiding van het dorp, die in de tweede helft van de jaren zeventig werd voltooid. Plots was het inwonertal verdubbeld met Amsterdammers en Marokkanen.

Ik sloeg linksaf en reed een woonerf op. Aan weerskanten lagen vrijstaande huizen. Sober schurkten de bungalows tegen elkaar op de kleine stukjes grond. Als een slang kronkelde de klinkerweg tussen de huizen. De vrijstaande huizen maakten plaats voor huizenblokken. Sommige met carport, andere met voordeuren die achterdeuren leken, de meeste uit grauwe baksteen opgetrokken. Een tiental bejaardenwoningen vormde een halve cirkel om een verwilderd plantsoen. Vanuit de auto zag ik dat het huis van mijn moeder witgeschilderd was, tot de hoogte waar een vrouw met gestrekte arm en kwast kon reiken.

Toen ik uitstapte, rook ik hondenstront vermengd met gemaaid gras. Met duim en wijsvinger trok ik mijn natte overhemd los van mijn rug en liep het paadje op dat naar mijn moeders voordeur voerde. De doorgang was versmald door overhangende hortensia's. Pierig gras schoot tussen de tegels omhoog. Ik belde aan. Geen reactie. Met mijn handen maakte ik een kom op het raam van de voordeur en tuurde door de vitrage in het halletje. Er hing een blauwe regenjas aan de kapstok, verder was het halletje leeg.

Ik belde weer, nu langduriger. Ik gluurde door de vitrage van het keukenraam. De keuken liep door in de woonkamer. De gordijnen aan de tuinkant waren gesloten, de eettafel en daarachter de gebloemde tweezitsbank stonden in het schemerduister. Al die jaren was haar interieur onveranderd gebleven, constateerde ik en belde voor een derde keer. Ik hoorde het geluid door het kleine huis schallen. Ze is dood, dacht ik. In mijn broekzak zocht ik de huissleutel. Twaalf jaar lang ongebruikt, maar het slot van de voordeur draaide probleemloos open.

Via het halletje betrad ik de woonkamer. De rust was fragiel als glas. De gesloten gordijnen lieten nauwelijks zonlicht toe, desondanks was het tropisch heet. In de stilte waren de eikenhouten meubels eerder museumstukken dan gebruiksvoorwerpen. De toetsen van het elektronische orgel waren bedekt met kleedjes, de muziekboeken dicht. Ik stapte de gang in, de trap op naar boven. Om en om waren de houten treden witgeverfd. Op de overloop was de warmte nog drukkender. Door de geopende deur van de slaapkamer zag ik twee blote voeten op het bed. Ik stopte op de voorlaatste traptrede. Mijn hart sloeg tegen mijn ribben.

'Ma,' riep ik zacht.

Er kwam geen antwoord. Ik stapte de overloop op. Mijn benen leken niet meer berekend op het gewicht van mijn lijf. Ik zocht steun bij de deurpost en keek om de hoek.

Mijn moeder lag strak als een plank boven op een wit laken. Haar haar was volledig grijs geworden en lag in lange slierten langs haar beige nachtjapon, de punten reikten tot haar heupen. Haar hoofd leek dat van een mummie, een groen waas kleurde haar bleke wangen, de ogen waren gesloten, de mond was ingevallen en haar magere handen lagen gevouwen op haar buik. Alsof ze opgebaard lag. Ik stapte de slaapkamer binnen en zei: 'Dag ma.'

Nog steeds reageerde ze niet. De angst trok een strop rond mijn keel. Ik liep naar haar bed en boog me licht voorover. Ademde ze nog wel?

De ringtone van mijn mobiele telefoon verbrak de stilte. Snel graaide ik in mijn broekzak. Mijn moeder opende haar ogen en hield afwerend een arm voor haar gezicht. Met grote schrikogen keek ze naar me, alsof ik was opgestaan uit de dood. Uit de macht der gewoonte keek ik op mijn display. Onbekend nummer, dacht ik en drukte de telefoon uit. Mijn moeder liet haar arm vallen en zakte achterover op haar kussen.

'Dag Krijn,' zei ze vermoeid.

'Hoe is het ermee, ma?' vroeg ik, terwijl ik mijn mobieltje in mijn broekzak liet glijden. *'Long time, no see!'*

'Wat zei je, mijn jongen?'

'Ik dacht: kom, laat ik eens kijken hoe het met mijn moeder is.'

'Dat is aardig van je. Ik wist wel dat ik je weer zou zien.'

Ik boog me voorover om haar te zoenen, maar mijn hoofd bleef halverwege hangen. Alsof haar magnetische veld het mijne afstootte. Druppels vielen op haar nachtjapon.

'Sorry, ma, ik zweet me rot. Het is hier verschrikkelijk warm.'

Met mijn hand veegde ik over mijn voorhoofd, dat nog steeds besluiteloos voor het hare hing. In een poging het met haar lippen te raken, richtte ze haar hoofd een paar centimeter op en zoende de lucht naast mijn wang. Haar adem rook naar aardappelen. Na al die jaren is de polder in haar getrokken, dacht ik. De kamer stonk naar urine, maar haar nachtjapon en de lakens zagen er tot mijn opluchting smetteloos uit.

Ik keek de kamer rond. Het bed was hetzelfde bed als dat waaruit ze mijn vader ooit voorgoed verjaagd had. Naast het bed was de vloerbedekking tot op de draad versleten. De plek waar ze dagelijks op haar knieën gaat, begreep ik. Aan de muur hing een schilderij van een klassieke villa, haar geboortehuis in de Bollenstreek.

'Ik hoorde van Stan dat het niet zo goed met u gaat.'

'Ach jongen...' Moeizaam kwam ze overeind. Ze ademde zwaar. 'Ik heb het steeds zo benauwd, maar verder valt het wel mee, hoor. Er zijn al vijfenzeventig lentes over me heen gegaan en ik ga voor de negentig. Ik voel me niet oud. Kijk eens wat ik allemaal nog kan.' Ze klapwiekte met haar armen, als een vogel die niet van de grond kan komen. 'Alleen mijn benen zijn soms van elastiek. Een paar dagen geleden kon ik de trap niet meer af. Nu gaat dat wel weer, als ik heel voorzichtig doe. Die hitte... Ik heb God gebeden deze hittegolf te breken. En hij gaat wolken zenden, dat heeft hij me beloofd. Ik zie er daar al een paar komen.'

Ze wees door het dakraam naar de blauwe hemel.

'Waarom is dat raam dicht? Geen wonder dat u zo benauwd bent.'

''s Nachts doe ik het altijd dicht. Al die mannen hier in de buurt... Maar ik krijg het niet meer open, Krijn. Je moeder is niet meer zo sterk, weet je.'

Blij met de mogelijkheid wat te doen, zeulde ik aan het tuimelraam. Na een worsteling met het mechaniek kantelde het. Een klamme bries trok door de kamer. Mijn moeder sloot haar ogen, haar lippen prevelden.

'Heeft u genoeg eten in huis? Heeft Stan nog boodschappen gedaan? Anders ga ik wel even. Ik zal wat voor u klaarmaken. Waar heeft u zin in?'

'Maggi, in ieder geval!'

'Maggi?'

'Maggi voor in de soep. En brood en wat vruchten. Zachte vruchten, ik heb geen tanden meer, zie je.' Ze opende haar kaken en gunde me een uitgebreide blik in haar ivoorloze mond. Ik wendde mijn hoofd af, maar ze sloeg er geen acht op. 'En most is heerlijk. Ken je dat? Most?'

'Nooit van gehoord.'

'Dat is jonkvrouwenelixer.'

Het leek haar goed te doen dat ze op het gebied van most meer wist dan ik.

Terwijl ik de trap afdaalde naar de keuken, dacht ik: ze knijpt er inderdaad binnenkort tussenuit. Straks ligt ze dagen op te zwellen in dit snikhete huisje tot Stan haar vindt.

'God, wees haar genadig,' prevelde ik. Iets anders wist ik niet te bedenken. In de koelkast trof ik een pak volle melk, een bakje aardbeien, een halfje wit en wat druiven. Ik smeerde twee boterhammen met roomboter, sneed de korsten eraf, prakte de aardbeien tot moes, smeerde die op de boterhammen, bestrooide ze met suiker en sneed ze in vier stukken. De blauwe druiven schikte ik er frivool omheen.

'Echte Hollandse aardbeien!' riep ik haar op de trap toe. 'Kijk eens wat een stilleven!' Als ik haar niet kon aanraken, kon ik tenminste proberen wat vrolijkheid te brengen. Ze had zich op haar zij gedraaid en steunde op haar elleboog. Ik zette me bij haar voeteneind. Ondanks de afwezigheid van tanden at ze met smaak. Bedachtzaam maalde ze het witbrood in haar mond. Haar gedachten leken af te dwalen. Ze vroeg niet naar de reden van mijn lange afwezigheid. Ze deed net alsof ik wekelijks aan haar bed zat. Toen ze de boterhammen op had, merkte ik dat ze me van opzij opnam.

'Wat voor dag is het vandaag eigenlijk?'

'Maandag, ma. Maandag 14 augustus.'

'14 augustus.' Ze liet de datum even bezinken. 'Maar ben je dan niet net jarig geweest? Je bent toch op 13 augustus jarig?'

'Met uw geheugen is niets mis.'

'Jouw verjaardag vergeet ik nooit. Ik bedoel, ik vergeet nooit dat jij op 13 augustus jarig bent. Kijk daar eens in de bovenste la, Krijn. Ik heb nog een cadeautje voor je.'

Ze wees op een groen-wit bureautje dat tegen de muur stond. Er lag een met ronde patronen geborduurd kleedje op. Tussen twee boekenstandaards stond een vijftal kapot gelezen

Bijbels. Ik twijfelde even. Welke rariteit zou ze voor me in petto hebben? Toen vermande ik me en opende de bureaula. Die was leeg, op een langwerpige envelop na. Ik opende hem met tegenzin en vouwde het vel open. Daarop stond in krullend handschrift: *Voor Krijn, gefeliciteerd met je verjaardag.*

In de envelop stak een biljet van honderd gulden. Opgelucht nam ik het eruit en hield de snip voor de vorm tegen het licht.

'Hij is echt, hoor.'

Ik glimlachte betrapt. 'Dank u wel. Alleen jammer dat je niet meer met guldens kunt betalen.'

'Geloof dat toch niet. De gulden is toch prima geld? Niks mis mee, veel beter dan die malle euro. Dat nemen ze echt wel aan in de winkel, hoor.'

'Allang niet meer, ma. Maar toch: hartstikke bedankt. Het doet me goed weer eens een ouderwets honderdje vast te houden.'

Weer ging mijn mobiel. 'Shit,' zei ik.

'Wat zeg je, mijn jongen?'

'O niks. Die rottelefoon ook.' Ik diepte hem op, hetzelfde nummer als zojuist. 'Ik zet hem wel helemaal uit. Worden we niet meer gestoord.'

'Laat je je baard staan, Krijn?' vroeg ze na een korte stilte. 'Je lijkt op Fidel Castro.'

'Die had toch een veel langere baard?'

'Had? Hoezo had.'

'Fidel Castro is dood.'

'Fidel Castro dood? Kom nou toch. Houd je moeder niet voor de gek. Ik heb hem twee weken geleden nog geschreven en een bijbeltje gestuurd. Hij is tot het geloof gekomen, wist je dat?

Hij was nooit een echt slechte jongen, hoor. Zijn moeder

was al jaren een kind van God. Zij is nu bij hem in Havana, ze is een jaar of tachtig.'

'Dood of levend, Fidel Castro is hoe dan ook al ver over de tachtig. Dan moet zijn moeder dus minstens honderd zijn.'

Ze schudde haar hoofd. 'Zijn moeder leeft nog. God heeft haar verjongd,' hield ze koppig vol.

Ik knikte meegaand. Ik was hier tenslotte niet om mijn gelijk te halen.

Mijn moeder liet Fidel Castro en diens moeder rusten. Ze bestudeerde mijn hoofd. Haar ogen gleden langs mijn voorhoofd en mijn wangen. Ik werd er onrustig van.

'Eet je wel goed, Krijn? En borstel je je haren elke dag? Daar krijg je krullen van en het is goed tegen haaruitval.'

'Ik eet goed, mam. En ik borstel trouw mijn haren.'

'Was ze eens met olijfolie. Daar krijgt je haar meer volume van. Kijk maar!' Koket pakte ze een sliert haar en hield hem omhoog. Ik negeerde de sliert.

'Ik maak me meer zorgen om u dan om mijn haren. Eigenlijk moet u ergens naartoe waar voor u gezorgd kan worden.'

'Naar een tehuis? Nooit!' Haar ogen vonkten. 'Jij bent hier nu toch? De Heer heeft je naar me toe gestuurd om voor me te zorgen. Ik heb steeds een kamer voor je vrijgehouden, jongen. Kijk maar hiernaast. Het bed is opgemaakt!'

'Dat zei u twaalf jaar geleden ook. Maar net als toen kan ik ook nu niet blijven.'

'We kunnen toch voor elkaar zorgen?' Ze keek me hoopvol aan. Zo hoopvol dat ik nog onrustiger werd en opstond.

'Geen denken aan. Ik ga zo terug naar Amsterdam.'

Ik keek op haar neer en dacht aan mijn voornemen aardig voor haar te zijn. Onhandig legde ik mijn hand op haar schouder: dun vel over harde botten. Ik trok mijn hand terug.

'Wanneer kom je weer langs?'

De vraag van mijn moeder overviel me. Ik had me verzoend met een eenmalig bezoek en niet nagedacht over het vervolg. Voor ik het wist, antwoordde ik: 'Over pakweg een week. Maar Stan komt over twee dagen alweer. Ondertussen moet u wel gewoon eten voor uzelf klaarmaken. Belooft u dat? Een mens heeft nu eenmaal eten nodig. En frisse lucht. Laat het raam maar open. Als u alles zo dichthoudt, wordt u levend gekookt.'

'Maak je geen zorgen. God stuurt een verkoelende regen.'

Het was niet druk op de snelweg. In de achteruitkijkspiegel zag ik het gezicht van een zojuist gefinishte marathonloper. Mijn haar plakte op mijn voorhoofd, diepliggende ogen. Hoe lang was ik bij haar op bezoek geweest? Drie kwartier? Een uur? In de verte hing een wolkje in de lucht, niet groter dan een kussensloop. In mijn broekzak zocht ik naar mijn mobieltje en zette hem aan. Met een half oog op de weg bekeek ik het nummer van de persoon die me twee keer gebeld had. Ik kon het niet thuisbrengen, haalde mijn schouders op en belde Stan.

'Het is volbracht,' zei ik.

'Hoe was het?'

'Ze ziet eruit als een heks. Een polderheks. Ze is zwak, maar of ze er zo snel tussenuit knijpt als jij me wilt laten geloven...'

'Herkende ze je nog?'

'Ze deed net alsof ze me gisteren nog gezien had. En zij was niet vergeten dat ik de dertiende jarig was.'

'Zei ik je toch. Ze is de hele tijd met je bezig. Je bent haar verloren zoon.'

Ik wreef in mijn ogen. Het beeld van mijn moeder leek op

de voorruit van de auto geplakt. Ik probeerde me haar tevergeefs te herinneren als jonge vrouw, met tanden, een normale huidskleur en verzorgd haar. Het lukte me niet. Telkens als ik de contouren van haar gezicht voor me zag, rimpelde het als een oude aardappel en viel haar mond in. Ik vloekte, sloeg op het stuur en zei: 'Je wordt bedankt, Stan.'

Ik reed Amsterdam binnen, als altijd draaiden de auto's rijen dik om het verkeersplein bij het treinstation. Het terras van het restaurant waarin vroeger een autogarage gevestigd was, zat vol. 'Sociaal opwaartsen,' mompelde ik voor me uit. Boven hun hoofden schreeuwde een lichtkrant in rode letters dat de beurskoersen nieuwe records hadden bereikt. De economie is een opgevoerde motor, bedacht ik, terwijl ik rechtsaf sloeg richting centrum. Boven de stad hing een wolk in de vorm van de voormalige Sovjet-Unie.

4

Het polderdorp ligt kaal en kwetsbaar in het vlakke land. De aanplant is nog te laag voor schaduw en beschutting. Roest-bruin water klotst tegen de boorden van het kanaal, door het riet fluit de wind. De dorpskern is in een visgraat gebouwd: een lang grasveld in het midden, waarvan aan beide zijden gelijkvormige huizenblokken schuin weglopen. Alsof de bedenker een ode wil brengen aan alle vissen die bij de droog-legging in een teveel aan zuurstof zijn gestikt. De dorpsstraten lopen dood in vlaktes opgespoten wit zand, dat op onbewolk-te dagen de ogen verblindt.

De zes doorzonwoningen aan de hoofdstraat zijn groter, breder en hoger dan de rest van de dorpswoningen. De pre-fab-herenhuizen zijn bestemd voor de elite. Links van het gezin Sterveling wonen de dominee, een ondernemer en een boerenzoon die wacht op de pensionering van zijn vader. Rechts de tandarts en de huisarts. Jonge gezinnen met kin-deren. Het nieuwe gezin met de rijzige ingenieur, zijn deftige vrouw en hun twee frisse jongens is een bevestiging dat het dorp de pioniersfase ontgroeit.

Hoewel gewend aan nieuwkomers kijken de dorpelingen met opgetrokken wenkbrauwen naar het gezin. De Stervelingen zijn van de langschedelige soort, de enige hoge voorhoofden in de omgeving. Tot de komst van de familie is het dorp bevolkt met modelarbeiders. Ze hebben ronde schedels, zijn gedrongen van lijf en uit alle hoeken naar dit beloofde land gekomen. Anders dan de familie Sterveling zijn ze door een strenge ballotage gegaan, geselecteerd op weerstand en doorzettingsvermogen. Er moet immers een nieuwe samenleving verrijzen uit modder en moeras. Een samenleving waarin de verschillen tussen geloof en afkomst zullen wegvallen. Waarin de meegenomen dialecten zullen versmelten tot een nieuwe taal, gesproken door een nieuwe mens in een nieuw land.

Een ambtelijke commissie is bij de toekomstige pioniers van dat Utopia aan huis gekomen. Mannen in grijze pakken met bruine en oranje dassen. Ze hebben de inboedel gekeurd, de kasten opengetrokken, de meisjes van de boerenjongens bezocht, de familie tot in de derde lijn nagetrokken. Ze hebben de aspirantpolderlingen diep in de pupillen gekeken, met de ogen de lichamen afgetast, speurend naar tekenen van erfelijke ziektes en verborgen gebreken. Als het resultaat van de keuring bevredigend is verlopen, worden ze tot de polder toegelaten. Eerst voornamelijk boeren en boerenknechten met de ambitie zelf boer te worden. Later ook heftruckchauffeurs, vrachtrijders, aardappelsorteerders, monteurs, bouwvakkers, mannen van de plantsoenendienst en kleine middenstanders. Knoestige mannen zijn het, die in het ijle morgenlicht in blauwe overall gestoken met broodtrommel en thermoskan onder hun snelbinders tegen de wind in naar hun werk fietsen.

Hun vrouwen slijten de dagen in de nieuwbouwkeukens. Onwennig in hun nieuwe omgeving zoeken ze houvast in de gebruiken van hun moeder. Ze poetsen, wassen, stoffen en doen de boodschappen. In de namiddag schillen ze met

zwabberende bovenarmen en de knieën uiteen de aardappelen. Met het bakken van de karbonades wachten ze tot hun
mannen vermoeid en stoffig terugkeren van hun werk.

De dorpsvrouwen bekijken Lenna Sterveling met een men-
geling van afgunst en afkeer. Zij is slank – mager, volgens
de dorpsvrouwen – en spreekt bekakt. Zonder uitzondering
draagt ze een geruite kokerrok tot over de knie, met daarop
een effen coltrui. Het donkere haar is samengebonden in een
knotje op haar achterhoofd. Haar houding boezemt ontzag in.
Met de schouders naar achteren, boezem in een punt vooruit
en hoofd rechtop marcheert ze naar de winkels. Als een van
de weinige vrouwen in het dorp bestelt ze bij de slager geen
karbonades, maar runderlappen of biefstuk. Het gerucht gaat
dat de nieuwkomers wel eens joods zouden kunnen zijn.

Maar de dominee van drie huizen verderop heeft goede hoop.
De tandarts en de dokter zijn helaas niet kerks, maar als de
voortekenen hem niet bedriegen is het nieuwe gezin dat wel.
Hij ziet het gezin al zijn kerk binnenwandelen en de eerste rij
bezetten. Zijn kinderen zullen bevriend raken met de jongens
van Sterveling. Hijzelf hoopt op stevige intellectuele discus-
sies met de ingenieur, met een jenevertje op de armleuning
van zijn stoel.

Ze zijn direct na hun verhuizing kort kennis komen maken. Rustige en beschaafde mensen. Afgaand op het uiterlijk
en de kleding van Sterveling is de man van degelijk gereformeerde komaf. En zijn vrouw met haar zedelijke kokerrok is
misschien wat al te recht in de leer, maar zeker een verrijking
voor zijn gemeente. Op zondagochtend bevolken boeren en
arbeiders zijn kerk. Zalig zijn de eenvoudigen van geest, maar
er zijn momenten dat hij de diepgang mist, een gesprekspart-

ner van niveau. Hij heeft Sterveling tussen neus en lippen uitgenodigd voor de kerkdienst van komende zondag. Die heeft weliswaar ontwijkend geantwoord, maar dat zijn ongetwijfeld de naweeën van de verhuizing.

De dominee is dan ook vol begrip als hij ze de eerste zondag na de verhuizing niet in de kerk ziet. De tweede zondag weet hij een lichte teleurstelling niet te onderdrukken. Als ze ook de derde zondag nog niet komen opdagen, besluit hij de volgende zondag niet zoals gebruikelijk om negen uur naar de kerk te lopen om zijn voorbereidingen voor de kerkdienst te treffen. Als hij om tien voor halftien zijn huis verlaat, ziet hij vanuit zijn ooghoek de groene Ford van Sterveling achteruit de oprit af rijden en zijn kont naar de kerk keren. Terwijl de kerkgangers groetend langs hem lopen, ziet hij ze wegrijden. De vrouw zit kaarsrecht naast haar man, de twee jongens ineengedoken met hun hoofd nauwelijks zichtbaar boven het raam van het autoportier. Op de achterkant is de Eén Weg Jezus-sticker duidelijk leesbaar.

Doordeweeks bezoekt Stan de christelijke school op een steenworp afstand van hun huis. Krijn blijft thuis. Lenna weigert hem naar de kleuterschool te sturen. Pas als hij de lagereschoolleeftijd heeft bereikt en twee ambtenaren aan huis komen om haar te wijzen op de leerplicht, laat ze hem met pijn in het hart gaan. Doordat de dorpelingen even vruchtbaar blijken als de grond waarop ze wonen, is de pasgebouwde school alweer te klein geworden en worden de eersteklassers ondergebracht in de blauwe barakken die een paar jaar geleden de pioniers onderdak boden.

Ward brengt Krijn naar school. Als Krijn weigert verder te lopen, neemt zijn vader hem in zijn armen en wandelt met de huilende jongen de barak binnen. De klas is nog leeg op de juffrouw na. Het lokaal ruikt naar nat hout. Zijn vader geeft hem aan haar over. De juf is groot en rond en ruikt naar zeep. Ze neemt hem op schoot, tot het huilen stopt. 'Ik hoef niet naar school,' zegt hij. 'Ik kan al tot honderd tellen.' 'Laat eens horen?' zegt ze. Als hij klaar is, vraagt hij: 'Mag ik nu weer naar huis?' De juffrouw schudt haar hoofd. 'Er zijn nog veel meer dingen die je moet leren.'

De juf geeft hem een tafeltje vlak bij haar bureau. Als de andere kinderen luidruchtig binnenkomen, staart Krijn naar zijn tafelblad. Hij voelt zich verraden door zijn vader en verlangt naar zijn moeder. Naar haar zachte ogen, naar haar warme lichaam. In de ochtendpauze rent hij naar huis en kruipt bij haar op schoot.

'Ik blijf altijd bij u,' zegt hij.

In de ochtendpauze van de volgende dag verbiedt de juf hem naar huis te gaan. Aarzelend loopt hij achter zijn klasgenoten naar buiten. Het schoolplein is gedeeltelijk betegeld. Het grootste deel van het terrein om de barakken is van zwarte klei. Hij vindt een stille plek tussen de jonge boompjes. Vanuit zijn schuilplaats loert hij naar zijn klasgenoten. De grootste jongen uit de klas met een plat hoofd vol krullen staat op een metershoge kleiberg. Hij schreeuwt en slaat zich op zijn borst. Jongens rennen om beurten tegen de heuvel op en worden er als lappenpoppen afgesmeten. Als hun animo afneemt, dreigt hij naar beneden te komen. Gedwee zetten de jongens beneden opnieuw de aanval in. Krijn huivert en probeert zich onzichtbaar te maken achter een boom.

'He' je geen laarz'n?'

Verschrikt kijkt Krijn om. Achter hem staat een lange jongen, een leren beugel omsluit zijn nek en houdt zijn kin omhoog. Zijn fletse ogen kijken op Krijn neer.

'Wat zeg je?'

'He' je geen laarz'n?'

Krijn kijkt naar zijn bruinleren schoenen.

'Schoen'n zijn stom.'

'Waarom zijn schoenen stom?'

'Krij' je natte poot'n van int moeras.'

'Natte wat?'

'Natte poot'n. Je verstaat me wel.' De jongen geeft hem een stoot tegen zijn borst, draait zich om en loopt weg. Krijn kijkt hem na. Op de rug van de jongen zit een gebogen stang die de leren ring om zijn nek omhooghoudt. De jongen sluit zich aan bij een klein groepje en wijst op Krijn. Ze lachen nu allemaal en kijken naar zijn voeten. Krijn kijkt van zijn voeten naar hun voeten. Ze dragen groene rubberlaarzen. Hij kijkt opzij naar de schreeuwende jongen op de bult. Ook die heeft groene laarzen aan. Hij hoopt dat de pauze snel voorbij zal zijn.

'Ik wil laarzen,' zegt hij na schooltijd tegen zijn moeder.

'Wat zeg je, mijn jongen?'

'Ik wil groene laarzen.'

'Laarzen zijn slecht voor je voeten. Je hebt zwakke enkels. Die hebben stevige schoenen nodig.'

'Iedereen in mijn klas draagt laarzen.'

'Jij bent niet iedereen.'

'Toch wil ik laarzen. Anders ga ik morgen niet naar school.'

In de dagen die volgen zoekt Krijn toenadering tot het groepje jongens dat hem heeft uitgelachen. Ze zijn de paria's van de klas, jongens die Bert Gortzak het niet waardig acht van zijn kleiberg te gooien. Het groepje bestaat uit Doede, Gert,

Wietse en Arjan. Doede is een kleine jongen met een rond gezicht en haar van staalwol. Gert is tenger en loopt voorovergebogen alsof hij iets kostbaars kwijt is. Wietse verplaatst zich huppend. Bij elk hupje roffelt hij met zijn handen op zijn dijbenen. Arjan is de jongen met de rugbeugel en de leider van het groepje. In de pauze scharrelt Krijn rond in de buurt van de paria's, zijn broekspijpen in zijn groene laarzen gepropt.

'Wat doe je hier?' vraagt Arjan als hij hem opmerkt. Hij kijkt naar Krijns voeten. 'He' je nieuwe laarz'n?'

Krijn knikt. Arjan zet zijn voet naast de zijne. 'Die van mij zijn veel hoger als die van jou.'

'Volgens mij zijn de mijne hoger dan die van jou.'

'Je praat stom.'

Krijn zwijgt.

'Hoor'n jullie dat? Die nieuwe kan niet normaal praat'n.'

Wietse lacht hinnikend en roffelt op zijn dijbenen. Doede haalt zijn neus op en spuugt een groene kwak voor hem op de grond. Arjan gaat voor hem staan met zijn kin in de lucht.

'Je het groene laarz'n, maar je hoort toch niet bij ons. Opdonder'n.'

Hij stoot hem met een vuist tegen zijn borst. Krijn voelt een stekende pijn rond zijn middenrif. Nog een stoot in zijn ribben doet hem wankelen. 'He' je 't niet 'hoord? Opdonder'n.' Een hand striemt zijn wang. Vlak boven hem ziet hij het dreigende hoofd van Arjan, diens adem ruikt naar bedorven melk. Nog een keer daalt de hand neer op zijn wang. Hij draait zich om en wil wegrennen, maar Arjan schopt zijn voet weg zodat hij valt. Zijn enkel is verdoofd van de pijn en het vel van zijn gezicht schroeit. Hij voelt de vochtige grond tegen zijn rug. Boven hem zijn de gezichten van de vier jongens. Ze lachen om zijn gespartel. Arjan schopt hem in zijn zij. Hij rolt op zijn andere zij. Arjan schopt weer. Dan maakt de koude angst in zijn lichaam plaats voor woede. Ziedende woede.

Met een schreeuw springt hij op en stort zich op zijn belager. Hij grijpt de leren ring om diens nek en gaat er met zijn volle gewicht aan hangen. Samen gaan ze neer, in een flits ziet hij Arjans verbaasde gezicht. Ze rollen om en om door de klei. Hun strijdkreten trekken de aandacht van de andere kinderen. Ze vormen een kring rond hen. Arjan probeert met zijn vuist Krijns hoofd te raken, maar Krijn klemt zich dicht tegen Arjan aan zodat diens vuist geen snelheid kan maken. Machteloos maaien Arjans armen in de lucht.

Krijn ligt nu boven en duwt Arjans gezicht in de klei. Hij voelt de stalen rugbeugel tegen zijn ribben. Hij kijkt naar het lijdzame gezicht dat zijdelings in de modder ligt. Hij heeft het lichaam in een ijzeren greep, de jongen kan geen kant meer op. Dan zet hij de palm van zijn hand op Arjans slaap en drukt het hoofd dieper in de modder. Er rollen tranen uit Arjans oog. Een nieuwe sensatie trilt in Krijns middenrif. De vijand is overwonnen! Hij trekt het hoofd aan de haren omhoog en duwt het weer terug. De modder maakt een smakkend geluid. Nog eens duwt hij. Arjan hapt naar adem. Weer duwt hij en nog eens. De jongen verzet zich niet meer, waardoor Krijn besluiteloos opkijkt. Hij ziet de kinderen om hem heen, nu pas hoort hij hun gejoel.

Dan wijkt de kring en stapt de juffrouw naar voren.

'Mee jullie,' zegt ze en trekt hem aan zijn arm van Arjan af.

Gelaten laat Krijn zich meevoeren. In de klas plaatst de juffrouw de jongens zo ver mogelijk uit elkaar. 'Vanmiddag nablijven,' zegt ze. Krijn zet zijn ellebogen op het tafelblad en plaatst zijn hoofd in zijn zwarte handen. Zijn wang gloeit nog

steeds. Tussen zijn vingers door loert hij naar Arjan, die snik-
kend in de andere hoek van het lokaal zit. De ene kant van
diens hoofd is helemaal zwart. Ik heb hem de andere wang
niet toegekeerd, schiet het door Krijn heen, maar schuldig
daarover voelt hij zich niet.

5

De lucht was grijs. Aan weerskanten van de weg strekten natte akkers zich uit. Rechts van de weg glom het geasfalteerde fietspad. Daar liep een oude vrouw met in haar rechterhand een grote bruine hutkoffer. De koffer sleepte over de grond. Ik minderde vaart. Ik moet haar helpen, dacht ik. Ik stuurde de auto de berm in en stapte uit. Mijn schoenen zakten weg in het drassige gras, water drong in mijn sokken. Toen ik de vrouw tot op een tiental meters genaderd was, zag ik dat het mijn moeder was. Ook de koffer herkende ik. Het was de grote hutkoffer waarmee ze ooit naar Zuid-Afrika was geëmigreerd.

'Waar gaat u naartoe, ma?' riep ik.

Ze keek me aan, het dunne haar sliertte langs haar lange gezicht, rotte tanden stonden als een afbrokkelende muur in haar mond. Even dacht ik dat ze me niet herkende. Toen zei ze: 'Jongen, ik wil de wereld uit lopen, maar mijn koffer is te zwaar.'

'Geef mij hem maar.' Ik stak mijn hand uit, maar ze weerde hem af.

Het begon harder te regenen. Haar gele blouse raakte doorweekt, ik zag haar bh door de stof schemeren. Decent wendde ik mijn hoofd af en zocht naar een plek om te schuilen. De polder was leeg als een toendra, doorweekt gras en natte klei zover het oog reikte.

'Dit kan zo niet, ma. U wordt ziek. Ik breng u thuis.'

De mondhoeken hingen, maar haar ogen stonden fel. 'Jezus zorgt voor mij. Twijfel je daaraan, Krijn?'

Voordat ik kon antwoorden liet ze haar koffer los, klauterde het talud af, waadde door de ondiepe sloot, klom er aan de andere kant op handen en voeten weer uit en stapte resoluut het braakliggende land op. Niet in staat te bewegen keek ik haar na. Ik hoorde haar bontlaarsjes zuigen in de modder. De afstand tussen ons werd groter en groter.

'U vergeet uw koffer,' riep ik haar achterna.

Maar ze was niet iemand die zich omdraaide. Daarvoor kende ze haar Bijbel te goed. Ze had angst voor zoutpilaren. Ik moet haar aandacht trekken, anders ben ik haar voorgoed kwijt, dacht ik. Ik moet door de Bijbel heen.

'Ga heen en zie niet om,' schreeuwde ik. De wind droeg de woorden naar mijn moeder, die al zo'n honderd meter van me verwijderd was. Ik zag haar hoofd even opzij rukken, heel kort als een zenuwtic, maar dan weer strak voor zich kijken. Ze strompelde verder, werd steeds kleiner en verdween ten slotte achter de horizon.

Telefoon! Met een ruk zat ik rechtop in mijn bed. Ik keek op mijn mobieltje. 01.38 uur was mijn eerste gedachte. Ze is dood de tweede.

'Krijn Sterveling.' Mijn stem was zwaar van de slaap.

'Met Doris,' zei een vrouwenstem, laag en hees, zoals corpsmeisjes klinken.

Ik blies mijn longen leeg. 'Met wie?' vroeg ik.

'Met Doris Vonkel.'

De stem zweeg verwachtingsvol. Ik pijnigde mijn hersenen.

'Sorry, er gaat geen bel rinkelen. Help me eens verder.'

'Doris! Van de e-mail!'

'Dag Doris van de e-mail. Zegt me nog steeds niets. Mijn hersenen staan in de slaapmodus.'

'Ik heb je een e-mail gestuurd.'

Ik dacht opnieuw na.

'Die over het theater!'

'Oh god, ja! Het ervaringstheater in de openbare ruimte!'

'Die, ja. Wat denk je ervan?'

'Wat ik ervan denk? Nu? Weet je hoe laat het is?'

'Nog geen twee uur.'

Ik kreunde en trok mijn benen op. Het laken spande om mijn knieën.

'Waar haal je het lef vandaan om mij midden in de nacht wakker te bellen. Ik dacht dat er iemand dood was.'

'Ik heb je vanmiddag proberen te bellen, toen nam je niet op. Waar zat je?'

'Hoezo, waar zat je?'

'Zat je bij je vriendin? Of ligt die naast je?'

'Waar bemoei je je mee? Ik ken je verdomme helemaal niet.'

'Ik moet je spreken. Wat vond je van mijn mail?'

'Ik heb je toch geantwoord? Dat leek me duidelijk genoeg.'

'Ben ik niet met je eens.'

'Hoezo niet met me eens? Als ik het me goed herinner, schreef ik dat ik geen behoefte heb deel te nemen aan je activiteiten. Lijkt me duidelijke taal.'

'Je hebt hoe dan ook geantwoord.'

'Wat wil je in godsnaam daar nu weer mee zeggen?'

'Dat je ook niet had kunnen antwoorden.'

Ik zweeg verbluft. De schorre vrouwenstem aan de andere

kant praatte door. 'Waarom heb je de moeite genomen terug te mailen? Daarmee verraad je interesse. Geef toe!'

'Ik geef niets toe. Ik mailde dat ik je niet ken en dat graag zo wil houden. Geen contact dus.'

'Contact is geen keuze, contact is iets wat tot stand komt. Of je het nou wil of niet.'

Ik gooide het laken van me af en zwaaide mijn benen uit bed. Mijn voeten raakten de koele houten vloer, dat kalmeerde me enigszins.

De stem ging onverstoorbaar door. 'Nu heb je me nog steeds niet verteld wat je van mijn mail vond.'

Ik schudde ongelovig mijn hoofd. Toen antwoordde ik: 'Ik dacht eerst: verkeerde afzender. Maar nu denk ik: hoe kom je aan mijn mailadres en mijn telefoonnummer? En wat verschaft mij de eer?'

'Ik ben op zoek naar een tegenspeler, eigenlijk meer een medespeler, en stuitte in het telefoonboek op je naam. Ik was op zoek naar zomaar iemand. Iemand die samen met mij theater in de openbare ruimte wil maken. Een toevallige passant. Een medemens. At random uit de massa geplukt. En wie is er meer zomaar iemand dan een mens met de naam Sterveling?' Ze lachte schel. Het was een vreemde lach. Een lach die niet door een prikkel ontstaat, maar op elk gewenst moment opgeroepen kan worden.

Ik stond op en begon voor het voeteneinde van het bed te ijsberen. Geïrriteerd zei ik:

'Toch heb je de verkeerde passant te pakken. Ten eerste sta ik nooit wildvreemden te woord. Niet op straat en niet aan de telefoon. Of ze nou bellen over een voordelige hypotheek, over een enquête of over deelname aan ervaringstheater in de openbare ruimte. Bovendien heb ik geen greintje theater in

me en haat ik openbare ruimtes. Sterker nog: ik heb pleinvrees.'

'Pleinvrees? Des te beter. Je bent echt mijn ideale tegenspeler. Hoe meer vrees, hoe groter de vervreemding. Heb je het
plan wel gelezen?'

'Ik heb er een blik op geworpen en meteen gezien dat het
volstrekt belachelijk was. Een plan van een malloot. Waarom
praat ik eigenlijk nog steeds met je? Ik ga ophangen.'

'Waag het eens... Als je dat doet, godverdomme.'

Haar stem was tot dan toe vriendelijk geweest, op het verleidelijke af. Een stem die in de onderbuik vibreerde. Het was de
reden geweest om het gesprek niet meteen te beëindigen. Nu
was diezelfde stem hard en koud.

'Toch ga ik het doen. Veel succes met je openluchttheater.'

'Jij *fucking asshole*, klootzak, l...'

Ik staarde in het schemerduister. Om halftwee 's nachts een
wildvreemd iemand uit bed bellen over een plan waar niet
om gevraagd is. Het moest niet gekker worden. Misschien een
van de vele zogenaamd grappige tv-programma's waarvoor zo
langzamerhand niemand meer veilig is. Misschien een radio-
programma dat argeloze slapers voor lul probeert te zetten.
Misschien een studentengrap.

Ik ging op bed liggen en probeerde weer in te slapen, maar
haar stem week niet uit mijn hoofd. Ondanks de openstaande
balkondeuren was het benauwd in de slaapkamer. Ik stapte uit
bed, duwde het raam verder open. Buiten ruiste de stad.

Ik ging achter de computer zitten, het oplichtende beeldscherm zette de kamer in een spookachtige gloed. Schuin uit
het raam kijkend zag ik de rivier liggen, waar de gracht waaraan ik woonde op uitmondde. Soms leek de rivier flauwtjes

de stad in te stromen, soms de stad uit, soms stil te staan alsof hij twijfelde over de juiste richting. In de winter waren een paar dagen vorst genoeg om de rivier te bedekken met een centimeters dikke ijslaag. Is water dat niet weet welke kant op te stromen het wel waard rivier te heten? bedacht ik. Ik hield van de rivier, misschien wel om zijn wankelmoedige karakter.

Uit de prullenbak van mijn computer diepte ik het mailtje op van Doris Vonkel:

Jij en ik gaan persoonlijk ervaringstheater maken met Amsterdam als decor. Vanuit een karakter spelen wij dagelijkse situaties, onopvallend voor de leek. We verkennen de mogelijkheden van vervreemding, waardoor opmerkelijke situaties ontstaan. Hierbij zoeken we de grenzen van het acceptabele op.

Bij iedere maatschappelijke rol hoort een bepaald gedrag. Zo mag een hovenier gelegitimeerd in een plantsoen staan of een agent een fietser bekeuren. Maar wat wanneer je dit ongeschreven spel anders speelt dan 'de bedoeling' is?

De landmeters
Activiteit: metingen in de publieke ruimte
Doel: toegang krijgen tot plaatsen die voor de 'gewone man' niet toegankelijk zijn. Passanten tijdelijk tegenhouden en/of hun loop beïnvloeden
Materiaal: meetwiel, meetlint, schrijfblok
Kleding: uniforme werkkleding, reflectiehesje
Plaats: winkelstraat
Periode: herfst

Het standbeeld
Activiteit: stokstijf staan op centraal punt
Doel: verkeer ontregelen
Materiaal: appelkist
Plaats: rotonde bij het Amstelstation
Kleding: geen
Periode: avondspits in de zomer

De kabeltrekkers
Activiteit: werktent in straatbeeld plaatsen en werkman zijn
zonder iets te doen
Doel: natuurgetrouwe werksituatie nabootsen. Eén element
(geluid) veranderen waardoor zaken niet lijken te kloppen.
Bijvoorbeeld geluiden van een zware machine in tent of
bulldozer
Materiaal: stoeptegels, stukken kabel, werktent,
geluidsinstallatie, blikjes Heineken
Plaats: nader te bepalen
Kleding: overall, werkschoenen
Periode: lente

Ik schudde meewarig mijn hoofd. 'Weet u zeker dat u de gese-
lecteerde items voorgoed wilt verwijderen?' vroeg mijn computer. Terwijl ik op 'ja' klikte, ging mijn mobiele telefoon. Ik
keek er besluiteloos naar. In mijn hoofd schuurde de meis-
jesstem. Ik ging op de bedrand zitten.
'Hoor eens, hou hiermee op. Ik weet bij god niet wie je bent.'
'Ik heb nog geen antwoord gehad. Heb je mijn plan nu helemaal gelezen?' Haar stem was dwingend.
'Ja, ik heb het gelezen,' zei ik kortaf. 'Maar dat heeft me niet
op andere gedachten gebracht. Integendeel. Landmeten op de

Dam, voor standbeeld staan... wat zeg ik? Voor paal staan op het Prins Bernhardplein, een volstrekt bezopen plan. Zoals ik al eerder zei: geen interesse. Zoek iemand anders.'

'Ik wil niemand anders. Ik moet jou hebben!'

Ik zweeg. Ze moest mij hebben. Ik wist niet of ik me gestreeld of bedreigd moest voelen.

'Lig je in bed?' Haar stem klonk nu niet dwingend meer, maar zacht.

'Waarom wil je dat weten?'

'Ik heb zin.'

Mijn mond zakte open. Uit het mobieltje kwam een lichte zucht.

'Wat ben je aan het doen?' Een onbestemd gevoel nestelde zich pal onder mijn navel.

'Ik vinger mezelf,' zei ze zacht.

Ik word in de maling genomen, niet aan toegeven, dacht ik, maar mijn onderbuik leek vacuüm gezogen te worden. Tegelijkertijd probeerde ik haar geluiden op waarde te schatten. Als het een grap was, was de uitvoering verdomd goed.

'Wat ben jij aan het doen, Sterveling?' vroeg Doris. Ze liet een diepe zucht los, alsof ze haar adem had ingehouden.

'Ik luister,' zei ik. 'Ik ben een en al oor.'

Het zuchten aan de andere kant van de lijn werd hortend, alsof iemand steeds haar keel even dichtkneep. Ik masseerde mijn kruis.

'Ben je alleen maar aan het luisteren?' fluisterde ze. 'Of zit je ook aan jezelf?'

Ik knikte en wipte met trillende hand mijn geslacht uit mijn onderbroek.

'Vertel! Ben je jezelf aan het aftrekken?'

Haar stem beefde zo levensecht dat mijn wantrouwen nu ruim baan maakte voor de lust.

'Ja,' zei ik moeizaam, 'ik trek me af.' Als bewijs gromde ik in het mobieltje.

'Je bent aan het rukken. Oooh shit! Wacht, ik hou de telefoon... Luister eens hoe nat ik ben!'

Ik drukte de telefoon dichter aan mijn oor, zo hard dat mijn oorschelp pijn deed. Het gebeurt echt, dacht ik. Een wildvreemde vrouw vingert zichzelf voor de oren van een at random gebelde man.

'Hoorde je dat?' Ze lachte hard. Daarna begon ze weer te zuchten. Het zuchten werd kreunen, steeds sneller. Haar klanken werden hoger. Het bloed snelde door mijn aderen, alsof er een pomp naast mijn hart was gezet. De bloeddruk maakte mijn erectie pijnlijk hard. Hou vast, dacht ik, terwijl ik de aderen in mijn slapen voelde kloppen. Hou dit moment zo lang mogelijk vast.

'Ik ga komen,' zei Doris plotseling, bijna plechtig. Daarna kreunde ze: 'En jij?'

Oncontroleerbare krachten begonnen op mijn onderbuik te werken. Ik rukte steeds onregelmatiger, terwijl ik om me heen opvang zocht voor mijn zaad. Doris stootte langgerekte kreten uit.

Toen werd het stil aan de andere kant van de lijn, alsof alle geluid naar binnen gezogen was. De stilte eindigde in een diepe zucht. Daarop verkrampte mijn scrotum en spatten warme klodders op mijn borst en buik. Ik voelde stroompjes over mijn lichaam naar het laken lopen. Ze kriebelden langs mijn zij. Ik deed geen poging ze op te vangen. Gods zaad over Gods akkers, dacht ik.

Ik lag comfortabel in het duister van de kamer. De bloedsomloop kalmeerde, spieren ontspanden zich. Een voldaan gevoel nam bezit van mijn lichaam en ik kreeg een onbedwingbare behoefte om te praten. Niet zomaar, maar met Doris Vonkel.

'Samen klaarkomen schept een band, zelfs via de telefoon,' begon ik.

Doris zei: 'Uh-huh.'

Ik nam het als een bevestiging.

'Ik weet niet eens hoe je eruitziet.'

'Ga ik je ook niet vertellen, Sterveling.'

Ze is vast lelijk, dacht ik. Mager als een junk, met sluike peper-en-zoutharen en fletse ogen. Of een grote neus, platte borsten en uitpuilende dijbenen. Misschien heeft ze wel een hazenlip en probeert ze uit gêne via de telefoon aan haar gerief te komen. Ik zei: 'Waarom niet? Je kan me alles wijsmaken.'

'Je krijgt me pas te zien als je meedoet aan mijn ervaringstheater.' Ze klonk plots zakelijk, de intimiteit van zo-even verdampte. Een lichte teleurstelling bekroop me. Feller dan de bedoeling was zei ik: 'Dat kan je op je buik schrijven. Ik ga niet publiekelijk voor lul staan. Maar nu ik je toch spreek: wat wil je in godsnaam met dat project?'

'Als je geen interesse hebt, ga ik je dat niet uitleggen.' De toon was nu ronduit hard. Haar stemmingen waren als herfstbladeren in een winderig portiek.

'Ik ben wel geïnteresseerd, maar voel niets voor meedoen. Ik vertelde je toch van mijn pleinvrees?'

'Jij met je pleinvrees. Ik geloof er niets van.'

'Dan geloof je het niet. Maar ik heb op zijn minst recht op uitleg. Eerst stuur je me een bizarre mail, daarna bel je me in het holst van de nacht wakker.'

Ik hoorde haar grinniken. 'Daar heb je een punt, Sterveling. Goed, ik zal het je uitleggen. In het kort. Ik studeer sociologie en mijn scriptie gaat over moderne vervreemding. Ben je een beetje thuis in de sociologie?'

'Niet echt.'

'Ik hou het simpel. Volgens Marx is vervreemding kenmerkend voor het kapitalisme. De arbeider is geen mens meer maar een productiefactor. Het arbeidsproces is een sleur en de arbeider verliest zijn arbeidsvreugde en zijn creativiteit. Hij vervreemdt van de maatschappij. Volg je me nog?'

'Alsof ik weer in de collegebanken zit. Maar er bestaan toch helemaal geen arbeiders meer? Ik kom ze in ieder geval nauwelijks tegen.'

'Dat is precies mijn punt. De marxistische opvatting van vervreemding is door de tijd ingehaald. Ik probeer tot een herdefiniëring van de term te komen. Volgens mij is het niet de arbeider maar de consument die vervreemdt. Zijn koopwoede is vreugdeloos en verre van creatief. De consument koopt zich murw en vreet zich vadsig. In kuddes sjokken de zogenoemde funshoppers door de winkelstraten. Nou, ik zie weinig fun op hun uitgestreken smoelwerken. Jij wel, Sterveling?'

Ze gaf me geen tijd voor een reactie.

'Ik wil ze uit hun dagelijkse sleur van het consumeren halen, de vanzelfsprekendheid van de dingen op losse schroeven zetten. Zal ik het eens chic zeggen? Ik wil de context van de consument aan het wankelen brengen.'

'Toe maar! Je klinkt als een echte socioloog. En jij denkt dat via je ervaringstheater te bereiken?'

'Dat hoop ik, ja.'

'Ik wens je veel succes. Volgens mij oogst je slechts hoon en hoofdschudden.'

'Dat is ook een uitkomst.'

'Is telefoonseks met wildvreemden ook een onderdeel van je vervreemdingsonderzoek? Met andere woorden: ben ik onderzoeksobject?'

Ze lachte schor. 'Nu je het zegt, het ligt in de lijn van mijn scriptie. Dat is pas participerend onderzoek. Maar ik beloof je: als ik de resultaten gebruik, anonimiseer ik ze.' Weer die schurende lach. Ze vond zichzelf blijkbaar bijzonder grappig.

'Dus je doet dit vaker?'

'Doe jij nooit iets raars om die verdomde voorspelbaarheid van het leven te doorbreken?'

'Eigenlijk niet. Ik ben gek op voorspelbaarheid.'

We zwegen zo lang, dat ik vreesde dat die laatste opmerking haar interesse in mij tot nul had gereduceerd. Ik dacht: ik moet mijn uitspraak in een context plaatsen, maar ik wist niet in welke. Toen vroeg ze: 'Ik heb je vanmiddag proberen te bellen. Waar zat je?'

'Bij mijn moeder.'

'Aaah, een liefhebbende zoon. Hoe charmant.'

Ik zweeg, nog steeds op zoek naar context.

'Een echte prater bovendien. Ik help je wel even. Heb je een vriendin?'

'Nee.'

'Ook niet gehad, zeker. Je bent vast zo'n man die nog nooit een vriendin gehad heeft.' Haar stem had alle intimiteit verloren. Ze sarde verder: 'Zo'n viezerik die zich behelpt met porno.'

'Wie is hier nou de viezerik? Een willekeurige man bellen om aan je gerief te komen...'

Ze giechelde hoog. 'Daar heb jij weer een punt. Maar ik heb nog geen antwoord op mijn vraag: heb je ooit een vriendin gehad?'

'Natuurlijk wel,' zei ik snel. 'Wat denk je van me? Ik heb jaren een vaste relatie gehad.'

Het klonk belachelijk formeel. Gelukkig viel ze er niet over.

'Waarom nu niet meer?'

'Gaat jou wat aan.'

'Op straat gezet, zeker.'

Ik dacht weer aan ophangen. De onbeschaamdheid. Toen zei ik: 'Iets in die geest.'

'Vertel verder. Ik begin me voor je te interesseren.'

Dat feit streelde me. Bovendien zat ik hier veilig in de geborgenheid van mijn slaapkamer. Met een druk op een knop was ik van haar verlost.

'Ik kwam op een avond thuis, stond er een grote hutkoffer in de hal. Een erfstuk, is nog van mijn overgrootvader geweest. Mijn vriendin had mijn kleren en persoonlijke spullen erin gesmeten. Ze was in de maanden daarvoor in de ban geraakt van een goeroe. Hij had haar verteld dat ik geen goede man voor haar was. Ik hing te veel aan mijn moeder. Hij had haar geadviseerd me voor de keuze te stellen: of een schaar pakken en driemaal in de lucht knippen om de band met mijn moeder te verbreken, of te vertrekken. Ik heb mijn koffer gepakt, niet vanwege mijn band met mijn moeder, maar omdat ik een pesthekel aan goeroes heb. Ik heb de koffer, een enorm onhandelbaar ding, op de bagagedrager van mijn fiets gezet, ben de stad in gelopen en nooit meer teruggekomen.'

Doris floot door de telefoon. 'Cool! Hield je van haar?'

'Geen idee.'

'Zoiets weet je toch?'

'Als je maar vaak genoeg tegen elkaar zegt: Ik hou van je, ga je er vanzelf in geloven. Als een bezwering. Het was niet zo dat ik graag bij haar wilde zijn; ik wilde niet zonder haar zijn.

Dat is een groot verschil. Toen ik wel zonder haar kon, bleek de liefde een lege huls. De relatie was werk geworden. Werk buiten kantooruren. Wat dat betreft was die hutkoffer in de hal een godsgeschenk.'

'Daar zit wat in,' meende Doris. 'Maar die moeder van je? Had je ex daarin gelijk?'

'Ik heb haar vandaag voor het eerst sinds twaalf jaar weer gezien.'

'Meen je niet.'

'Meen ik wel.'

'Jezus... Ruzie?'

'Nee. Gek.'

'Gek? Wie?'

'Mijn moeder.'

'Hoe bedoel je? Vreemd? Eigenzinnig?'

'Zoals ik het zeg. Gek.'

'Gek is toch geen erkend ziektebeeld. Is ze psychotisch, manisch-depressief, schizofreen, heeft ze borderline?'

'Weet ik veel? Ze is knettergek, mesjogge, gestoord, verknipt, krankjorum, bezeten, gaga, kierewiet...'

'Rustig maar, Sterveling. Rustig maar. Ik stel toch een normale vraag? Dus je hebt haar twaalf jaar lang niet bezocht omdat ze gek is...'

'Zoiets,' zei ik.

'En hoe is ze eh... mesjogge geworden?'

'Hoor eens, ik ken je nauwelijks. Waarom wil je dit allemaal weten? Ik heb helemaal geen zin om over mijn moeder te praten. Ik heb haar niet voor niets zo lang niet meer bezocht.'

'Je boeit me, Sterveling. Een willekeurige man met pleinvrees en een gekke moeder. Die kom je niet elke dag tegen. Dus nogmaals: hoe is ze gek geworden?'

Ik zuchtte. Wat wil deze vrouw van me?

'Ze is ooit tijdens het schaatsen achterover op het ijs gevallen. Met een enorme klap. Sindsdien is ze gek.'

Dat kon ze van me krijgen, maar meer ook niet.

'Het lijkt wel een stripverhaal,' zei ze. 'In strips krijgen mensen dakpannen of piano's op hun hoofd en worden gek.'

'Sommige mensenlevens zijn stripverhalen.'

'Dat is een diepe, Sterveling. Daar ga ik over nadenken. En over het feit dat jij gelooft dat je moeder gek is geworden door een smak op het ijs. Volgens mij ben je behoorlijk naïef of domweg onverschillig. Je weet niet eens wat je moeder mankeert. Hoe oud was je toen ze op dat magische ijs viel?'

'Veertien.'

'Hield je van haar?'

'Of ik van haar hield?' Ik hield mijn adem een moment in. 'Jij met je houden van. Luister. Ik heb je al genoeg verteld. Vind je het erg als ik het hierbij laat? Het is na tweeën en ik wil slapen.'

'Mag ik je nog eens bellen?'

Ik liet een stilte vallen, alsof ik alle voors en tegens aan het afstrepen was. Het zaad plakte op mijn buik. Toen zei ik: 'Ja, je mag me nog eens bellen. Op voorwaarde dat je me niet de hele tijd bij mijn achternaam noemt.'

'Afgesproken, Sterveling.'

6

Als Ward Sterveling op een avond zijn Ford de oprit op draait, hangt de achterkant van de auto zo laag dat het chassis bijna over de tegels schuurt. Terwijl hij de achterklep opent, roept hij zijn zonen naar buiten. De kofferruimte ligt tot de nok toe vol met krantenbalen. Onder toeziend oog van Lenna sjouwen Ward, Stan en Krijn de zware pakken naar binnen, het samenbindende touw snijdt in Stans handen. *De Heilsfontein*, leest hij van de bovenste krant. In reactie op zijn vragende blik zegt zijn moeder: 'Traktaten. Om de mensen in het dorp tot het geloof te brengen.'

'Een heleboel gaan toch naar de kerk? We zien ze elke zondag lopen,' zegt Stan. 'Die geloven toch al?'

'Niet naar de bekende weg vragen, jongen. Je weet dat naar de kerk gaan niet hetzelfde is als echt in de Heere Jezus geloven. Het zijn geen wedergeboren christenen. Ze moeten hun hart openstellen voor Jezus.'

Stan knikt. Wedergeboorte, daar gaat het om. Jezus toelaten in je hart en elke dag voor hem leven. Hij spant zijn spieren en neemt twee zware pakken in één keer mee. Hij is meer van de daad dan van het woord en zo kan hij op zijn manier bijdragen aan het Koninkrijk Gods. Samen met zijn vader en Krijn plaatst hij de traktaten in grote stapels in de woonkamer. Na het eten en het Bijbellezen zet Lenna zich achter het orgel. Ze bladert door de Glorieklokkenbundel. 'Nummer 132, jongens.' Ze zet in en begint met hoge stem te zingen:

Breng het licht...

Wards zware stem valt in, direct daarna de jongensstemmen:

... aan hen die nog in donker zijn
breng het licht breng het licht
breng het licht aan al wat zondig is, onrein
breng het licht

Na de afwas trekt Ward Sterveling het kleed van de tafel. 'Komen jullie helpen, jongens?' Zonder protest gaan ze aan de slag. Buiten is de avond gevallen, de kroonluchter boven tafel geeft een intiem licht. De luxaflex aan de voorkant is dicht en Lenna heeft ook de gordijnen in de achterkamer gesloten.

Het gezin is een geoliede machine: Stan vouwt de traktaten, Krijn stempelt ze met het adres en telefoonnummer van W.A. Sterveling, Ward plaatst de traktaten zo economisch mogelijk in grote boodschappentassen en Lenna zit in de comfortabele stoel in de hoek van de achterkamer. Ze nipt met de pink in de lucht aan een kop thee en lacht nu en dan bemoedigend naar haar kinderen. Eensgezind werken ze door tot bedtijd. Als Lenna de jongens naar hun slaapkamers begeleidt, zijn hun handen zwart van de drukinkt.

De volgende avond assisteren Stan en Krijn hun vader bij het rondbrengen van de traktaten. Ze hebben vroeg gegeten, buiten is het nog licht.

'Het is beter als jullie direct gaan,' zegt Lenna. 'Dan zijn jullie klaar voordat het helemaal donker is.'

'Eerst even uitbuiken,' zegt haar man die op de bank is gaan zitten. 'De krant lezen en dan gaan we op pad.'

'Je schaamt je toch niet voor je geloof, Ward?' Ze kijkt verwijtend in zijn richting.

Hij blikt op uit het *Reformatorisch Dagblad*. 'Nee Lenna, dat weet je. Het is alleen... Ik ben uit mijn werk gekomen, heb meteen daarna het vlees gebraden en na het eten met de jongens afgewassen. Mag ik even zitten?'

Hij voelt plotseling een scheut heimwee naar zijn kantoor, tien kilometer verderop. Vanaf de bovenste verdieping van het gebouw heeft hij uitzicht over de polderstad, die hoewel een paar jaar jonger dan hun dorp al bijna twintigduizend inwoners telt. Het kantoor is zijn vesting, zijn leven zonder Lenna. Ze is er zelfs nog nooit binnen geweest. Eerst voelde hij zich beledigd, dat zijn vrouw geen enkele interesse toont voor zijn werk, voor zijn hoge positie binnen het bolwerk van de dienst. Want hoewel hij in het gezin de tweede viool speelt, staat hij op zijn werk zijn mannetje en geeft hij leiding aan meer dan honderd man.

Al snel vond hij de ruimte die ze hem liet prettig. Hij vraagt haar ook niet meer mee naar openingen en borrels. Hij is altijd gespannen geweest als ze samen waren bij officiële gelegenheden. Uit het niets kon ze tegen een collega over het geloof beginnen. Nu ze niet meer meegaat, heeft hij het gevoel dat hij vrij kan ademen. Hij drinkt zelfs wel eens een wijntje of twee op een receptie. Dan koopt hij op weg naar huis bij het tankstation een rol pepermunt. Geluk bij een ongeluk is dat ze hem bij thuiskomst niet meer zoent. Dat vermindert de kans op een echtelijke ruzie aanzienlijk. Want alcohol is opium voor Gods kinderen.

Lenna kijkt hem over zijn krant doordringend aan, hij slaat zijn ogen neer. Dan schudt ze langzaam haar hoofd. De jongens slaan het tafereel nerveus gade.

'Ik ga nu wel vast,' zegt Stan. 'Misschien kunnen we dan alles in één avond rondbrengen.'

'Ik ga met je mee,' zegt Krijn, terwijl hij met een schuin oog naar zijn moeder kijkt. Die zit nog steeds hoofdschuddend op de bank, haar mond tot een streep geknepen.

'Goed, goed, we gaan meteen. De krant lees ik straks wel.' Zonder verder iets te zeggen pakt Ward Sterveling twee volle tassen uit de achterkamer, wenkt met zijn hoofd zijn zonen en loopt de gang in. Daar bedenkt hij zich en stapt terug de woonkamer in.

'Waarom help je eigenlijk zelf niet mee? Het evangelie verkondigen met het hele gezin, dat is toch het fijnste wat er is? Heb je niet vaak gezegd dat dat een droom van je is?'

'En wat nou als mensen meteen geraakt worden door Gods boodschap?' antwoordt Lenna met een wedervraag. 'Als die straks gaan bellen, krijgen ze geen gehoor. God geeft altijd gehoor als mensen hem aanroepen. Er moet iemand thuisblijven om de telefoon op te nemen. God openbaarde me vannacht dat er een grote opwekking in het dorp op stapel staat. Vanavond zullen de eerste mensen tot geloof komen.'

Met z'n drieën lopen ze door het dorp. De jongens blijven zo veel mogelijk bij elkaar in de buurt, rennend van deur tot deur, stampend met hun schoenen, klapperend met de brievenbussen. Wards lange lijf is gebogen alsof hij bang is zijn hoofd aan de hemel te stoten. Hij duwt de inhoud van zijn tassen behoedzaam door de gleuven, hopend dat de bewoners hem niet zullen opmerken. Om nou alle dorpelingen op hun vrije avond lastig te vallen met ongevraagd drukwerk... Ze plaatsen zich met deze evangelisatieactie wel erg buiten de gemeenschap. Alsof iedere dorpeling de foute weg bewandelt, behalve de familie Sterveling. Is het niet beter door onberispelijk gedrag een getuige te zijn van de Heer? Terwijl hij de volgende straat in loopt vraagt hij zich af: doe ik dit nou voor Lenna of doe ik het uit liefde voor God? Hij komt er niet uit. Was hij maar net zo zeker van alles als Lenna. Vergeleken met haar is hij een wankelmoedig mens.

Met gebogen hoofd sjokt hij verder over de vochtige trottoirs van het dorp. Tuinpaadjes op en af. Gelukkig begint het al te schemeren. Her en der worden in huiskamers lichten ontstoken. Overal flikkert de televisie. Hij ziet bewoners gegroepeerd rond de buis, met blauwe koppen van het tv-licht. Zij hebben nooit een toestel aangeschaft. Niet dat hij het niet kan betalen, hij verdient tenslotte een mooi salaris. Eigenlijk zou hij er wel een in huis willen hebben. Alleen voor het Journaal en misschien een enkele natuurdocumentaire. En een paar keer per jaar een belangrijke voetbalwedstrijd. De jongens houden zo van voetbal, ook al vindt Lenna het een ordinaire sport.

Bedrukt kijkt hij naar de overkant van de straat waar hij ze van deur tot deur ziet rennen. Stan groot, blond en sterk, net als hij vroeger. Krijn donker, tenger en soepel, meer als Lenna. Hoewel hij niets om sport geeft, verlangt hij er soms naar met zijn drieën op de bank een voetbalwedstrijd te kijken. Maar Lenna gruwt bij het idee van een tv. 'Ik wil die vuiligheid niet in mijn huis.' Op zijn tegenwerping dat je een tv uit kan zetten, heeft ze niet eens gereageerd.

De bevrijdende schemering valt over het dorp. Onvermoeibaar rennen de jongens door de straten. In de anonimiteit van de avond raakt Ward aangestoken door hun enthousiasme en doet hij mee aan hun wedstrijdjes. Het is een kakofonie van rennende voetstappen, klapperende brievenbussen en lachende jongensstemmen.

Als de bodem van de boodschappentassen is bereikt, is het donker. Het hele dorp hebben ze de blijde boodschap gebracht. Het hele dorp behalve één huizenblok. Ze turen onder het licht van een lantaarnpaal nog eens goed in hun tassen, maar die zijn schoon leeg. Ward Sterveling kijkt naar de huizenrij, telt de voordeuren. Zeven huizen hebben ze niet gedaan. Het hele dorp behalve deze zeven huizen. Wat nu? Hij voelt zich plotseling moe, zijn voeten knellen in zijn kantoorschoenen. Op zijn leeftijd moet hij ook geen sprintduels meer aangaan met zijn zonen.

'Kom jongens, we zijn los. Niks aan te doen. Het is al laat, laten we naar huis gaan.'

Hij kijkt nog eens naar het huizenblok. Als hij zich omdraait, overvalt hem het gevoel gefaald te hebben. Alsof die zeven huizen de hele folderactie tenietdoen.

'Hebben we thuis nog niet meer van die traktaten?' vraagt Stan.

'Nog een stapel, ja.'

'Dan breng ik ze zo nog wel even op de fiets.'

'Dat is goed, mijn zoon,' zegt Ward plechtig. 'We kunnen die zeven huizen inderdaad niet overslaan.'

Onhandig slaat hij een arm om de schouder van zijn oudste zoon, twee lege boodschappentassen bungelen aan zijn hand langs de schouder van Stan. Krijn grijpt zijn andere hand. Buiten hen is niemand op straat. Het zoemen van de ventilatoren van de aardappelloodsen aan de rand van het dorp lijkt van veel verder weg te komen. Ward Sterveling kijkt omhoog.

De zware bewolking is opengescheurd, alsof er een breekijzer in is gezet. Recht boven hen hangt de onmetelijke sterrenhemel. Ik ben uw grootheid onwaardig, Heer, denkt hij, terwijl ze de weg naar huis inslaan.

Het is stil in huis als ze via de achterdeur binnenkomen. Er brandt geen licht in de bijkeuken, ook niet in de keuken. Door het glas van de woonkamerdeur valt een flauw licht in de gang.

'We zijn er weer!' roept Krijn als hij met een zwaai de deur opengooit. Zijn moeder zit onder de schemerlamp bij de telefoon. Het licht omhult haar als een koker. De rest van de kamer is in schemerduister gehuld. Ze reageert niet, ook niet als Stan en Ward haar groeten.

'Waarom is het hier zo donker?' vraagt haar man.

Geen reactie.

'En mam...' vraagt Stan, '... hoeveel telefoontjes heeft u al gehad?'

Alle drie zwijgen ze en kijken naar Lenna Sterveling. Die schudt langzaam haar hoofd, haar lippen worden dun. De stilte wordt sterker. Dan gaat de telefoon. Lenna veert op alsof er een speld in haar dij prikt. Terwijl ze de hoorn grijpt, komen ook de jongens in beweging. Ze laten hun adem ontsnappen, Krijn stompt Stan in zijn maag. Die zegt: 'Ik breng de laatste zeven traktaten nog even weg.' Ward Sterveling begint her en der in de kamer lichten aan te knippen.

'Ward?' Lenna houdt de hoorn zo ver mogelijk van zich af, alsof het een besmet ding is.

'Ja, *sweetheart*?'

'Het is voor jou. Iemand van je werk.'

Hij loopt op haar toe en brengt de hoorn naar zijn oor. Zijn andere hand legt hij op haar schouder. Ze staart voor zich uit, hoort hem praten over de voortgang van een bouwproject. Dan schudt ze zijn hand af en staat op.

'Bedtijd, Krijn. Het is al veel te laat voor je. Morgen moet je weer naar school.'

Ze duwt hem met zachte dwang voor zich uit de gang in, de trap op.

Boven in zijn kamer kleedt Krijn zich uit. 'Kijk eens, ma. Blaren van het lopen.' Lenna knikt afwezig en wast zijn gezicht en zijn handen. Haar linkermondhoek trekt. Voordat ze hem instopt, neemt ze zijn voeten in haar handen en masseert ze.

'Zere voeten voor Jezus,' zegt hij.

Om haar mond speelt een flauwe glimlach. 'Zere voeten voor Jezus,' beaamt ze. Ze trekt de dekens over hem heen en gaat naast zijn kussen op het bed zitten. Ze streelt door zijn haar, glimlacht naar hem, maar haar gedachten zijn elders. Haar lippen prevelen onverstaanbare woorden. Zo nu en dan schudt ze haar hoofd.

Vlak voordat hij in slaap valt, zegt Krijn: 'Morgen blijft de telefoon rinkelen, let maar op. Het hele dorp komt tot bekering.'

7

Toen ik de sleutel in het slot van mijn moeders voordeur stak, hing de geur van modder tussen de nieuwbouw. Het had geregend, maar de zomerhitte was niet verdreven. Het is nog geen september, dacht ik. Werktuiglijk rook ik aan de bos tulpen die ik onderweg bij een pompstation had gekocht. Deze zondag lag het woonerf er verlaten bij. Een witte kat schoot de straat over en verdween in de struiken van het plantsoen.

Toen ik haar slaapkamer betrad, zei ze: 'Dag mijn jongen, ben je er alweer?'

Ze zat rechtop in bed, haar lange haar langs haar schouders over haar borst. De kleur van haar wangen was nog steeds vaalgroen.

'Dag ma, hoe is het?' In de auto had ik me opnieuw voorgenomen haar te omhelzen, maar ze zat daarvoor in een ongeschikte houding. Ik boog me voorover, bos tulpen op mijn rug, en drukte een zoen op haar wang. Die leek van karton. Ik wankelde en zocht steun op haar schouder om niet tegen haar aan te vallen. Door de stof van haar ochtendjas voelde ik haar sleutelbeen. Ik was bang het te breken. Snel herstelde ik mijn balans. Ze had in slow motion haar handen geheven om me op te vangen.

'Niet zo goed, jongen,' zei ze terwijl haar handen weer in

haar schoot vielen. 'Ik zie bijna niets meer met dit oog. Maar je moet niet ongerust worden, een macht van blindheid is mijn oog binnengedrongen.'

Ik bekeek haar linkeroog. De pupil was grijs, alsof er een laagje zwart vernis was afgekrabd. Vanuit haar ooghoek leek een wit vlies op te rukken. Het was me bij het vorige bezoek door de zenuwen niet opgevallen. En zij had er niets over gezegd.

'Die macht blijft maar een poosje,' ging ze verder. 'Op een gegeven moment vliegt hij eruit, dat heeft de Here me verteld. Ik heb hem gevraagd: "Vader, heb ik iets verkeerds gedaan?" "Nee," zei de Here, "dat heb je niet." Nu heb ik de gedachte dat ik een beetje moet – en niet tegen hem zeggen hoor – moet uitboeten voor Stan.'

'Bestaat dat, uitboeten?' Ik had geen enkele behoefte de reden van het uitboeten aan te horen.

'Jazeker! Uitboeten is een soort kwijtschelding voor iemand anders. Alleen profeten kunnen dat.'

Ze keek me onderzoekend aan. 'Wil je niet voor mij bidden, Krijn? Dat God mij geneest?'

Ik keek naar beneden, naar het gezicht van mijn moeder. Mijn eerste impuls was me af te keren. Ik had God immers lang geleden afgezworen? Het leek me blasfemisch hem nu voor de gelegenheid weer aan te roepen. Toen herinnerde ik me dat ik me nog geen halfuur geleden opnieuw had voorgenomen haar voor haar dood nog wat liefde te geven. Misschien ervaart ze mijn gebed ook wel als liefde. Baat het niet, schaadt het niet, dacht ik terwijl ik me weer vooroverboog en mijn hand op haar oog legde. 'Het is mijn andere oog, jongen.'

Met twee handen bracht ze mijn hand naar haar rechteroog.

Ik glimlachte gespannen. Bidden, hoe deed je dat ook alweer? Ik sloot mijn ogen en sprak: 'Heer, u weet dat ma bijna niets meer ziet met haar... rechteroog. Wilt u haar alstublieft genezen? Amen.'

Het was een schamel gebed, besefte ik, zodra ik mijn ogen opende, maar meer mocht ze echt niet van me verwachten. Tot mijn opluchting nam ze er genoegen mee. Ze stemde in ieder geval in met een Amen dat er mocht zijn. A-mèn!

'Dank je, Krijn. Nu maar vertrouwen, mijn jongen, dat je moeder beter wordt.'

Ik knikte. Een beetje vertrouwen kan nooit kwaad.

'Gaat het verder weer wat beter met u? Het heeft hier zelfs geregend, hè.'

'Ach, wat zal ik zeggen?' Ze trok haar mondhoeken verder omlaag. 'Ik schuifel al wel weer wat rond, maar ik ben maar alleen, mijn jongen. Eigenlijk wil ik hier weg. Het dorp gaat steeds verder achteruit. Het zit onder de vliegen, is je dat niet opgevallen? De winkels gaan failliet, de politie is corrupt en de mensen... Hoe zal ik 't zeggen, de mensen in dit dorp zijn niet *refined*. Je weet wel wat ik daarmee bedoel. Toch?' Ze keek me met een schuin hoofd aan.

Ik vroeg: 'Wat kunnen we aan uw eenzaamheid doen? Is het niet verstandig een telefoon te nemen?' Ik hield mijn mobiele telefoon in de lucht. Ze keek ernaar alsof ze zo'n ding voor het eerst zag. 'Dan kunt u mij of Stan bellen als u zich alleen voelt. Of nog belangrijker: als er wat met u aan de hand is.'

Ze schudde haar hoofd. 'Ik krijg een hond. De Heer heeft me gezegd dat er een hond op mijn pad komt, die geen eten nodig heeft en ook niet uitgelaten hoeft te worden.'

'Bestaat dat soort honden?'

'Jazeker, die bestaan. God heeft me verteld dat er honden zijn gefokt die niet afgaan.'

'Niet afgaan? Me dunkt. Honden zijn tenslotte geen vuur-pijlen.'

'Ach, jongen, steek niet de draak met je oude moeder. Ik be-doel honden die zich niet ontlasten.'

'Aaah, die niet poepen, bedoelt u.'

'Dat zeg ik niet. En dat mag jij ook niet zeggen.'

Met getuite mond keek ze naar het plafond. Ze schudde nogmaals haar hoofd en trok met haar rechtermondhoek.

'Een hond die niet eet en niet poept. Lijkt mij een gat in de markt.' Ik popelde om door te vragen over de niet-poepende hond, maar hield me in. Lief zijn voor moeder, tot de dood ons scheidt, dacht ik.

'Iets anders, ma. Die stemmen die u hoort. Hebben die een bepaalde klank? Zijn het mannen- of vrouwenstemmen? Zijn het steeds dezelfde?'

Ze keek me wantrouwig aan. 'Waarom vraag je dat zo plot-seling?'

'Zomaar. Uit nieuwsgierigheid.'

'Geloof je het niet?'

'Jawel, zeker wel,' zei ik naar waarheid. 'Ik ben gewoon be-nieuwd naar die stemmen. Hoe concreet die zijn.'

'Het zijn geen stemmen, het is één stem. En ik hoor hem niet altijd. Er zijn dagen dat hij helemaal niet tot mij spreekt. Lange dagen zijn dat.'

'Maar... is het een mannen- of een vrouwenstem? Hoog of laag, hard of zacht?'

Ze dacht even na. 'Het is een mannenstem, dat is zeker. Een warme zware mannenstem. Het is de stem van God, Krijn.'

'Hoe weet u dat zo zeker?'

'Natuurlijk weet ik dat zeker. Ik geloof in God. Jij toch ook, jongen?' Ze keek me verwachtingsvol aan.

Toen dacht ik aan de bos tulpen.

'Ik zou het bijna vergeten: kijk eens wat ik heb meegebracht...'

'Dat is een mooie bos, mijn jongen. *Baie dankie!*'

Nog steeds mengde ze haar Nederlands met Afrikaans. Het vervulde me vroeger met schaamte. Met milde schaamte, niks vergeleken met de schaamte die mijn maag een kwartslag draaide als ze tegen mijn vriendjes begon over Jezus. Als ze hen wees op hun grove taalgebruik, of hen vertelde dat het sterrenbeeld rond hun nek een satansteken was.

'Waar heb je die tulpen vandaan?'

'Bij de bloemist. Weet u welke soort dit is? Jullie teelden vroeger thuis toch ook bloembollen?'

Ze bekeek de bloemen vluchtig. 'Dat zijn Apeldoornse, dat zie je zo. Maar er zit ziekte in. Zie je die donkere vlammen in de bloembladen? Dat is een virus. Bij welke bloemist heb je die bloemen gehaald?'

Betrapt keek ik in de bos. 'Ik vind de zieke eigenlijk mooier dan de gezonde. Minder gewoon. Kom, geef ze maar, dan zet ik ze even in een vaas.'

Terwijl ik bij het fonteintje in de slaapkamer de stelen schuin afsneed en de tulpen ruwweg in de vaas schikte, vroeg ik nogmaals: 'Uw vader was toch bollenboer?'

'Nee, mijn jongen. Hij was bollenexporteur.' Ze legde nadruk op het woord: exporteur. 'Hij reisde veel op Amerika. Dan was hij maanden van huis.'

'Miste u hem?'

'Als hij weg was, voelde ik me eenzaam in dat enorme huis, tussen al mijn broers en zusters. Als hij thuis was, was ik gelukkig. Ik herinner me dat hij terugkwam van zijn laatste reis, dat hij mij op zijn schoot zette en een Amerikaans liedje voor me zong. Had hij ergens opgepikt in een negerkerk of zoiets. Ik verborg me in zijn vest, snoof de scherpe tabakslucht op die hij meebracht uit het verre Amerika en duwde met mijn vingers op de kronkelende aderen op zijn handen. Och, Krijn, hij kon zo mooi zingen. Een prachtige bariton. Wat zong hij toen ook al weer... O ja.'

Met onvaste stem begon ze te zingen. '*Amazing grace, how sweet the sound, that saved a wretch like me! I once was lost...*'

Terwijl ik op het voeteneind van het bed ging zitten, onderbrak ik haar. 'Hij kon zeker beter zingen dan zakendoen, zijn bedrijf ging toch failliet?'

'Hij huilde toen hij het zong, dat weet ik nog goed. De tranen die vlak voor mijn neus op zijn revers vielen... Ik wist toen niet dat hij in Amerika was geweest in een poging geld los te krijgen. Het was in de jaren dertig, dat was een tijd van crisis, jongen. Hij had grote partijen bloembollen verkocht aan Amerikaanse handelaren, maar die betaalden niet meer. Ons geld raakte op. Al snel stonden de schuldeisers op de stoep.'

Ik knikte. Dat verhaal was me bekend, maar ik liet haar begaan. Zolang ze bekende verhalen vertelde, was het goed.

'Je opa...'

'Uw vader dus.'

'Mijn vader, ja.' Ze keek me even aan, maar ook haar goede oog leek nu niks te zien. 'Vader was inderdaad geen zakenman. Je oma...'

'Uw moeder...'

'Laat me toch vertellen, jongen.' Ze schudde geïrriteerd haar hoofd. 'Moeder smeekte om uitstel van betaling. Maar het waren hardvochtige mannen. Mannen met vlezige hoofden en bloemkooloren, heel anders dan je opa. Die had een edel gelaat, ranke handen met lange pianovingers. Die mannen wilden hun geld. En snel. Maar vader had niks, alles zat vast in Amerika. Toen ging ons bedrijf failliet. Niet lang daarna kreeg hij verschrikkelijke buikpijn. Helse pijnen. Ik weet nog dat hij over de vloer van de serre kronkelde. Moeder liet hem met spoed naar het ziekenhuis in Leiden brengen. De artsen constateerden buikvliesontsteking. Toen ze hem opensneden spoot het pus tegen de muren. Het was een katholieke chirurg die het mes hanteerde...' Ze haalde diep adem en keek een tijdje naar het plafond voor ze vervolgde: 'Vlak voor zijn dood zei hij tegen moeder: "Ik wil Lenna zien." Ik ging met haar naar het ziekenhuis. Negen jaar was ik. Het was juni en zomers warm. Ik weet nog dat ik ondanks de hitte een rood vestje aanhad. Hij was erg zwak, hij zag zo bleek, jongen. Ik pakte zijn hand. Het was alsof ik een koude vaatdoek vasthield. Zijn hand was slap, zijn vingers waren dun en breekbaar. Ik kuste zijn wang. Die was ook al zo koud. "Dag, Lenna," zei hij nauwelijks hoorbaar. Het leek alsof de woorden uit zijn mond bloedden, zo langzaam kwamen ze. Hij keek me even aan, sloot zijn ogen en zuchtte diep. Alle vermoeidheid van zijn leven lag in die zucht. Toen werd zijn hand langzaam nog kouder. Ik voelde zijn warmte wegvloeien, jongen. Dag Lenna. Dat waren zijn laatste woorden.'

Ik observeerde mijn moeder. Dit gedeelte van het verhaal had ze me nog nooit verteld. Haar rechtermondhoek trok. Ze schudde nu en dan haar hoofd, terwijl ze hardnekkig naar de naden van de gipsplaten in het plafond bleef kijken. Ik wist dat ik wat moest doen. De bloedband, of dan tenminste de algemene menselijkheid, gebood me te handelen. Iets zeggen, haar hand pakken. Maar ik kon niets dan roerloos op het bed zitten. Alsof de rigor mortis in mij getrokken was en niet in mijn opa. De stilte vulde als een reukloos gas de kamer. Mijn moeders vingers trilden, gingen aarzelend omhoog naar haar mond, raakten de lippen even en keerden terug in haar schoot. Minuten zaten we zo bij elkaar.

Toen zei ze: 'Mijn moeder hield van hem, ze voelde zich half na zijn dood. Ze bleef alleen achter, met elf kinderen en zwanger van de twaalfde. Een halve moeder met twaalf kinderen.' En alsof het haar plotseling geopenbaard werd: 'Net zoveel als Jacob, de stamvader van Israël.'

'Maar die had alleen zonen, toch?'

'Ja, die had alleen zonen.'

'Bovendien bij verschillende vrouwen.'

Ze reageerde niet.

'En toen moest de oorlog nog komen,' zei ik. Nu komt het verhaal over het eten van bloembollen, dacht ik.

'Ja, de oorlog moest nog komen.' Weer liet ze de stilte bezit nemen van de kamer, het leek wel een stilte ter nagedachtenis aan 1940-1945.

Ze ging wat meer overeind zitten. Haar haar hing in slierten langs haar gezicht, tot op het laken. 'Is het een idee om een keer een stuk van uw haar af te knippen?' doorbrak ik het zwijgen. 'Nu hangt het zo sluik en dun langs uw lijf.'

Een schok ging door haar lichaam. Haar linkeroog vonkte. 'Mijn haar afknippen? Nooit. In Korintiërs staat: *Leert de natuur zelf u niet, dat, indien een man lang haar draagt, dit een schande voor hem is, doch dat, indien een vrouw lang haar draagt, dit een eer voor haar is? Immers, het haar is haar tot een sluier gegeven.* Je kent de Bijbel toch, mijn jongen? Hoe durf je zoiets tegen je moeder te zeggen?'

Ze keek me woedend aan. Hoewel ik haar grillen kende, verraste deze boosheid me.

'Nou, rustig maar, ma. Ik denk alleen dat het u beter zal staan. Iets korter haar. Het lijkt nu zo dun.'

'Geen sprake van. God heeft me gezegd dat hij mijn haar weer vol maakt. En golvend.' Ze knikte vastberaden. 'Hij gaat me helemaal vernieuwen. Mijn tanden komen terug en mijn rimpels verdwijnen...' Alweer iets gekalmeerd zei ze: 'Ken je jouw tante Astrid nog?'

Ik herinnerde me een polaroidfoto van een lachende vrouw in zomerjurk in de Floridase zon, weggelopen uit een tandpastareclame uit de jaren vijftig. Een volle rode mond in een symmetrisch gezicht onder een donkere bos krullen. De gedachte aan Doris schoot door me heen, als een speldenprik. Misschien was ze wel helemaal niet mager en plat, maar vol en rond. Zou ze me nog eens bellen?

'Astrid. Dat is toch die knappe zus van u?'

'Astrid is sluw en doortrapt.' Ze spuwde de woorden uit. Opgewonden sprak ze verder. 'Ze was al jong onrein, een mannengek. In de oorlog al. Na de oorlog werkte ze als verpleegster in het ziekenhuis van Leiden. Daar kwam ze in contact met een medisch student die coschappen liep. Een jood van rijke komaf. Een betrouwbare jongen, die haar lief kreeg. Astrid was heel aantrekkelijk, moet je weten. Onweerstaanbaar zelfs. Hij maakte haar het hof, niet flirterig, maar op een zuivere manier. Ze kregen omgang. Hij voedde haar op, soms zelfs met de tuchtroede. Langzamerhand kwam hij tot de ontdekking dat zij hem niet trouw was. Op een zondag kwam Astrid ons vertellen dat haar verloofde stervende was. Ze huilde en ik troostte haar. Maar eigenlijk waren het Judastranen. Achter zijn rug om had ze een minnaar, ook een student. Een listige duivel. Op een avond kwam hij op bezoek bij Astrid. Samen pleegden ze ontucht. En hoe!' Ze keek me verontwaardigd aan, alsof ik de ontuchtpleger was. Ze hijgde licht. 'Tegen negenen verscheen opeens haar verloofde in de deuropening van haar kamer. Astrid zat op schoot bij de onverlaat, beiden waren verhit. Haar verloofde trok de deur achter zich dicht en ging geschokt naar zijn eigen huis. Daar is hij huilend in slaap gevallen. Een uur later sloop Astrid met de hoereerder zijn huis binnen. Zij hebben hem toen een dodelijke dosis opium gegeven. Ze hebben hem vermoord. Dat is de ware toedracht.'

Ik bekeek haar van opzij. Ze was over haar toeren geraakt van haar verhaal, haar rug kaarsrecht, de mondhoek heviger trekkend dan voorheen. Haar borst rees en daalde, als water bij een kademuur. Magere handen fladderden door de lucht.

'Kalm aan, ma. U moet rusten. Te veel opwinding is niet goed voor u.'

Ze schudde koppig haar hoofd en ratelde verder: 'Je weet dat pa en ik haar bezocht hebben in *Florida*?' Ze sprak het uit op zijn Engels.

Ik knikte vermoeid. Ook dit verhaal was me bekend, maar ik hoefde het niet opnieuw te horen.

'Toen is mij helemaal duidelijk geworden dat Astrid een verdorven vrouw was. Terwijl haar man – jouw oom Tom – met kanker in het hospitaal lag, verleidde ze je vader. Midden in de nacht ging hij naar de wc. Omdat het zo lang duurde voor hij terugkwam, ging ik poolshoogte nemen. Ik trof hem aan met Astrid! Het was duidelijk dat er iets gebeurd was. Ze giechelden samen. Je moeder is niet gek!' Haar stem zat tegen schreeuwen aan.

Ik zweeg, in de angst dat woorden, welke woorden dan ook, brandstof voor haar razernij zouden zijn. Het zwijgen werkte, maar misschien was het wel haar uitputting. Mijn moeder zakte met gesloten ogen terug in de kussens. Ze was nog bleker dan bij mijn binnenkomst. Het wordt haar te veel, dacht ik. Straks sterft ze voor mijn ogen door een overdosis aan emoties.

'U moet hier in deze toestand niet over praten, ma. Het windt u echt te veel op.'

'Ze is een duivel...'

'Ma! Nu stoppen! Ik moet terug naar Amsterdam. Ik ben moe en ga vroeg naar bed.'

Mijn aanstaande vertrek bracht haar weer bij zinnen. Ze opende haar ogen en zei met vermoeide stem: 'Jongen, waarom blijf je hier niet even rusten.'

Ze richtte zich op en pakte de hand die op mijn schoot lag. Haar vingers veegden terloops over mijn kruis. Ik schoot overeind. Kortaf zei ik: 'Ik moet er niet aan denken.' Daarna wat vriendelijker: 'Ik bedoel: ik moet morgen vroeg weer werken... Als ik morgenochtend vanaf hier vertrek, sta ik in de file...'

Die laatste zin ergerde me al terwijl ik hem uitsprak. Waarom deed ik net alsof ik haar uitnodiging in overweging nam? Ze had me van mijn stuk gebracht. Ik was teleurgesteld dat haar dat nog steeds lukte, na al die jaren. De afscheidszoen kon ze vergeten. Ik stond op en stak mijn hand op.

'Krijg je golven in je haar, Krijn?' vroeg ze.

'Niet dat ik weet. Het is mij in ieder geval nooit opgevallen.'

'Goed blijven borstelen, dan gaat het krullen. En nu en dan wassen met olijfolie! Dat is goed tegen haaruitval.'

8

Ook de volgende dag belt niemand. De dag erna evenmin. De evangelisatie brengt geen enkele reactie in het dorp teweeg, laat staan dat er bekeerlingen te bejubelen zijn. Aan het uitblijven van de opwekking wordt in het gezin Sterveling geen woord vuilgemaakt. Ward Sterveling vertrekt 's ochtends in pak met das en aktetas naar zijn kantoor in de polderstad, de jongens gaan naar school – Krijn te voet naar de lagere school in het dorp, Stan met de bus naar het christelijk lyceum aan de andere zijde van de dijk, op het oude land.

Zodra de stilte bezit heeft genomen van het grote huis, prevelt Lenna op haar knieën voor het echtelijke bed haar gebeden. Ze bidt voor het zielenheil van haar man en kinderen. 'Heer, geef ze de kracht om weerstand te blijven bieden aan de verlokkingen van de wereld. Behoed ze voor onreinheid.' Ook bidt ze voor het dorp, hoewel met minder dan voorheen.

Het enige wat de folderactie bereikt heeft, is dat nu alle dorpelingen begrijpen waarom de familie Sterveling buitenstaanders zijn: fijnen, sektariërs, zonderlingen. Het is reden om de familie met reserve te behandelen. Niet dat ze vijandig doen, zeker niet tegen de twee jongens. Die kunnen er immers ook niets aan doen in een buitenissig gezin te zijn geboren. De dorpelingen houden gepaste afstand tot Lenna Sterveling.

Vooral sinds zij een aantal van hen in een persoonlijk onderhoud heeft proberen te bekeren. De monteur van de wasmachine bijvoorbeeld, vaders en moeders van vrienden van Krijn en Stan, kassameisjes van de supermarkt, de groenteboer die elke woensdagmiddag met zijn kleine vrachtwagen langskomt. Na een korte aanloop over het weer, het voedsel of de wasmachine komt onvermijdelijk de vraag: 'Gelooft u in God?' Een bevestigend antwoord is nooit afdoende. Op indringende toon vraagt Lenna verder: 'Ik bedoel, gelooft u werkelijk in God? Gelooft u dat Jezus Christus voor u gestorven is aan het kruis? Heeft u hem vergeving gevraagd voor uw zonden en hem toegelaten in uw hart?'

Haar bekeringsdrift is van mond tot mond door het dorp gegaan en heeft de polderlingen kopschuw gemaakt. Dat maakt haar zendingsmissie niet eenvoudiger, zo niet onmogelijk. De gesprekken die ze aan de deur, op straat of in de winkels probeert aan te knopen, worden steeds sneller afgekapt. Het doet haar verdriet, maar ze weigert haar goddelijke opdracht te verloochenen. In plaats daarvan besluit ze haar werkveld te verleggen naar de behoeftigen van de samenleving. Steun daarvoor vindt ze bij Lucas 14 vers 13 en 14: ... *wanneer gij een gastmaal aanricht, nodig dan bedelaars, misvormden, lammen en blinden. En gij zult zalig zijn, omdat zij niets hebben om u terug te betalen. Want het zal u terugbetaald worden bij de opstanding der rechtvaardigen.*

Lenna heeft zich in haar vorige woonplaats al ingelaten met kruimeldieven, bedelaars, zwervers en dronkaards. Ze heeft hen opgezocht in de duistere kroegen van de stad. Ze heeft ze van straat geplukt, in bad gedaan, de korsten van hun rug

geboend, ze gekleed met de overhemden van Ward en ondertussen het evangelie verkondigd. Bij wijze van dank haalden
ze voor vertrek haar huishoudportemonnee leeg. In tegenstel-
ling tot haar man heeft ze haar schouders erover opgehaald.
'Ik heb het zaad Gods in hun harten gezaaid,' heeft ze gezegd.
'Dat is meer waard dan een paar guldens.'

Uit bezorgdheid heeft Ward haar verboden nog langer cri-
minelen in huis te halen. 'Misschien doen ze jou nog wat aan.'
Ze moet het hem beloven. In een zeldzame bui van meegaand-
heid heeft ze toegezegd. Ze zou zich voortaan ontfermen over
de zieken en misvormden, van lichaam én van geest.

De eersten die huize Sterveling binnenkomen, zijn Gerrit
en Karel. Gerrit is ruim boven de twee meter. De vorm van
zijn hoofd vertoont grote gelijkenis met die van de gebroe-
ders Dalton. Een gefiguurzaagde kin, met breed uitlopende
kaken. Ondanks de stoppels glimmen ze als een geboende te-
gelvloer. Zijn voortanden in zijn brede mond steken vooruit
als een omgekeerde scheepsboeg. Zijn lach is een scheepstoe-
ter. Zijn hoofdhaar is gemillimeterd, zijn inhammen lopen tot
boven op zijn schedel. Karel is zo mogelijk nog langer dan zijn
vriend, maar minder breedgeschouderd. Op zijn neus staat
een hoornen bril met glazen waardoor zijn ogen vervormen
als in een lachspiegel. Ze zijn trouwe bezoekers van de pinkstergemeente waartoe de familie Sterveling behoort.

Na een van de wekelijkse samenkomsten nodigt Lenna ze
uit de zondagmiddag in de schoot van haar gezin te vieren.
Ward Sterveling protesteert nog dat de auto vol zit, maar volgens Lenna is hij ruim genoeg voor zes personen. Stan zit
ingeklemd tussen de twee reuzen, Krijn zit met open mond
omgekeerd tussen de voorstoelen. Zo rijden ze terug naar
huis, de Ford zakt bijna door zijn assen. De ramen van de ach-

terportieren zijn naar beneden gedraaid. Af en toe waait een grote bleke hand van Gerrit of Karel naar buiten, om hun verhalen kracht bij te zetten. Met stemmen die met veel speeksel gesmeerd worden, spreken ze over de goedheid van God, de schoonheid van stoomlocomotieven en de geneugten van het duivenmelken. Bij voortduring gooien ze hun hoofd in de nek en knalt hun lach door de auto.

Na aankomst in het polderdorp luistert Ward Sterveling zoals gebruikelijk naar de actualiteiten op de radio. Ondertussen bereidt Lenna de zondagse maaltijd. Gehaktballen, bloemkool met maïzenasaus en aardappelen. En ananas met slagroom toe. Ze luistert glimlachend naar de verhalen van Gerrit en Karel, ze spreekt met hen over geloofskwesties, vermaant ze als ze grof in de mond worden, veegt het speeksel van hun kin na weer een lachsalvo. Na het Bijbellezen maakt ze een rondje met hen door het dorp. Zonder haar man en twee zonen, die thuis nog het een en ander te doen hebben. De gekken flankeren haar met zwabberende benen en fladderende armen. Ze paradeert met de reuzen door het dorp alsof ze wil zeggen: God en ik maken geen onderscheid tussen gek en normaal. 'Mevrouw Sterveling' is bij terugkomst 'tante Lenna' geworden.

In de namiddag brengt Ward Sterveling de mannen terug naar de inrichting. Krijn en Stan gaan mee. Ze mogen het grote gebouw in, dat als een kazerne midden in de bossen staat. Krijn verbaast zich over de hoge plafonds, de ramen met traliewerk, de groengeverfde radiatoren, de okergele muren. Ze krijgen een rondleiding. De gangen galmen van de stemmen van Gerrit en Karel. Medebewoners openen voorzichtig hun kamerdeur, bekijken het bezoek door een kier. Sommigen schuifelen de gang op. Zwijgend staren ze naar de twee jongens. Een vrouw van middelbare leeftijd schudt haar hoofd. 'Nee,' zegt ze. 'Nee, zeker niet.' Een kleine dikke man met een rond kaal hoofd vraagt aan Gerrit: 'Is dat familie van je?' Gerrit lacht luidkeels, met een hoge gil aan het eind. 'Nee, stomkop. Dat zijn mijn vrienden uit de kerk.' De man knijpt Krijn in zijn wang. Die grijpt naar de hand van zijn vader. 'Tot volgende week, jongens. Gods zegen!' roept Ward Sterveling luid. Gods zegen echoot na in de gangen. Zijn kinderen slepen Ward mee naar buiten, zonder veel moeite.

Gerrit en Karel zijn het begin van een stroom behoeftigen die het huis van Sterveling aandoen. Tante Fien bijvoorbeeld, die na de dood van haar man nog erger in de war raakt dan ze al was en tegen Krijn tijdens het tafeldekken zegt: 'Je hebt altijd al geweten dat ik gek was, hè? Geef het maar toe. Toen je nog een peuter was zag ik in je ogen dat je me raar vond. Geef toe!' Waarop Krijn de borden op het parket laat vallen en de tuin in rent. Of tante Meida, die net zo rijk als gierig is, ondanks haar zeventig jaar op basketbalschoenen loopt, niet gelooft dat het in Amerika kan sneeuwen, maar fantastisch kan sjoelen. Of de man van de werkster: hij heeft achtervolgingswaanzin en mist geregeld het avondeten omdat hij uit zijn werk met zijn auto uren over de polderwegen raast om aan zijn demonen te ontkomen. Of het Amerikaanse hippie-echtpaar, dat tot het geloof is gekomen en bij de familie Sterveling probeert af te kicken van de heroïne. Of de jongen met het verbrijzelde been, die met zijn brommer onder een tractor is gekomen. Of de vrouw wier onderarmen door de kanker opgezwollen zijn tot Popeye-achtige afmetingen. Lenna Sterveling biedt ze onderdak, verpleegt hun wonden, kalmeert hun geest. En vooral, ze bidt met hen om genezing.

Zo ook voor de jongen met de schoudertas. Lenna Sterveling heeft voor het eerst over hem gesproken op de terugweg van de supermarkt in de polderstad. De duisternis is als een deken over het land gerold. Stan en Krijn zitten op de achterbank, in de koplampen van de tegenliggers licht het profiel op van het gezicht van hun ouders. Vooral Lenna is aan het woord. Ze onderstreept haar woorden met krachtige handgebaren. Aan het hevige schudden van het knotje op haar achterhoofd zien de jongens dat hun moeder een serieuze kwestie aankaart.

Hoewel het geluid van de automotor doordringt tot in de cabine, begrijpen ze dat het gaat om een zoon van een kennis. Ze vangen op dat hij gitarist is in een populaire Nederlandse popgroep, maar er is nog iets ergers met hem aan de hand. Aan de drift van hun moeder te zien zou het wel eens met de zeven hoofdzonden van doen kunnen hebben. Bezondigt iemand zich daaraan, dan kan hij het koninkrijk Gods op zijn buik schrijven, wist Krijn. Hoeveel berouw hij daarna ook toont.

Hij buigt zich naar de voorstoelen om meer van het gesprek te kunnen opvangen. Er komt iemand logeren die iets heel ergs onder de leden heeft. Zo erg dat zelfs zijn moeder hem nauwelijks kan helpen. Het woord dat zijn moeder daarvoor gebruikt, is Krijn onbekend. Dat is opmerkelijk, want hij kent veel moeilijke woorden, meer dan andere jongens van zijn leeftijd. Woorden als onmetelijkheid, heerschappij en goedertierenheid. Maar dat dit woord weinig goeds in de zin heeft, ziet hij aan de mondhoek van zijn moeder.

Een paar dagen later komt de jongen logeren. Een uur voor zijn komst roept Lenna Sterveling haar jongste zoon bij zich. Ze neemt plaats in haar geliefde stoel in de hoek van de kamer, Krijn gaat verwachtingsvol voor haar staan. Ze frunnikt aan haar haarband.

'Krijn...'

'Ja ma...'

'Krijn, je moet me niet vragen waarom ik je dit zeg. Beloof je me dat?'

'Ja, maar...'

'Nee, Krijn, nu geen weerwoord. Beloof je naar me te luisteren? Vertrouw op je moeder. Ze heeft het beste met je voor.'

Hij knikt.

'Er komt een paar dagen een jonge man bij ons in huis. Een verslaafde jongen. Maar ook een heel onreine jongen. Daarom moet je nooit alleen met deze jonge man in één kamer blijven, dat is gevaarlijk. Als het toevallig zo uitkomt, loop je gewoon weg. Begrepen?'

Krijn vermoedt dat de waarschuwing verband houdt met het woord dat in de auto gevallen is.

'Ma?'

'Ja, jongen?'

'Wat is een homofiel?'

'Je had me beloofd geen vragen te stellen, Krijn.' Ze kijkt hem verwijtend aan, dan verzacht haar blik. 'Ik leg je later nog wel uit wat een homofiel is.' Ze spreekt het woord voorzichtig uit, alsof het kan openbarsten. 'Het enige wat ik je nu kan zeggen is dat onreine geesten bezit van hem hebben genomen. Met Gods hulp zal ik ze uitdrijven.'

's Avonds wordt de jongen door zijn ouders gebracht. Hij is lang, langer nog dan Ward Sterveling. Hij draagt een broek met wijde pijpen, waaronder zwarte lakschoenen verborgen gaan die bij elke stap als enorme kevers tevoorschijn schieten. Hij rookt nerveus een sigaret en heeft een leren tas aan zijn schouder. Zijn haar hangt tot op zijn jas en hij kijkt bij binnenkomst afwachtend naar Lenna. 'Dag Peter, welkom in ons huis,' zegt ze hartelijk terwijl ze hem een hand geeft. Ward vraagt: 'Zal ik je jas en tas even aannemen?' Hij steekt zijn handen naar voren. De jongen doet een stap achteruit. 'Hier is mijn jas,' zegt hij.

'O,' zegt Ward en hangt de jas van de jongen aan de kapstok. Hij wil nog wat aardigs zeggen, maar komt niet verder dan 'zozo'.

Tijdens het eten hangt de schoudertas over de rugleuning van de eetkamerstoel. De lange jongen zegt weinig, maar beweegt des te meer. Hij schikt zijn bestek en servet, grabbelt in zijn tas, snuit zijn neus of veegt het haar uit zijn ogen. Als het toetje op is, opent Ward de bijbel en begint te lezen. De jongen pakt een pakje Caballero uit zijn tas en steekt met trillende handen een sigaret op. Met gesloten ogen trekt hij rook naar zijn longen. De basstem van Ward stokt even, maar dan leest hij verder. Krijn en Stan kijken versteend toe. Eerst naar de lange jongen en dan naar hun moeder. Die zit kaarsrecht op haar stoel. Ze doet pogingen de jongen aan te kijken, maar die houdt zijn ogen genietend dicht. Hij neemt nog een trekje, een sliert rook ontsnapt zijn neus.

'Ward, stop even, wil je? Ik wil wat tegen Peter zeggen.'

Haar man staakt het lezen en staart gespannen in zijn lege bord.

'Peter?'

De jongen opent zijn ogen en kijkt nieuwsgierig naar Lenna.

'Peter, je bent hier te gast. Wij willen het je zo veel mogelijk naar de zin maken, maar we hebben huisregels. Een daarvan is: er wordt niet gerookt tijdens het Bijbellezen. Ik heb liever dat je helemaal niet rookt, maar gezien je toestand zie ik af en

toe een sigaretje door de vingers. Maar niet tijdens het Bijbellezen. Begrepen, Peter?'

Peter haalt zijn schouders op en drukt de sigaret uit tussen
de etensresten op zijn bord. Ward Sterveling hervat de Schrift-
lezing. De jongen is nu onrustiger dan voorheen. Plotseling
vist hij een kam uit zijn tas en perfectioneert zijn haarschei-
ding. Wards stem stokt weer. Lenna kijkt de jongen strak aan.
Die ontwijkt haar blik en concentreert zich op zijn scheiding.

Na het eten vraagt Krijn aan de jongen of hij zin heeft in een
potje tafeltennis. Aarzelend stemt die toe. Krijn gaat hem
voor door de gang, keuken en bijkeuken naar de kamer die
tussen het huis en de garage gelegen is. De jongen sluit de
deur achter hen. 'Laat maar open,' zegt Krijn. 'Het wordt hier
snel benauwd.'

De jongen doet de deur weer open. Krijn brengt het balletje
in het spel, afwezig slaat de jongen de ballen terug. Bij elke
klap slingert de schoudertas voor zijn buik, waardoor hij de
tafel meer mist dan raakt.

'Misschien is het handig hem even af te doen?' suggereert
Krijn.

De jongen grinnikt. 'Misschien heb je gelijk, kleine. Zo raak
ik nog geen pepernoot.' Hij hangt zijn tas aan de deurkruk.
De rally's worden langer, de lange jongen lijkt tot rust te komen door het regelmatige tikken van de pingpongbal op tafel.
Hij lacht nu en dan om zijn eigen onhandigheid.

Na een minuut of tien stapt Lenna Sterveling in de deuropening. Ze monstert de situatie.

Krijn lacht haar geruststellend toe. 'Niks aan de hand, ma.'

De lange jongen zegt niks en veegt het haar uit zijn ogen.

De dagen erna wordt de jongen steeds onrustiger. Hij rookt onafgebroken en staat vaak voor de spiegel in de gang zijn haar te kammen. Volgens Lenna omdat hij afkickt van zijn heroïneverslaving. Ze bidt veel voor hem. Voor de genezing van zijn verslaving, maar vooral voor zijn onreinheid. Ze probeert ook mét hem te bidden, maar langer dan een paar minuten geknield voor de bank in de woonkamer houdt hij het niet vol. Dan moet hij roken. Ondanks de vele gebeden die Lenna aan zijn onreinheid wijdt, hangt de tas na een week nog steeds aan zijn schouder. Op een dag vraagt Krijn bij thuiskomst uit school aan zijn moeder waar Peter is. Hij wil met hem tafeltennissen.

'Op de bus gestapt.'

'Genezen?'

Lenna knijpt haar lippen samen en schudt haar hoofd. 'Nee, mijn jongen. Ik ben bang dat hij verloren is.'

9

Vergeleken met de benauwde hitte in de auto was de atmosfeer in mijn appartement een verademing. De ergernis over mijn moeder was tijdens de terugreis gezakt. Ik had me onderweg verbaasd over het nog steeds levende verdriet van mijn moeder over haar vaders dood, over haar woedeaanval over tante Astrid. Over het feit dat ze mijn vader 'pa' had genoemd in plaats van 'hij'. Ik kon me niet heugen dat ze dat na haar val ooit gedaan had. Onder de klerenkast in mijn slaapkamer zocht ik naar de foto's die ik had meegenomen toen ik op kamers ging. Ik vond een stapeltje onder in een zwarte doos.

De bovenste foto toonde een gebruinde vrouw in bloemetjesjurk, staande op een kleine rots in een uitgedroogd landschap. De wind rukt aan haar kleren. Om haar haar heeft ze nonchalant een sjaal gewikkeld. Een brede ceintuur accentueert zowel haar taille als haar boezem. Ik keek op de achterkant. Daar stond onberispelijk geschreven: *Lenna op onze huwelijksreis in Rhodesia*. Ik herkende mijn vaders handschrift. Ik keek weer naar de afbeelding. De foto ademde avontuur, maar hoe ik mijn best ook deed, ik kon de vrouw op geen enkele manier koppelen aan de vrouw die ik zojuist bezocht had. Ze leek eerder een vrijheidsstrijdster of een zigeunerin dan mijn moeder.

Op de volgende foto zitten mijn vader en moeder op de achtersteven van een boot. Hij kijkt naar haar, zij kijkt over haar schouder naar de woelingen van het kielzog in de rivier. Mijn vader, hoe lang was die nu al dood? Ik realiseerde me dat ik nooit overvallen werd door de gedachte: wat zou mijn vader hiervan gezegd hebben? Ward was geen man van opinies en abstracties geweest. De herinnering aan hem kwam altijd boven aan de hand van iets concreets. Een brug die hij ontworpen had. Of een auto die hij gereden had. Een karakteristieke houding van een voorbijganger.

Niet lang na de oorlog had mijn moeder hem ontmoet in Delft. Ze had mij over dat prille begin verteld toen ik een jaar of twaalf was. Ze deed haar gebruikelijke middagslaapje in de logeerkamer en ik was uit school gekomen en achter haar gekropen. Lepeltje-lepeltje lagen we in de zonnewarmte, de wol van haar coltrui kriebelde aan mijn wang. Ik had haar gevraagd hoe ze aan mijn vader geraakt was. Ik herinnerde me dat haar verhaal me blij had gemaakt, omdat ze met humor en warmte over mijn vader gesproken had.

Ze was met een aanbidder naar het studententoneel gegaan. Een aardige jongen, maar niet meer dan dat, zo verzekerde ze me, alsof ze rekenschap moest afleggen voor haar gedrag. Op het toneel zag ze Ward staan. In een hoek van het podium speelde hij boom. 'En dat deed hij bijzonder geloofwaardig,' had ze glimlachend verteld. Hij had de rol gekregen omdat hij zo lang was en elk dramatisch talent ontbeerde. Hij stond daar onwrikbaar te wezen, het was duidelijk dat noch een noorder- noch een westerstorm deze boom omver kon krijgen.

In dergelijke bewoordingen deed ze haar verhaal. Ward Sterveling had met zijn onbewogen acteerprestatie een onuitwisbare indruk op haar gemaakt. Na de voorstelling hadden ze even met elkaar gesproken. Hij viel voor haar. 'Voor mijn groene ogen,' vertelde mijn moeder. Ze had hem plagerig gecomplimenteerd met zijn acteerprestatie. 'Ik heb nog nooit iemand zo overtuigend zien spelen. Veel naar bomen gekeken, zeker?' Hij had haar verteld dat hij twee dagen later naar Zuid-Afrika zou vertrekken. Toen daarop haar gezicht betrok, had hij durven vragen of het goed was als hij haar schreef. Ze hadden adressen uitgewisseld, onhandig, terwijl ze voortdurend elkaars ogen zochten. Met een knullige kus op de wang hadden ze afscheid genomen.

Twee jaar lang hadden ze met elkaar gecorrespondeerd. Eerst aftastend en formeel, maar daarna steeds intiemer. Ze had hem geschreven over haar eenzaamheid in de Bollenstreek, haar werk als secretaresse, de zorg voor haar moeder en de jongere broers en zusjes en ten slotte over haar steeds sterker wordende verlangen naar hem toe te komen.

Hij op zijn beurt schreef over Zuid-Afrika, over zotheden in het Afrikaans, over de rassen met hun eigenaardigheden, over zijn kleine appartement in Bloemfontein, zijn zelfgetimmerde meubels, zijn werk aan de spoorweg, en de hoge laarzen die hij tijdens het veldwerk droeg tegen de giftige slangen. En dat hij vaak aan haar dacht. Dat hij zoals hij dat omschreef 'haar weemoedige groene ogen' nog steeds voor zich zag. Dat ze zo mooi waren dat hij nauwelijks meer wist hoe ze er verder uitzag. Of ze klein of groot was, dun of dik. Hij schreef dat hij het zichzelf kwalijk nam dat hij haar niet beter bekeken had.

Na twee jaar lang twee brieven per week durfde mijn moeder het aan: ze ging Ward Sterveling achterna naar Zuid-Afrika. Omdat ze nog nooit langer dan een nacht van huis was geweest, oefende ze een lang weekend bij vrienden van haar moeder in Haarlem. Toen ze die drie dagen geen enkele heimwee had gevoeld, monsterde ze met vertrouwen aan in Rotterdam. Ze had niets bij zich dan een hutkoffer met daarin kleren, een bijbel en een kookboek. Beide had ze op het laatste moment op de kade nog van haar moeder gekregen. De koffer was een erfstuk. Daarmee hadden haar vader en grootvader nog op Amerika gereisd.

Tien dagen later wachtte Ward haar op in de haven van Kaapstad. Ze hadden afgesproken dat zij een geel zomerjurkje zou dragen, hij een kaki tropenbroek met een blauw jasje. Zij zag hem van verre boomlang op de kade staan. Met tentakels van armen zwaaide hij naar haar. Toen de boot de kade schampte, zag ze vanaf het hoge dek op hem neer. Het viel haar op dat zijn kruin wat begon te kalen. Na zijn ontgroening was zijn haar nooit meer helemaal teruggekomen, beweerde hij later.

Dan waren er een paar trouwfoto's. Zittend op mijn knieën nam ik de officiële trouwfoto in mijn hand. Mijn vader draagt een jacquet en streepjesbroek, zijn rechterhand ondersteunt de linkerelleboog van mijn moeder. Zijn donkerblonde haar is strak achterovergekamd, wat zijn frisse jongelingengezicht nog opener maakt. Ward straalt, alsof hij zojuist een grote prestatie heeft geleverd. Lenna is gekleed in een lange witte jurk, voor haar buik houdt ze een bloemstuk in beide handen. Om haar slanke hals draagt ze een kralenketting. 'Een knap stel,' concludeerde ik hardop en niet zonder plaatsvervangende ijdelheid.

Op de volgende foto zitten mijn vader en moeder in de trouwauto. Hij kijkt naar haar, zij kijkt in de lens. Confetti in haar haar. Ik bestudeerde haar gezicht. Lachte ze nou? Ik stond op, liep naar mijn bureau en knipte de bureaulamp aan.

Ik kneep mijn ogen tot spleetjes en probeerde wijs te worden uit haar gelaatsuitdrukking. Ja, er was een zweem van een glimlach om haar halfgeopende mond. Maar haar ogen... Ik drukte mijn gezicht bijna op de foto. Haar ogen lachten niet. Maar wat dan wel? Ook bij nadere bestudering was het onmogelijk te zeggen of haar gezicht gelukkig of verdrietig stond. Haar blik was een raadsel.

Een foto van mijn vader en moeder na kerkbezoek. Mijn vader in donker pak, mijn moeder in een wit mantelpakje met hoed. Het kerkje op de achtergrond is witgepleisterd. Toen ik nauwkeuriger keek, zag ik dat mijn moeder een buikje had. Zwanger van Stan, dacht ik. In die tijd gingen ze blijkbaar nog gewoon naar de gereformeerde kerk. Daarna een foto van mijn moeder op bed met een kleine baby naast zich. Ward buigt zich glimlachend over het kind, kaki broek en overhemd met korte mouwen. Lenna kijkt vermoeid toe.

Als jongen had ik haar meerdere keren gevraagd naar de bevalling, vanwege de rol van mijn vader. Ze had het steeds weer geduldig verteld.

'In Zuid-Afrika was het in die tijd, ik heb het over de jaren vijftig, jongen, verplicht in het ziekenhuis te bevallen en de man moest buiten de verloskamer blijven. De bevalling duurde uren. Stan was groot en je moeder is maar smal, jongen. Ik leed vreselijke pijnen, zo erg dat ik dacht dat ik doodging. Ik heb geschreeuwd en gesmeekt om je vader. Ik wilde dat hij mijn hand vasthield, maar de artsen weigerden hem binnen te laten. Toen heb ik nog harder geschreeuwd, zo hard dat ze me in de ontvangstruimte van het ziekenhuis konden horen. Daar zat je vader nagels te bijten. Toen hij me hoorde schreeuwen, is hij opgesprongen en door de gangen naar de verloskamer gerend. Onderweg schijnt hij verplegend personeel dat hem wilde stoppen omver te hebben geworpen. Hoe dan ook, plotseling zwaaide de deur van de verloskamer open en stond je vader hijgend in de deuropening, met een verpleegster en een dokter protesterend aan zijn armen. Hij is niet meer van mijn zijde geweken tot Stan er was. Negen pond woog hij.'

Na de bevalling moest ze maanden het bed houden, te zwak om Stan de borst te geven, te zwak om een luier te verschonen. Een zwarte kraamhulp verzorgde de baby overdag, Ward nam die taak 's avonds op zich. Of het met de zware bevalling te maken had wist ik niet, maar toen mijn moeder weer enigszins op de been was, verruilde ze de gereformeerde kerk voor de pinkstergemeente. 'Ik vond de kerk zo doods, jongen. Elke dienst leek wel een uitvaart. Ik had het gevoel dat er meer moest zijn. Ik verlangde vurig naar Jezus en wilde elk uur van de dag bij hem zijn. Niet alleen zondag twee uur in de kerk.' Daarom werd mijn moeder, zoals ze dat noemde 'een wedergeboren christen' en liet ze zich als bekrachtiging daarvan opnieuw dopen. Mijn vader bleef in eerste instantie de kerk trouw.

De laatste foto van het stapeltje. Ward op de veranda, pijp in de mond, Stan op schoot. Was hij toen nog gereformeerd? Maanden nadat Lenna was overgestapt, was hij haar gevolgd. Eerst was hij een keer meegegaan, uit nieuwsgierigheid. Mijn moeder had verteld dat hij zijn ogen had uitgekeken over de vrolijkheid van de samenkomst – de halleluja's waren niet van de lucht – en over het grote aantal kleurlingen. Ook dat hij zich had gestoord aan de oppervlakkigheid van de preek. Meer volksmennerij dan gedegen uitleg van de Schrift, had hij haar later wel eens in een vlaag van openheid opgebiecht.

Hij voelde zich op zijn plek in de gereformeerde kerk, maar mijn moeder had hem geen keus gelaten: geen twee geloven op een kussen... Zolang hij naar de gereformeerde kerk bleef gaan, sliep hij maar op de logeerkamer. Schoorvoetend was hij overgestapt en uiteindelijk had hij zijn plek in de pinkstergemeente gevonden. Ook hij had zich opnieuw laten dopen, iets wat hij niet vermeldde in de brieven aan zijn familie in Nederland. Alles had hij overgehad om in de gunst van mijn moeder te blijven...

Mijn mobiele telefoon ging.

'Daar ben ik weer,' zei ze hees, zonder haar naam te zeggen.

'Ik begin je nummer te herkennen.'

'En desondanks neem je op? Je vindt het leuk dat ik bel, hè?'

'Hm.'

'Hm? Geef het nou maar toe, Sterveling.'

Ik moest het inderdaad toegeven. Ik had uitgezien naar haar telefoontje. Sterker nog: ik had mijn mobieltje naast me op de grond liggen en er bij tussenpozen naar gekeken alsof ik daarmee haar telefoontje kon afdwingen. Misschien wel omdat deze onzichtbare vrouw me stukje bij beetje in haar macht kreeg. Beangstigend en onweerstaanbaar tegelijkertijd. Zou ze nu achterover op bed liggen? dacht ik. Met haar haren uitgewaaierd over haar kussen, het ene been over het andere, haar nachthemd opkruipend tot...

Zo neutraal mogelijk zei ik:

'Ligt eraan waarvoor je belt. Als je weer over dat vervreemdingsproject begint, haak ik af.'

'Wees niet bang, ik bel zomaar... of nee. Ons seksuele telefoonverkeer was minder vrijblijvend dan ik dacht. Ik moet steeds denken aan die willekeurige man die Sterveling heet, pleinvrees heeft en een moeder die door een klap op het ijs krankjorum is geworden.'

'Zeer vereerd.'

'Heb je nog aan mij gedacht, Sterveling? Zeg eens eerlijk?'

'Eerlijk? Vooruit dan, ik heb vandaag een paar keer aan je gedacht.' Eigenlijk was het geen denken geweest. Sinds ons telefoonverkeer had haar stem als achtergrondgeluid rond me gehangen. Eerder een sfeer dan een gedachte.

'En wanneer was dat? Onder de douche zeker... Viespeuk.'

'Ik moet je teleurstellen. Ik dacht bijvoorbeeld aan je terwijl ik naast mijn moeder op bed zat.'

'Kinky! Wat dacht je precies?'

'Ik vroeg me af welke kleur haar je hebt.'

'Diepzinnige gedachten heb je. En?'

'Blond. Door je naam, denk ik.'

'Ik ga jouw fantasie niet voeden, Sterveling.'

'Oké, over je uiterlijk wil je niets vertellen. Waarschijnlijk schaam je je voor je lelijkheid. Misschien probeer je een mysterie te kweken. Moet je allemaal zelf weten. Maar waarom vertel je niet wat over jezelf? Het enige wat ik van je weet is je naam en dat je sociologie studeert. Heb je bijvoorbeeld een vriend?'

Ze lachte schamper. 'Gaat je allemaal niets aan, Sterveling. Wie ik ben en hoe ik eruitzie, gaat je echt geen moer aan. Ik hecht sterk aan mijn anonimiteit.'

Ik voelde ergernis opkomen. 'Ik kan je even niet volgen,' snauwde ik. 'Wat wil je nou? Al dat aantrekken en afstoten... Zoek iemand anders voor je perverse spelletjes. Ik ben niet in voor psychologische sm, weet je. Ik dacht dat we een klik hadden.'

'Een klik?' Ze lachte honend. 'O, dat noem jij een klik. Ik

noem dat seks. Je probeert er meer van te maken dan het is.'

'Jij belt me toch terug?'

'Ja, omdat ik je een interessant geval vind.'

'Aah, ik ben een geval, dus toch een onderzoeksobject.'

'Zo je wilt.'

'Daar pas ik voor. Ik weiger me tot onderzoeksobject te laten reduceren. Ik ben meer. Ik ben een mens, een man, een minnaar...' Ondanks de toenemende irritatie, glimlachte ik om mijn woorden. Ze waren weliswaar pathetisch, maar hadden een mooie cadans. Ook zij moest erom lachen. Ik vroeg me af of het uitlachen was.

'Mens, man, minnaar. De drie M's die de identiteit van Krijn Sterveling vormen. Vergeet je niet wat? De M van moederskindje?' Ze lachte nog harder. Nu was er geen twijfel mogelijk: ze lachte me uit.

Drift borrelde in me omhoog. Ik stootte uit: 'Een 06-slet, dat is jouw identiteit!'

'Niet zo agressief, Sterveling. Het was onderdeel van een onderzoek. Ik geef toe: het liep een beetje uit de hand. Ik heb heus niet voortdurend telefoonseks met wildvreemde mannen. Het was een samenloop van omstandigheden. Die naam van je. Je stem. Dat rare verhaal over je moeder.'

'Wat moet je toch steeds met mijn moeder?'

'Interesse. Gezonde menselijke interesse. Is ze al een beetje opgeknapt?'

Ik kreunde. Waarom beëindigde ik het gesprek niet gewoon?

'Ze is lichamelijk een wrak en geestelijk slecht. Ze slaat wartaal uit. Over honden die nooit poepen. Over overspelige zussen die hun verloofdes vermoorden. Over bloedschande. Het is een gekke oude vrouw. Een polderheks. Ik wou dat ze dood was.'

Ik vroeg me af welk gezicht Doris nu trok.

'Meen je dat echt?'

Of ik dat echt meende? Ik kon me niet herinneren dat ik ooit woorden had gesproken waarvan ik zeker wist dat ik ze meende. In ieder geval niet als het ging over abstracte zaken als: ik hou van je. Of: ik haat je. Of: liefde is een bezwering van angst. Natuurlijk, ook ik had me bezondigd aan dergelijke uitspraken, maar direct daarna leek het of de woorden me nooit toebehoord hadden. Alsof ze toevallig waren komen aanwaaien en ik ze teruggaf aan de wind.

'Ik vroeg je wat.'

'Ik denk dat iemand waarvan je houdt beter dood kan gaan dan waanzinnig worden.'

Het bleef zo lang stil dat ik dacht dat ze haar telefoon uitgedrukt had.

'Doris?' Het was voor het eerst dat ik haar naam uitsprak. Onwennig, maar het smaakte naar meer. 'Slaap je al, Doris?'

'Nee, ik luister. Verklaar je nader, Sterveling.'

'Ik bedoel...' Het zoet van haar naam hing nog in mijn mond. 'Ik bedoel, mensen gaan dood. Sinds het ontstaan van de soort hebben ze de gewoonte dood te gaan.'

'Mensen worden ook al millennia lang gek.'

'Ja, maar volgens mij gaan er meer mensen dood dan dat er gek worden.'

'Daar heb je weer een punt.'

'Jij met je punten... Doordat mensen sinds mensenheugenis zonder uitzondering doodgaan, is ons brein berekend op de dood van onze naasten.'

'Soms lul je als een negentiende-eeuwer, Sterveling.'

'Stil nou even. Natuurlijk rouwen we om de dood van een geliefde. Soms hebben we zelfs het idee dat ons eigen leven geen zin meer heeft. Bijvoorbeeld als een vader zijn zoon verliest. Of een vrouw de liefde van haar leven. Sommigen rukken zich de haren uit het hoofd, anderen sluiten zich maandenlang op, weer anderen zetten het op een zuipen, maar uiteindelijk gaan de gordijnen open, gaat de fles in de kast en herneemt het leven zijn loop.'

'Als het erop aankomt zijn mensen net gnoes,' meende Doris.

'Gnoes?'

'Je hebt toch wel eens een natuurfilm gezien? *Leeuwen in de Serengeti* of zoiets?'

'Mijn favoriete programma!'

'Dan weet je ook dat een kudde gnoes op hol slaat bij het zien van een troep leeuwen en weer rustig verder graast als een van hen gepakt is. Alsof er niks gebeurd is! Ook de moeder die haar kalfje net verloren heeft! Kuddegedrag, het belang van de soort gaat boven dat van het individu.'

'Jij met je sociologische fascinatie. Ik heb het helemaal niet over de kudde. De kudde kan me gestolen worden. Op hol slaan desnoods. Ik heb het over de psychologie. Over het individu. En dan zeg ik: de dood is vreselijk, maar er valt mee te leven. Met gekte niet. Je ziet plotseling iemand transformeren tot iemand anders. Iemand die je niet kent en ook helemaal niet wilt kennen. Laat staan liefhebben. Dat idee van een vreemde geest in een bekend lichaam, daarop is het menselijk brein niet geprogrammeerd. Geen kruid is ertegen gewassen, geen rouw, geen niks. Dat lichaam waar je tegenaan hebt gelegen, waarbij je troost hebt gevonden, waartegen je in slaap bent gevallen, is er gewoon nog. Het is nog net zo warm als vroeger, het hart slaat nog met dezelfde regelmaat, maar er huist iemand anders in. Daar komt een mens nooit meer overheen.'

'Heb je het nu over de mens of over jezelf, Sterveling?'

Ik antwoordde niet.

'Voor medelijden ben je bij mij aan het verkeerde adres, onthoud dat.'

'Ik weet het, medelijden is uit. Vrouwen willen succesverhalen horen. Over buitenlandse reizen, promoties, extra managementcursussen, salarisverhogingen, stijgende koersen. Vrouwen worden geil van succes, niet van ellende.'

'Niet onnodig generaliseren. Ik heb niets tegen ellende. Integendeel. Leed geeft je reliëf tussen alle middelmatigheid. De grootte van de mens wordt bepaald door de mate waarin hij kan lijden. Weet je wie dat gezegd heeft, Sterveling?'

'Al sla je me dood.'

'Doet er ook niet toe, maar medelijden... Je doet er jezelf mee tekort, Sterveling. Ik knap er in ieder geval op af. Vertel me liever meer over die gekke moeder van je. En hou je bij de feiten.'

10

Voor de Arabieren is de maat vol. Als straf voor het pro-Isra-
elische beleid is de oliekraan naar Nederland dichtgedraaid.
In antwoord op de boycot zet Nederland een van zijn oude
deugden in: spaarzaamheid. De benzine gaat op de bon en
de regering voert autoloze zondagen in. De wedergeboren
christenen die van heinde en verre naar de pinkstergemeente
komen, hebben de wekelijkse samenkomst naar de zaterdag-
avond verplaatst. De kerk is een verveloze barak, waar doordeweeks een kleuterschool onderdak vindt en vrijdagsavonds
een jeugdsoos. Het ruikt er naar nicotine en bier. De gebrek-
kige belichting geeft de samenkomst de suggestie van illegali-
teit. Lenna Sterveling koestert die suggestie, geloven zonder
verdrukking is geen geloven.

Deze avond is een bijzondere avond voor haar. Direct aan-
sluitend op de preek zal ze een lied zingen. Een man met
een Amerikaans accent preekt over Jezus aan het kruis. Zijn
boodschap is dat Jezus niet stierf door uitputting of door zijn
kruisigingswonden, noch door de speer die de Romeinse soldaat in zijn zijde stak, maar door een gebroken hart. 'Het is
wetenschappelijk bewezen dat mensen die een ondraaglijk
verdriet te verwerken krijgen, een hartbreuk op kunnen lopen
en daaraan kunnen sterven,' verkondigt de voorganger. 'Jezus

hing aan het kruis en riep in al zijn pijn en eenzaamheid uit: Mijn God, mijn God, waarom hebt Gij mij verlaten?' De laatste woorden spreekt de man met stemverheffing, schreeuwt hij bijna. Dan laat hij een stilte vallen.

Stan en Krijn zitten roerloos naast elkaar op de achterste rij. Tussen de hoofden van de andere gelovigen door zien ze hun moeder. Ze zit kaarsrecht op haar stoel, haar knotje schudt instemmend. De voorganger vervolgt: 'Om de zonde van de wereld op zich te nemen, moest Jezus verschrikkelijk lijden. De geseling... het bespugen en de bespotting... de doornenkroon... de spijkers door zijn handen... Hij doorstond een pijn die onze fantasie te boven gaat. Maar de grootste beproeving was dat God hem in het eenzaamste uur van zijn bestaan op aarde aan zijn lot overliet. Zijn bloedeigen zoon!' Krijn kijkt naar zijn vader. Zou hij dat ook doen? Zijn eigen zoon in de steek laten voor het goede doel? De gedachte verwart hem. Hij probeert zich weer op de preek te concentreren.

'Jezus' verdriet daarover was zo immens diep dat hij stierf. Aan een gebroken hart...' Weer zwijgt de voorganger. Zijn blik gaat langs de rijen alsof hij het effect van zijn woorden wil turven. Dan heft hij een grote zwarte bijbel ten hemel en spreekt met luide stem: 'En het voorhangsel van de tempel scheurde in tweeën, van boven tot beneden. Het was volbracht! Jezus had zijn leven gegeven voor onze zonden, opdat wij eeuwig zouden leven. Amen.' Zijn gehoor murmelt: amen. Zijn arm met de bijbel zakt. 'En nu wil ik zuster Lenna vragen naar voren te komen. Zij gaat een lied voor ons zingen.'

Krijn ziet zijn moeder opstaan en naar het orgel lopen. Uit haar houding spreekt vroomheid, een moderner woord kan hij er niet voor vinden. Ze overlegt even met de organist, die direct daarop inzet. Ze wacht het juiste moment af en valt in:

Were you there when they crucified my Lord?
Were you there when they crucified my Lord?
Oh, sometimes it causes me to tremble, tremble, tremble.
Were you there when they crucified my Lord?

De rechterhand van Lenna wijst tijdens het zingen naar de hemel. Aarzelend gaan ook handen in het publiek omhoog. Lenna kijkt afwisselend in haar liedboek en naar boven. Krijn ziet tranen in haar ogen als ze met hoge stem zingt:

Were you there when they nailed Him to the tree?
Were you there when they nailed Him to the tree?
Oh, sometimes it causes me...

De woorden vervormen tot onverstaanbare klanken. Ze probeert wanhopig met tong, tanden en lippen de klanken weer tot woorden te maken. Ten slotte komt er geen geluid meer, maar ze hapt als een vis in de lucht. Ze slaat de handen voor haar ogen en schudt haar hoofd.

Krijn wil naar haar toe lopen, zijn armen om haar heen slaan en haar influisteren dat hij haar nooit zal verlaten. Nu niet en nooit niet, ook niet in haar moeilijkste uren. Maar hij durft niet van zijn plaats te komen. Wanhopig kijkt hij naar Stan. Die haalt machteloos zijn schouders op, paniek in zijn ogen. Dan kijkt hij naar zijn vader. Die lijkt net als de stoel waarop hij zit een ding geworden.

De gemeente houdt de adem in, handen zakken naar beneden. Dan loopt de voorganger naar Lenna toe en leidt haar terug naar haar plek. Gebogen zit ze naast zijn vader, haar schouders schokken. Ward Sterveling reikt haar zijn grote zakdoek aan.

Het mist als ze na de samenkomst de barak verlaten. Lenna gaat achterin zitten, naast Krijn. Ze zakt onderuit, legt haar hoofd op de bovenrand van de achterbank en sluit haar ogen. Ze heeft sinds haar afgebroken lied nog geen kik gegeven. Ward Sterveling start de auto en rijdt de avond in. Stan zit onbeweeglijk naast hem en tuurt in de grijze nevel. De mist wordt nog dikker als ze de brug over rijden, de dijk af, de polder in. De nevel lijkt naar het laagste punt in het laagland gezakt.

Ward Sterveling kiest voor de snelste weg, over een smalle polderweg dwars door het akkerland. Hij wil de samenkomst achter zich laten, zo snel mogelijk. Misschien komt Lenna weer tot zichzelf bij een kop thee. Hij kan sowieso moeilijk overweg met de emotionele buien van zijn vrouw, maar nu heeft ze het wel erg bont gemaakt. Ze mag ook wel eens denken aan hem en de jongens. Zij worden immers ook op haar gedrag aangekeken. Wards handen klemmen verbeten om het stuur. Al snel verwenst hij zijn keuze voor de snelste route. De weg is onverlicht en modderig, waardoor de overgang tussen asfalt en berm nauwelijks zichtbaar is. Ingespannen tuurt hij door de voorruit, zijn neus vlak boven het stuur. Overal om hen heen is mist. Het licht van de koplampen kaatst op een muur van waterdamp. De autoverwarming blaast muffe warme lucht.

Krijn draait zijn hoofd opzij naar zijn moeder. Haar ogen zijn nog steeds gesloten, haar mondhoeken hangen een beetje. Ze merkt dat hij naar haar kijkt. Ze draait haar hoofd opzij en kijkt hem aan. Ze heeft een blik in haar ogen die hij nog nooit gezien heeft. Droevig, maar tegelijkertijd sterk en vurig. Beter kan hij het niet omschrijven. Ze trekt haar mond in een geruststellende glimlach. Haar blik wordt één met de zijne. Ze knijpt haar ogen samen ter bevestiging van hun band. Het gaat alweer beter met zijn moeder, begrijpt Krijn. Het Bijbelverhaal heeft haar gewoon heel erg aangegrepen. Zo erg dat ze niet meer kon zingen. Ze is nu eenmaal ontzettend gevoelig. Dat maakt haar juist zo bijzonder. Hij legt zijn hoofd tegen haar schouder, ruikt haar zoete geur. 'Mijn benjamin,' zegt ze. De woorden komen zonder hapering. Geluk stroomt door zijn aderen. Zie je wel. Ze kan weer normaal praten. Alles is goed. Zij streelt zijn haar in een zijscheiding. Normaal gesproken irriteert het hem, nu laat hij het gewillig toe. De wereld is zo groot als de auto. Krijn waant zich in een ruimteschip. Zij, de Stervelingen, zijn de enige levende wezens in de onmetelijkheid. Ze hebben niemand nodig, behalve elkaar en laten de aarde achter zich.

Hij begint een lied te neuriën dat die avond tweestemmig door de gemeente is gezongen. Tot zijn blijdschap begint zijn moeder al snel zachtjes mee te zingen:

Welk een vriend is onze Jezus
Die in onze plaats wil staan

Ook de anderen vallen in. De auto van de familie Sterveling rijdt galmend door de novembermist. Als uit één mond zingen ze:

Welk een voorrecht dat ik door hem
Altijd vrij tot God mag gaan

De gezinsband voelt sterk als een scheepskabel. Die zal nooit breken. Het geluk in de auto is dikker dan de mist buiten. De bas van Ward en de alt van Lenna, de hoge jongensstem van Krijn, de nu en dan overslaande puberstem van Stan:

Als soms vrienden ons verlaten
Gaan wij bidden tot de Heer
In zijn armen zijn wij veilig
Hij verlaat...

Een harde klap onderbreekt het lied, alsof met een voorhamer tegen de grille van de auto wordt geslagen. Glasgerinkel. Ward Sterveling trapt bruusk op de rem. Stan schiet met zijn hoofd tegen het dashboard, Krijn en Lenna slaan tegen de achterkant van de voorstoelen. Zenuwachtig zet Ward de auto met twee wielen in de berm. 'Iedereen nog heel?' vraagt hij. Stan wrijft over zijn voorhoofd. Lenna kijkt bezorgd naar Krijn. Niets ernstigs, gelukkig.

Ward Sterveling stapt uit en loopt naar de voorkant van de auto, Stan en Krijn volgen zijn voorbeeld. De linkerkoplamp is gedoofd. Half in de kas van de lamp en half over de bumper hangt een grote vogel.

'We hebben een fazant aangereden,' zegt Ward. Hij staat er besluiteloos bij.

'Een fazantenhaan,' verbetert Stan. 'Dat is een exoot. Hij hoort hier eigenlijk niet.'

De rechterkoplamp priemt in de grijze nacht, de automotor draait stationair, in de verte klinkt een misthoorn. De akkers strekken zich uit onder de deken van mist. Een kleine eeuwigheid staren ze naar de beschadigde voorkant van de Ford.

'Tsjongejonge,' zegt Ward ten slotte. 'De koplamp heeft een flinke opdoffer gehad.'

Omdat zijn vader nog steeds geen aanstalten maakt tot actie, trekt Stan de vogel uit de koplamp. Hij pakt hem met twee vingers achter zijn kop. De vogel is nog warm, zijn lijf hangt als nat wasgoed aan zijn hand. Stan houdt hem in het licht van de koplamp, vochtdeeltjes dansen om het vogellijk. Uiterlijk is de fazant ongeschonden. Een witte halsring begrenst zijn groene kop, zijn roestige verenkleed glimt in het licht, zijn gestreepte staartveren raken de grond.

'Doodsoorzaak: inwendige bloedingen,' constateert Stan plechtig.

'Zo'n prachtige vogel,' zegt Krijn. Hij kan wel janken.

11

De trouwfoto's van mijn ouders lagen als zwerfvuil om me heen op de vloer. Met het afnemen van het licht waren de gezichten me steeds onbekender voorgekomen, tot ze niet meer dan schimmen waren. Ik stond op en liet me achterovervallen op bed, het mobieltje aan mijn oor. De stem van Doris was dichtbij, als ik mijn ogen sloot was het alsof ze naast me lag.

'Oké, je moeder is gek geworden door een val op het ijs. Hoe en wanneer is het gebeurd?'

Jezus, waarom bleef ze doorvragen? Ik had helemaal geen behoefte meer om over mijn moeder te praten. Ik wilde onze stemmen laten paren, Doris horen kreunen door de telefoon.

Ik kende haar nauwelijks, maar goed genoeg om te begrijpen dat ik de zaken voorzichtig moest aanpakken. Het minste of geringste kon de intimiteit verstoren. Een verkeerd woord, een kuchje, medelijden.

'Dat is een lang verhaal, daar heb ik nu geen zin in. Straks denk je weer dat ik de zielenpoot uithang. Bovendien, het is meer dan twintig jaar geleden gebeurd. Waar hebben we het over? Een mens moet positief en toekomstgericht denken. Is heilzaam voor zijn totale welzijn, dat lees je in alle bladen.'

'Al goed, Sterveling. Ik hoor dat het gevoelig ligt. Wil je me nog wel vertellen wat de diagnose was?'

'Diagnose? Mijn vader heeft nooit professionele hulp ingeschakeld. Nou ja, ik herinner me dat er een oom van mijn moeder langskwam, een gepensioneerd huisarts. Een broos, seniel mannetje van pakweg een meter vijfenzestig. Ik zie zijn spitse kop nog voor me. Een soort muis was het. Uren bracht hij bij mijn moeder op de slaapkamer door. Toen hij beneden kwam, mompelde hij over de verwaarlozing van middelste kinderen in grote gezinnen en lispelde iets over een traumatische jeugdervaring. Iets met seks of zo. Dat meende hij uit haar verhalen te mogen concluderen. Daarna was hij vooral geïnteresseerd in Stan en mij. Hoe het op school ging, dat we al zo groot waren. Hij wilde alles weten over onze ontwikkeling, vooral de lichamelijke. Toen hij vroeg of ik al haar op mijn piemel had, heeft mijn vader hem het huis uit gezet. Tot zover de professionele hulp.'

'En medicijnen? Er nooit aan gedacht haar pillen te geven? Antidepressiva of zoiets? Valium desnoods?'

Ik schudde onwillekeurig mijn hoofd, ook al kon zij dat niet zien.

'Ten eerste waren we opgegroeid met het idee dat God geneest. Een dokter raadplegen was twijfelen aan zijn almacht. Vanuit dat principe slikte mijn moeder nooit pillen. Er was zelfs geen aspirine in huis. Een pil in mijn moeder krijgen was onbegonnen werk. Ze was zo ontzettend koppig.'

'Woont ze nog steeds in dat polderdorp?'

Ik negeerde haar vraag en vroeg op mijn beurt: 'Heb je ooit Jane Eyre gelezen? Daarin komt een krankzinnige vrouw voor die jarenlang opgesloten zit in een kamer in een Engels landhuis. Ook mijn moeder sloot zich op. Nadat ze gek geworden was, is ze niet meer van haar kamer af gekomen. Behalve natuurlijk om naar de wc te gaan of om af en toe wat eten te halen in de keuken. Dat deed ze alleen als ze zeker wist dat niemand haar kon zien. Soms hing ze uit het raam en gilde ze heel hard om de politie, omdat ze dacht dat mijn vader haar wat wilde aandoen.'

'Jezus,' zei Doris.

Ik beschouwde het als een aanmoediging.

'Bijvoorbeeld toen ik mijn eerste vriendinnetje meenam. Ik was tot over mijn oren verliefd en wilde haar mijn kamer laten zien.'

'Jaja, dat ken ik.'

'Hand in hand liepen we over het trottoir en op de oprit op weg naar de voordeur, ging boven ons het raam open. Mijn moeder stak haar hoofd naar buiten en gilde uit volle borst: "Help, ik word vermoord!" Het meisje verstijfde van schrik. Ik probeerde haar hand vast te houden om uit te leggen dat mijn moeder niet helemaal in orde was, maar ze rukte zich los, rende weg en heeft nooit meer tegen me gesproken. Ik...'

'Ach gut, nu speel je toch weer de stakker. Medelijden reserveer ik voor stakkers. Wil je een stakker zijn, Sterveling?'

'Ik probeer alleen te schetsen hoe de situatie bij mij thuis was. Jij vraagt er toch naar?'

'Naar je moeder, ja, niet naar jouw beklagenswaardige bestaan! Beperk je tot de essentie. Dat jij en vrouwen geen gelukkige combinatie zijn, had ik al begrepen. Een moedercomplex ter grootte van een huis, dat ziet zelfs een socioloog. Laten we het over je vader hebben. Zijn vrouw werd tenslotte gek.'

'Mijn vader ging gewoon door. Zijn haar was in een paar weken van donkerblond naar grijs verkleurd, alsof hij met een grote stap de herfst van zijn leven was binnengegaan. Hij dekte 's ochtends de ontbijttafel, maakte onze lunchpakketten voor school, ging naar kantoor, kwam tegen zessen terug, bereidde de maaltijd en sliep 's nachts in de logeerkamer. Elke avond als hij naar bed ging, rende zijn vrouw de overloop op en gaf hem een klap met een kleerhanger. Daarna trok ze zich weer terug op haar kamer. Hij onderging haar guerrilla als een boom een hagelbui. Ik heb nooit begrepen hoe hij dat kon volhouden. Alles in het gezin draaide vroeger om haar. Zij was het gezag, de toorn, maar vooral ook de liefde. Als ze je onderzoekend aankeek, kromp je ineen. Als ze je glimlachend aankeek, werd je hart van kaarsvet. Ze kon vreselijk goed liefde geven.'

'Niet aan je vader blijkbaar.'

'Nee. Ze dacht dat hij het met andere vrouwen deed. Met haar zus Astrid bijvoorbeeld. Nog steeds slaat ze op tilt als die naam valt.'

'En? Was je vader zo'n losbol?'

'Verre van. Hij was geen type voor het buitenechtelijke avontuur. Maar evengoed verdacht mijn moeder hem ervan naar de hoeren te gaan. Na haar val wist ze het zeker.'

'Hoe hield hij het met haar uit?'

'Geen idee. Ik begreep toen niet hoe hij verder kon gaan met leven. Hoe vaak heb ik niet voor hem gestaan en hem toegeschreeuwd hoe hij vader kon zijn, directeur kon spelen op zijn werk, op de voorste rij van de pinkstergemeente kon zitten, terwijl de liefde van zijn leven als een zot in de echtelijke slaapkamer zat. Hij antwoordde altijd dat hij steun vond in zijn geloof. Heel lang hield hij het trouwens niet vol. Een jaar of vier nadat mijn moeder tegen het ijs gesmakt was, vond ik hem languit op het Perzische kleed in de gang. Sorry voor de boommetaforen, maar hij leek wel omgehakt.'

'Dood?'

Ik knikte.

'Dood?' vroeg Doris opnieuw.

'Een hartstilstand. Na zijn begrafenis – mijn moeder peinsde er niet over voor de gelegenheid haar kamer uit te komen – hebben we voor haar een klein huisje elders in het dorp gehuurd. Stan was al uit huis en ik stond op het punt te gaan studeren. Zonder ons was het huis veel te groot voor haar. Bovendien wilden we ervanaf, van dat vierkante huis met die grote ramen. Overal hing de geur van gekte. Ze heeft zich met hand en tand tegen de verhuizing verzet. Uiteindelijk hebben we haar als een rol tapijt onder de arm genomen, naar de auto gedragen en naar haar nieuwe huis gereden. Daar woont ze nog steeds, onder protest.'

'Bizar, dat je vader jarenlang onverstoorbaar doorging.'

'Ja. Tijdens zijn leven heb ik hem dat verweten, nu begrijp ik hem beter. Soms is een leven zo miserabel dat het geloof het enige houvast is.'

'Er is nog een derde optie...'

'Ja, doorgaan tot je erbij neervalt. Net doen alsof alle ellende die je tegenkomt nu eenmaal tot de volle betekenis van het woord "leven" behoort.'

'Die optie bedoel ik niet.'

'Welke dan wel?'

'De waanzin, Sterveling.' Ze zei het gedragen, alsof ze op het toneel stond.

'De waanzin? Wil jij beweren dat mijn moeder haar gekte bewust heeft gekozen? Om het bestaan te ontvluchten? Waanzin als keuze, die heb ik nog nooit gehoord.'

'Ik zeg niet dat het een bewuste keuze was. Misschien zag ze geen andere uitweg en heeft ze zich zonder verzet in die richting laten glijden.'

Ik slikte. Verontwaardiging kwam als maagzuur opzetten.

'Hoezo geen andere uitweg?'

'Dat zal ik je uitleggen. Een moeder is een beklagenswaardig schepsel. In helse pijnen werpt ze haar kinderen. Daarbij raakt haar lichaam onherstelbaar beschadigd, waardoor haar man zijn belangstelling verliest en op zoek gaat naar een onbeschadigde vrouw. Daarna verlaten haar kinderen haar, om haar alleen op te zoeken als het schuldgevoel een molensteen is geworden. Dan rest de vlucht: in de esoterie, de lesbische liefde of... de gekte. Veel vrouwen slaan door als ze in de overgang komen, dat weet je toch?' Haar stem klonk nu ronduit opgefokt en ze ratelde door: 'Door de hormonen, is de biologische verklaring. Maar pas als ze onvruchtbaar zijn geworden begrijpen ze de omvang van hun misère en worden ze krankzinnig van verdriet. Het is ook niet niks. Hebben ze hun schoonheid geofferd om de soort in stand te houden, worden ze bij wijze van dank weggegooid als een leeg pak melk.'

'Je hebt geen kinderen en je zit nog niet in de overgang. Althans, dat neem ik aan. Hoe kom je in godsnaam aan dit soort levenswijsheid?'

'Kwestie van goed om me heen kijken, Sterveling. Kijk maar eens naar vrouwen van boven de vijftig. Maar dat is voor jou waarschijnlijk te veel gevraagd. Je hebt nog niet eens goed naar je eigen moeder gekeken.'

'Mijn vader heeft mijn moeder nooit afgedankt. Ik zei toch dat hij haar aanbad? Bovendien had ze twee zonen die haar op handen droegen, een huis met een tuin, geld genoeg om huishoudsters in te huren. Geen goede excuses om gek te worden...'

'Misschien niet. Misschien is ze ooit zo beschadigd dat het vervolg van haar leven een worsteling werd. Dat ze het met zichzelf niet meer redde en iemand anders wilde worden...'

'En toen maar gek werd?'

'Godsdienst en gekte zijn beide vormen van angst...'

'Angst waarvoor?'

'Voor de werkelijkheid natuurlijk. Voor de zinloosheid van alles wat je meemaakt.'

Ik floot tussen mijn tanden. 'Grote woorden... maar je bazelt! Er zijn miljarden mensen die daar niet gek of godsdienstfanaat van worden.'

Doris ging onverstoorbaar verder: 'Wie weet had die vieze oudoom van je wel gelijk met zijn trauma.'

'Ach welnee, die man was oversekst. Die was tijdens zijn studie doodgegooid met Freud en zag op zijn impotente oude dag alles in een seksueel licht. Een geestelijke stijve, dat was alles wat hem nog restte.'

'God, ik probeer ook maar wat. Dat idee van een trauma lijkt me helemaal niet zo onwaarschijnlijk.' Ze klonk koppig. 'Waarom verdacht ze je vader van hoerenlopen? Waarom wordt ze witheet bij het horen van de naam van haar zus?'

Irritatie jeukte langs mijn ruggengraat. Wie dacht ze wel dat ze was. Een analyse te geven over iemand die ze niet kende, zelfs nooit gezien had.

'Ze is godsdienstwaanzinnig geworden. De combinatie van de pinkstergemeente en een gevoelige geest zijn haar te veel geworden. Zo zie ik het.'

'Wat mij verbaast is dat jij steeds in negentiende-eeuwse termen over de ziekte van je moeder praat. Godsdienstwaanzin is bij mijn weten helemaal geen erkend ziektebeeld. Je hebt haar gelabeld, gearchiveerd en weggestopt. Volgens mij wil je helemaal niet weten wat er werkelijk gebeurd is en waarom ze gek is.'

'Moet er altijd een reden zijn om gek te worden dan? Misschien lag het wel besloten in haar genen.'

'Zou kunnen, maar volgens mij heb je zelfs niet de eerste stap gezet om haar gekte te begrijpen. Ook allemaal angst natuurlijk.'

'Natuurlijk, alles is angst.' Ik hoorde mezelf honen. 'Waarvoor nu dan wel?'

'Angst voor... Weet ik veel. Angst voor jezelf, voor je eigen gekte, voor de waarheid. Begrijp me goed: ik heb niks tegen angst. Wel dat jij niet de ballen hebt om die gekte van je moeder uit te zoeken.'

Haar stem had een dwingende intonatie gekregen. Een intonatie die me in het geheel niet beviel. Ergens in me had de hoop op herhaling gesluimerd. Herhaling van de telefoonseks van twee dagen geleden. Nu ebde die hoop weg. Ze vond me een stakker en een lafaard. Ze mocht dan perverse trekjes hebben, niemand wordt opgewonden van een laffe stakker. Ik had met steeds meer stemverheffing gesproken, zweetdruppels stonden op mijn voorhoofd. Het gesprek ging de verkeerde kant op, al mijn woorden leken averechts te werken. Het was tijd voor een wanhoopsdaad. Ik vroeg: 'Wat heb je aan?'

'Pardon?'

'Ik vroeg: wat heb je aan? Lig je net als ik op bed?'

'Gaat meneer Sterveling het initiatief nemen? Je gaat toch niet uit je rol vallen?'

'Doris,' smeekte ik, 'hou op met dit gedoe. Ik heb zin in je...'

Het was stil aan de andere kant, alsof ze opnieuw haar positie moest bepalen.

'Meen je dat?' vroeg ze zacht. Haar stemming was blijkbaar weer omgeslagen.

'Dat meen ik,' verklaarde ik plechtig.

'Zal ik je eens wat vertellen?'

'Nou?'

'Ik ook in jou.'

'Hoe weet je dat?' Verrast wist ik niets anders te zeggen.

'Dat voel ik,' antwoordde Doris. 'Met de middelvinger van mijn rechterhand, om precies te zijn. En wat doe jij nu?'

'Ik probeer me je voor te stellen.'

'Laat horen!'

Ik zocht naar woorden. Improvisatie was niet mijn sterkste kant, ook al was het publiek gering in aantal. Maar hoe dan ook: dit mocht ik niet verpesten!

'Nou eh... je ligt op bed met ontbloot bovenlijf...'

'Kom op, Sterveling. Maak er wat van.'

Shit, dacht ik. Nu niet falen.

'Oké dan. Je ligt achterover op het bed met je rok omhooggeschoven... Je navel is een kolk in je buik... en je borsten glanzen in het licht van de straatlantaarns. Ik heb nog nooit zulke mooie borsten gezien. Ze zijn zwaar en vol. Je hebt je hand in je slipje...'

'*Aaah, now we're talking.* Vind je me geil?'

'Geil? Je bent de vleesgeworden geilheid.'

Doris leek niet meer te luisteren. Hees zei ze: 'Ik heb hier een borstel met een rond en lang handvat...'

Toen ik de telefoon neerlegde, duizelde het me. Er had zich een vrouw in mijn leven geboord. Ze was zonder te kloppen binnengekomen. Geestelijke huisvredebreuk was het, niets meer en niets minder. Ze drong zich aan me op, verweet me onverschilligheid, irriteerde en verleidde me. Een stem, meer was ze niet. Een schurende licht ironische stem. En met die stem weefde ze een web om me heen. Ze spon me in om me later zonder pardon te laten vallen. Dat alles was zonneklaar, net zo helder als dat ik de wil ontbeerde me aan haar te ontworstelen.

Ik verlangde naar het lichaam waarin die stem huisde. Naar de mond die de woorden had gevormd. Die mijn bloed opjoeg en mijn zaad liet vloeien. Die stem wekte een verlangen op dat sterker was dan ik ooit gevoeld had. 'Doris,' sprak ik in het donker, 'Doris Vonkel.' De naam zweefde als een vuurvlieg door de kamer. Het was een genot om hem uit te spreken. Omdat ik haar nooit gezien had, kon ik de wildste fantasieën op haar loslaten. De werkelijkheid kon alleen maar tegenvallen. Maar hoe meer ik aan haar dacht, hoe meer ik haar wilde zien. Tegenvallende werkelijkheid of niet, ik wilde haar haren ruiken, het vlees op haar heupen grijpen, haar geheimste plekken strelen, de hemelse verwondering van het binnendringen beleven.

Koortsig pakte ik mijn mobieltje. Het duurde even voordat ik contact had.

'Met Doris.' Haar stem klonk helder.

'Doris...' Ik haperde. 'Slaap je nog niet?'

'Wat is er? Nog niet genoeg aan je trekken gekomen?'

'Ik wil je zien.'

'Je weet wat de afspraak is, Sterveling.'

'Donder op met je afspraak. Ik moet je gewoon zien. Je maakt me op deze manier helemaal gek.'

'Misschien is dat mijn bedoeling wel.' Ik hoorde haar hoog lachen. Een lach die eigenlijk niet bij haar stem paste. Ik voelde me machteloos. Klei in haar handen, dat was ik.

'Doris, alsjeblieft... Ik smeek het je.'

'Dus je wilt me zien...' sarde haar stem. 'Volgens mij moeten we dat niet doen, Sterveling. We hebben het samen toch goed zo? De werkelijkheid is vaak zo banaal. Wat moet ik in godsnaam met een man die zweert bij voorspelbaarheid? Je houdt me nou niet bepaald een vette worst voor.' Ze pauzeerde even. 'En stel dat we elkaar ontmoeten? Wat wil je dan doen? Wil je dan met me neuken, Sterveling? Is dat het? Denk je dat ik iedereen maar in me laat? Elke willekeurige man?'

Ik zweeg. Toen zei ik: 'Ik beloof je niet aan te raken, alleen naar je te kijken.'

'Ik ken dat.'

'Toch moet ik je zien.' Ik probeerde tijd te rekken om steekhoudende argumenten te bedenken. 'Misschien verander ik van gedachten en ga ik toch theater in de openbare ruimte met je maken.'

'Niet zo doorzichtig, Sterveling... Maar omdat ik een zwak voor je heb gekregen, zal ik het goed met je maken. Komende zaterdag speelt 16 Horsepower in Paradiso. Ken je die band?' Voordat ik kon reageren, sprak ze verder: 'Ik ga daar in mijn eentje naartoe en laat mijn mobieltje thuis. Als we elkaar in de massa vinden, is het lot je gunstig gezind. Zo niet, dan blijven we stemmen voor elkaar.'

'Heb je geen enkel uiterlijk kenmerk waarnaar ik uit kan zien? Haarkleur, neus, een moedervlek desnoods?'

'Als we elkaar treffen, treffen we elkaar. *So be it*. Zo niet, dan niet. Dan drink je een biertje en geniet je van de muziek. 16 Horsepower is volgens mij wel iets voor je. En nu wil ik proberen te slapen. Welterusten.'

12

Er logeert een Amerikaan bij de familie Sterveling. Een belangrijke *born again christian* heeft van alle wedergeboren christenen in Nederland hun huis gekozen. Het is voor Krijn en Stan een bevestiging van het religieuze gewicht van hun ouders. Hun rol in de verkondiging van het ware evangelie beperkt zich niet tot Nederland, zelfs tot in Amerika zijn Ward en Lenna Sterveling bekend. Hoe komt die Amerikaan anders in hun huis in het polderdorp terecht?

Deze Amerikaan is een heel bijzondere christen. Voor Stan en Krijn omdat hij een witte Mercedes 280S met zes ronkende cilinders voor het huis parkeert. Voor Lenna Sterveling omdat de Amerikaan gezegend is met de gave van de gebedsgenezing. Het is een gave die aan weinig kinderen Gods gegeven is, zo vertelt Lenna haar zonen. Een gave die je niet te pas en te onpas inzet. Dat is misbruik maken van Gods goedheid. Bovendien is het succes ervan afhankelijk van zoveel factoren, bijvoorbeeld van degene die genezing behoeft. Mislukt de genezing dan is waarschijnlijk twijfel het hart van de zieke binnengeslopen. En twijfel is funest voor het wonder der genezing. Soms heeft God andere plannen met de zieke. Soms wil hij bijvoorbeeld mensen op de proef stellen door ze ziek te houden. Soms moet iemand een les in nederigheid krijgen.

Soms is het gewoonweg tijd voor mensen om te gaan. Dan roept God een volgeling tot zich. Meestal oude mensen, maar soms ook jonge. Gods wil heeft altijd een bedoeling, maar die is voor mensen meestal ondoorgrondelijk. Zelfs voor hun moeder.

De zon staat op zijn hoogst aan de hemel, de tuindeuren zijn open. In de achtertuin wortelen twee manshoge coniferen. Daartussen probeert Krijn de kromme ballen tegen te houden die Stan met de buitenkant rechts op hem afvuurt. Lenna Sterveling drinkt met de Amerikaan thee op het terras, onder de knalrode zonwering. Ward is naar kantoor.

'*Brother Steve*,' zegt Lenna in haar Zuid-Afrikaanse Engels. 'Jij gelooft toch in de helende kracht van het gebed?' *The healing powerrrr of prayerrrr*. Hij kijkt haar aan door zijn zwartgerande bril. Zijn donkere haar is naar links gekamd en plakt op zijn voorhoofd.

'Ja, zuster Lenna.'

'Geloof je waarlijk in de kracht van de heilige geest?' Ze monstert hem langer dan noodzakelijk, alsof ze tekenen van ongeloof achter zijn brillenglazen zoekt.

'*Sure. Praise the Lord, sister.*'

Lenna zet haar kop thee op de tuintafel. Ze draait haar hoofd en knikt in de richting van de jongens op het gras. Dan buigt ze zich naar de Amerikaan en zegt: 'Stan heeft een slechte schouder. Zijn rechterarm vliegt om de haverklap uit de kom. Hij hoeft maar een onverwachte beweging te maken of hij ligt eruit. Zijn arm.'

'Wat vervelend.'

'Ja. En erg pijnlijk.'

'Wat zegt de dokter ervan?'

'Hoe bedoel je, de dokter?'

'Is er op de röntgenfoto's iets te zien?'

Lenna kijkt hem verbouwereerd aan. 'Er zijn geen röntgenfoto's. Hebben we niet nodig. God is immers onze geneesheer.'

'*You're right, sister. But...*'

'Ik heb een verzoek, broeder.'

'Vertel het me, zuster Lenna.'

'Wil je samen met me voor Stan bidden? Voor zijn genezing?'

De Amerikaan schuift op zijn stoel en trekt zijn wenkbrauwen op.

'*Right now?*'

'*Right now, brother. God is here right now.*'

'*Hallelujah sister. Let's do it.*'

Lenna roept Stan. Verstoord kijken de jongens op.

'Kom even hier, jongen.'

'Waarom, ma? We zijn net lekker aan het voetballen?'

'God gaat je arm genezen, jongen. Dan kan je daarna nog lekkerder voetballen.'

'Nu niet, ma...' smeekt Stan.

'Nu wel, jongen. God is hier. Ik voel zijn aanwezigheid. En brother Steve voelt het ook. *Isn't it, brother?*'

'*Amen, sister Lenna. Amen.*'

Met hangende schouders sjokt Stan naar hen toe. Krijn ziet het aan, met de bal onder zijn arm.

'Kom, we gaan naar binnen. Daar kunnen we in alle rust bidden.'

Lenna loopt het huis binnen, haar zoon met zachte drang voor zich uit duwend. De Amerikaan volgt. Voor ze de tuindeuren sluit, roept ze naar Krijn: 'Niet storen, jongen. Laat God in alle rust zijn helende werk doen! Het zal niet lang duren.' Ze schuift van binnen de grendel op de deur en trekt de gordijnen dicht.

Ondanks de uitsluiting voelt Krijn zich opgelucht. Hij ritst een handvol naalden van een van de coniferen en gooit ze in de lucht. Het is windstil. Niet wetend wat te doen legt hij zich ruggelings in het gras in de schaduw van het boompje, rolt de bal onder zijn hoofd en sluit zijn ogen. De temperatuur van de lucht lijkt gelijk aan zijn lichaamstemperatuur, het is alsof hij versmelt met de omgeving. Uit de aanpalende tuinen komen kinderstemmen. Een vrouw roept haar kind. Hij hoort een tractor voor het huis langs rollen, zelfs in de achtertuin trilt de bodem. Het geschetter van een ekster overstemt het koeren van de duiven van de achterbuurman.

Krijns oogleden worden zwaar, de coniferen lijken twee mannen die de wacht houden. Maar waarover? Zijn het engelen? Zijn moeder ligt tussen hen in op het gras. Hij en Stan zitten op hun knieën naast haar en bidden. Ze hebben de armen om elkaars schouders geslagen en bidden uit alle macht. Hij voelt de schouderspieren van zijn broer zwellen van inspanning. Om hen heen stijgen plotseling rookspiralen op uit de aarde. Ze zwellen aan tot wervelwinden. Links en rechts tollen tornado's van rook om hen heen. Steeds dichter bij hen, en steeds sneller. Stan en hij staan op en stappen achteruit, tussen de rookspiralen door. Hun haren wapperen in de wind. Zijn moeder is nu volledig omringd door de minitornado's. Langzaam wordt ze opgetild. Haar ogen zijn gesloten, haar rok klappert. Daar gaat ze, denkt hij. Ze wordt opgenomen. Hij voelt geen angst, geen vreugde, geen verdriet. Dan wordt hij wakker.

De tuindeuren zijn nog steeds gesloten, net als de gordijnen. Krijn heeft honger. Hoe laat was het eigenlijk? Hij loopt naar het huis. Tussen de gordijnen zit een kleine spleet. Daardoor tuurt hij naar binnen. De woonkamer is halfdonker, ook de luxaflex voor is helemaal dichtgetrokken. In het midden van de kamer zit Stan, met zijn knieën op het parket. Voor hem staan zijn moeder en de Amerikaan. Zijn moeder heeft haar linkerhand op zijn kwetsbare rechterschouder en haar rechterarm om de schouder van de Amerikaan. De linkerarm van de Amerikaan ligt om haar schouder en zijn rechterhand op het voorhoofd van Stan. Drie paar ogen zijn stijf gesloten. De gezichten van Lenna en de Amerikaan lijken verkrampt. Alsof ze stevig aan het poepen zijn, denkt Krijn. De mond van de Amerikaan beweegt heftig, zijn hand op Stans hoofd zet zijn woorden kracht bij, waardoor het heen en weer schokt. Krijn hoort zijn moeders amens en halleluja's door de ruit heen.

Hoewel hij blij is met Stans aanstaande genezing, heeft hij met zijn broer te doen. Hij prijst zich gelukkig buiten te zijn en niet binnen. Stans arm zal nu toch al wel genezen zijn? Hij kan beter naar buiten komen en op goal gaan staan. Dan kan hij met een paar gerichte schoten Stans schouder testen. Waarom bidden ze nog steeds door? Terwijl hij nadenkt over een plan om Stan uit zijn hachelijke situatie te verlossen, hoort hij een auto voor het huis stilhouden. Pa, denkt hij, nu zal het wel snel afgelopen zijn.

Hij loopt naar de bal die tussen de coniferen ligt, wipt hem met zijn rechtervoet op en jongleert ermee. Ondertussen houdt hij de tuindeuren in de gaten. Die zijn nog steeds gesloten. Achter zich hoort hij het tuinhekje openzwaaien. Zijn vader stapt de tuin in. Grijs pak, das, bruinleren aktetas onder zijn arm.

'Wie heeft de voordeur van binnen op slot gedraaid?' vraagt zijn vader zonder te groeten.

Krijn haalt zijn schouders op. 'Ook de deur van de bijkeuken zit op slot. Ze zijn aan het bidden.' Met zijn voorhoofd wijst hij in de richting van het huis.

'Wie zijn "ze"?'

'Mama en de Amerikaan. Voor Stan.'

'Voor Stan?'

'Voor zijn schouder. Kijkt u zelf maar. Er zit een kier tussen de gordijnen.'

Ward Sterveling beent naar de achterkant van het huis. Voorzichtig spiedt hij naar binnen.

'O,' zegt hij. 'Zozo.'

Krijn is met hem meegelopen. 'Ik heb honger.'

'Ik ook.' Zijn vader kijkt op zijn horloge. 'Het is ook al bijna halfzeven. Hoelang zijn ze al bezig?'

'Geen idee. Ik ben in slaap gevallen op het gras.'

Ward Sterveling maakt een kom met zijn handen, legt die op de ruit en kijkt nogmaals naar binnen. Hij doet een stap achteruit. Besluiteloos draait hij met zijn vingers. Alsof hij daaruit moed heeft geput, klopt hij op het raam.

'Lenna, ik ben thuis. *I am home, sweetheart.*'

Opnieuw klopt Ward, nu harder. De ruit rammelt in zijn sponningen, dan wordt het huis weer stil. Na seconden die minuten lijken, verschijnt het hoofd van Lenna Sterveling tussen de gordijnen. Haar ogen lijken niets te zien, alsof de staar haar intrede heeft gedaan. Pas als Ward op tien centimeter van haar hoofd aan de andere kant van het raam met zijn handen zwaait, hervindt ze zichzelf. Verbaasd kijkt ze naar haar echtgenoot, dan naar Krijn. Ward tikt met zijn rechterwijsvinger op zijn horloge en wijst daarna met dezelfde vinger naar zijn geopende mond: 'Etenstijd!' Lenna knikt werktuiglijk, schuift de gordijnen open en ontgrendelt de tuindeuren.

Midden in de woonkamer staan Stan en de Amerikaan. Stan masseert zijn nek, terwijl hij zijn hoofd van links naar rechts en van voor naar achteren beweegt. De Amerikaan heeft zijn zwartgerande bril in zijn hand en wist met een zakdoek het zweet van zijn voorhoofd.

'*Hello, brother Ward.*'

'*Hello, brother Steve.* Hallo Stan.'

De twee mannen staan zwijgend tegenover elkaar. Ward heeft even geen woorden voor de broeder die uren met zijn vrouw in gebed is geweest. Stan maakt van de gelegenheid gebruik om zonder iets te zeggen de tuin in te lopen.

'En?' vraagt Krijn.

'Wat en?' zegt Stan nors.

'Ben je genezen?'

'Mijn rechterbeen is aangegroeid. Wel twee centimeter. Mama en die Amerikaan zagen het gebeuren.'

'Ik wist niet dat...'

'Ik ook niet. Kom hier met die bal.'

Krijn trapt de bal naar zijn broer. Die zwaait zijn verlengde rechterbeen naar achteren en schiet de bal met hoge snelheid over de heg de tuin uit.

13

De ochtend voor de avond dat ik Doris hoopte te ontmoeten zat ik in de auto op weg naar Leiden en hield ik mezelf voor dat het aanstaande tantebezoek niets met die hese stem van doen had. Dat dit mijn eigen initiatief was, als zoon van mijn moeder. Ik wilde tante Astrid hoe dan ook bezoeken. Ik had me immers vrijwel direct na mijn eerste moederbezoek voorgenomen haar uit te horen over hun jeugd in de Bollenstreek, over de crisis, de oorlog. Was zij als twee jaar oudere zus daarvoor niet de aangewezen persoon? Nee, mijn bezoek had weinig van doen met de insinuaties van Doris. Die hadden de gang der dingen hoogstens versneld.

Van Stan had ik gehoord dat tante Astrid enkele jaren geleden naar Nederland was geremigreerd en zich in Leiden had gevestigd. Ik had gegokt dat ze haar meisjesnaam weer had aangenomen, als om te beklemtonen dat haar terugkeer definitief was. Al snel had ik haar telefoonnummer gevonden. Er woonde slechts één Van Volden met de initiaal A in de stad. Kon niet missen.

Toen ik haar belde, had ze verrast gereageerd. Een zoon van Lenna. Ja, mijn naam herinnerde ze zich nog. Ze had me als peuter ontmoet, toen ze met haar man Tom op bezoek was in Nederland. Ze was benieuwd me te zien. Ja, natuurlijk mocht ik haar alles vragen over haar jeugd en die van mijn moeder. Voor zover het geheugen toereikend was natuurlijk. Als ik wilde, kon ik meteen komen. Een oude vrouw als zij had immers zeeën van tijd.

Haar stem had me gemengde gevoelens bezorgd. Hetzelfde bekakte Nederlands dat mijn moeder sprak, met hier en daar een restant Amerikaans. Een vertrouwd geluid, maar ik voelde de spieren in mijn schouders verstijven.

In een wolk van aftershave reed ik naar mijn tante, in een lommerrijke straat in de Burgemeesterswijk. Net als voor het bezoek aan mijn moeder had ik me tot in de puntjes gekleed, mijn haren in een scherpe scheiding gekamd en mijn kaken gladgeschoren.

Het huis had een keurig onderhouden geveltuintje, een massieve voordeur, waarvan het bovenraam ingebouwd was in een halve cirkel van steen. Een sfeervol woonhuis met fraaie stijlkenmerken, zou een makelaar zeggen. De bel klonk naar vervlogen tijden. Het duurde even voordat de deur openging. Voor me stond een kleine vrouw met gepermanent grijs haar in een rood mantelpak, lippen gestift en oorbellen die iets weg hadden van geplette frambozen. Op haar neus rustte een jaren vijftig vlinderbril. Voor haar leeftijd was ze goed geconserveerd, viel me direct op. Haar vroegere schoonheid schemerde door haar gerimpelde huid.

Ze sloeg haar hand voor de mond en zei: 'O neef, ik zou je nooit herkend hebben. Wat ben je lang geworden. Net zo lang als je vader.'

'Dag tante.' Ze is kleiner dan mijn moeder, dacht ik bij het zoenen. Maar ze ruikt ook naar Oil of Olaz.

'Ik ben *happy* dat ik terug ben in Nederland, maar aan die

drie zoenen kan ik maar niet wennen. Waar is dat goed voor?'
In haar stem klonk afkeuring.

Ik haalde ongemakkelijk mijn schouders op. 'Dat zijn 's
lands gebruiken, tante. Die moeten we in ere houden.'

'Apekool.' Lang niet gehoord, dat woord. Het klonk heel erg
naar mijn moeder. 'Maar kom binnen, neef.' In de hal met
marmeren vloer greep ze mijn mouw. 'Laat me eens kijken. Je
ziet er pico bello uit. Nette broek, mooi fris overhemd. Mijn
complimenten. Ja, je hebt de lengte van je vader. Maar het
gezicht is van de Van Voldens. Dat donkere haar, die groene
ogen. Precies je opa. Laat me je eens van opzij bekijken. Ja
hoor, dezelfde kin ook.'

'Mijn kin valt toch wel mee?' Ongerust kneep ik erin met
duim en wijsvinger.

'Niks mis met een ferme kin, Krijn. Dat straalt *power* uit.'

Ze ging me voor. 'Chique trap!' zei ik bewonderend, toen we
door de gang liepen.

'Mooi hè? Helaas is hij nogal steil en moet ik er dagelijks op
en af. Geen ongevaarlijke klus voor een dame van mijn leeftijd.'

Ze opende de deur naar de woonkamer. We betraden een
kamer en suite, met glas-in-loodschuifdeuren, twee gaska-
chels en leistenen schouwen. Op de vloer lag parket in een
visgraatmotief. In de achterkamer stond een ronde eikenhouten eettafel met vier stoelen. De deuren van de serre stonden
open. In de tuin hoorde ik een merel loopjes fluiten.

'U woont mooi,' zei ik. 'Lekkere tuin ook. Maakt u deze zomer zeker volop gebruik van? Het is in Nederland langzamerhand bijna net zo warm als in Florida.'

Tante Astrid lachte. 'Heerlijk toch?'

We liepen naar de voorkamer. Ik liet me op een tweezitsbank zakken, mijn tante schuin tegenover me in een grote met groen velours beklede fauteuil. Recht tegenover me, tegen de muur, stond een opengeklapt kabinet met fotolijstjes. Ik herkende mijn grootmoeder en grootvader. Mijn oma statig, aristocratisch bijna, mijn opa onhandig met een strakke mond en strenge blik. Lijk ik daarop? dacht ik in een vlaag van gekwetste ijdelheid. Daarnaast stond een foto van mijn tante en haar echtgenoot. Een magere man met een filtersigaret in zijn mond, de arm om de schouders van een lachende vrouw onder een zonnehoed.

'Hoe lang geleden is die genomen?' Ik wees naar de foto.

'Een jaar of vijfentwintig, dertig denk ik. Tom was toen al ziek. Je ziet aan zijn ogen dat hij *cancer* had.'

'U mocht er zijn! Ik bedoel, nog steeds, maar vroeger...'

'Geeft niet, neef. Ouder worden went. Ik ben al zevenenzeventig!'

Ik tuitte mijn lippen in bewondering, alsof ik wilde fluiten. Ik walgde van mijn gevlei, maar merkte dat mijn tante er geen genoeg van kon krijgen.

'Hoe oud ben jij nu, neef?'

'Kortgeleden zevenendertig geworden.'

'Echt waar? Nog van harte dan.'

De merel in de tuin trok alle registers open. We luisterden er een poosje zwijgend naar.

'Je wilde dingen weten over je moeder, zei je over de telefoon?'

Ik knikte. 'Het gaat nu ook lichamelijk niet zo best met haar. Misschien maakt ze het niet zo lang meer en plotseling besefte ik dat ik eigenlijk heel weinig van mijn moeder weet. Ik dacht dat u me vast meer over haar kon vertellen. Jullie schelen immers niet zoveel?'

'Twee jaar,' zei ze.

Ze leek geen aanstalten te maken uit zichzelf verder te vertellen. In een poging te ontspannen leunde ik achterover in mijn stoel en vouwde mijn handen achter mijn hoofd. Bij gebrek aan beter wees ik opnieuw naar de foto. 'Die moet zo rond het bezoek van mijn ouders zijn genomen. Ik weet nog dat mijn moeder vertelde dat oom Tom in het ziekenhuis lag.'

Tante Astrid staarde peinzend naar de foto. 'Ja, dat moet vlak daarvoor zijn geweest.'

'Nu we het er toch over hebben...' zei ik, '... herinnert u zich nog iets van dat bezoek?'

Ze kneep haar bril hoger op haar neus, ten teken dat ze diep nadacht. Ze hield haar hoofd schuin en keek naar het plafond. 'Ik weet dat we samen naar de *hospital* gingen om Tom te bezoeken. Je moeder droeg een lange gele jurk. Stond haar goed. Ja, dat herinner ik me. Ze had eindelijk haar haar uit dat ouderwetse knotje gehaald en permanent laten zetten. Nu ik eraan denk, herinner ik me weer dat me dat toen zo opviel. Maar verder...' Ze schudde haar hoofd.

'Geen scènes tussen mijn vader en mijn moeder? Mijn moeder beweerde dat mijn vader vreemdging.'

'Vreemdging? Je vader?' Ze trok haar wenkbrauwen op. 'In Florida? Met wie?'

'Met u.'

'Met mij?' Ze trok opnieuw haar wenkbrauwen op. 'Aaah, er begint mij iets te dagen.' Ze stond op en liep naar de keuken. Over haar schouder riep ze: 'Zin in een kop thee?'

Ik hoorde haar rommelen in de keuken. Ik luisterde hoe ze het water in de theepot goot, de kopjes, lepeltjes, suiker en melk op een dienblad zette. Toen ze de kamer betrad, viel het me op dat ze moeizaam liep. Bij elke stap knikte haar lichaam iets naar links. De kopjes rinkelden. Met de handen steunend op de leuningen liet ze zich langzaam in de stoel zakken.

'Ik weet weer waar je moeder op doelt. Lenna en Ward logeerden bij mij in Miami. Midden in de nacht werd ik wakker. Ik had dorst en liep naar de keuken voor een glas water. Op de gang kwam ik je vader tegen die blijkbaar naar het toilet was geweest. Misschien had hij alleen wat water gedronken, doet er niet toe. Ik maakte hem plagerig complimenten over zijn pyjama. Zo'n hele degelijke donkerblauwe met grijze strepen. Ik vroeg of hij het daarin niet te warm had in de Floridase nacht. Hij verstond me niet goed, hield stil en vroeg wat ik zei. Ik herhaalde dat de pyjama hem goed stond. Hij moest lachen en ik ook. Op dat moment kwam je moeder de gang op stuiven. Waar hij zo lang bleef. Je vader wilde het uitleggen, maar ze was niet voor rede vatbaar. Ze schold mij uit voor hoer, hem voor hoerenloper. Hij stond daar zo machteloos in de gang... Ik had erg met hem te doen.'

'Totale onzin dus, dat overspel.'

'Ik en je vader?' Ze begon te lachen en kreeg kokette kuiltjes in haar wangen.

'Ik had wel wat anders aan mijn hoofd, Krijn. Mijn man was ongeneeslijk ziek! Dan denk je niet aan amoureuze zaken. Ik in ieder geval niet. Bovendien was je vader, sorry dat ik het zeg, mijn type niet. Arme Lenna.' Ze schudde bedroefd haar hoofd en bestudeerde de punten van haar schoenen. 'Al die waanideeën die haar kwelden. Toen al. Dat was een paar jaar voor het echt mis met haar ging, toch? Hoe lang is ze nu al ziek?'

'Een jaar of vijfentwintig,' zei ik ontwijkend.

'Zo lang al? Heeft ze nog steeds zo weinig contact met andere mensen?'

'Er komt nooit iemand langs behalve Stan. En ik.'

'Ik moet haar echt een keer opzoeken. Zou ze me binnenlaten, denk je?'

'Doe geen moeite, tante, u komt niet verder dan de voordeur. Elke keer als u ter sprake komt, spuwt ze gal.'

'Nog steeds?' Ze wendde haar hoofd af. Ze zocht naar haar zakdoek, veegde langs haar ogen en snoot haar neus. Terwijl ze door de tuindeuren naar buiten keek, zei ze met gesmoorde stem: 'Ik weet dat het voor Stan en jou veel erger is, maar... Mijn zus die niks meer met me te maken wil hebben, waar heb ik dat aan verdiend?'

'Ze is gek, tante. Ziek in haar hoofd.'

'*I know, I know.* Maar toch... Is er geen enkele hoop meer op verbetering?' Ze draaide haar hoofd en keek me met betraande ogen aan.

Ik schudde mijn hoofd. 'Ze begint nu snel af te takelen. Ze loopt moeilijk en is aan één oog blind.'

'Arme Lenna. Misschien is het maar beter dat ze doodgaat. Dit is toch geen leven zo.' Ze snoot opnieuw haar neus en kneep haar bril omhoog. Daarna boog ze zich voorover naar de tafel, greep een zilveren doosje, opende het en bekeek haar gezicht in het spiegeltje. 'Ach, wat zie ik eruit.' Terwijl ze haar make-up bijwerkte, vroeg ze: 'Maar vertel op, neef, wat wil je allemaal nog meer van mij weten? Ik ben niet zo jong meer, hè? Mijn geheugen...'

'Ik wilde eigenlijk weten wat voor meisje mijn moeder was.'

'Wist je dat je moeder en ik vroeger erg op elkaar leken? Lenna was geloof ik net iets groter, maar we hadden dezelfde groene ogen en hetzelfde donkere haar. We werden geregeld door elkaar gehaald. Maar anders dan ik was ze nogal jongensachtig. Ze gooide met ballen, klom in bomen, dartelde door de tuin. Je moet weten, we hadden een grote boomgaard bij De Teerling. Zo heette onze villa. Mijn grootvader, jouw overgrootvader dus, heeft hem laten bouwen. Ben je wel eens in De Teerling geweest? Het huis staat er nog steeds, hoor.'

Ik knikte.

'O, dan weet je hoe groot de tuin is. Lenna was altijd heel bruin. Ze leek op een mager veulentje als ze met haar lange gespierde benen door de boomgaard rende. Ik herinner me nog dat ze een favoriete perenboom had. Als het hard waaide, klom ze daarin, zelfs bij storm. Dan zwiepte ze heen en weer en had ze de grootste lol. Dat was typisch Lenna, voor de duvel niet bang. Of moet ik zeggen: alleen voor de duvel bang, want ze was al heel jong erg serieus met het geloof. Ze speelde liever met haar broers en hun vrienden dan met meisjes. Ik herinner me dat ze in de oorlog loopgraven hadden gemaakt in de moestuin en van daaruit de Duitsers bespioneerden. We hadden vaak Duitsers op het erf omdat ze hun paarden in onze stal hadden staan. Heeft je moeder je daar wel eens over verteld?' Ze keek me onderzoekend aan.

'Er staat me vaag iets bij,' zei ik ontwijkend.

'Je moet begrijpen, we hadden geen geld in de oorlog, Krijn. Vader was dood, het bedrijf failliet en moeder had een groot gezin te onderhouden. We moesten wat. De Duitsers betaalden netjes huur voor de stallen. Ze betaalden zelfs voor het drinkwater voor hun paarden.'

Ze zocht in mijn ogen naar begrip. Uit beleefdheid knikte ik haar toe.

'Alle beetjes hielpen. Je moeder werkte trouwens volop mee. Ze had een goed verstand, maar geld om verder te leren was er niet. Direct na de mulo ging ze op het gemeentehuis werken. Als ik het me goed herinner ging al haar geld linea recta in de huishoudpot. Ja, zo was ze. Ze had een groot verant-woordelijkheidsgevoel. Ik weet nog dat Otto ziek was, je oom. Hij had hersenvliesontsteking en zou geopereerd worden. Ze wilden zijn hoofd openmaken. Moeder – jouw oma – was ten einde raad. Ze dacht dat Otto hetzelfde lot beschoren was als vader. Dat ze hem open zouden maken en het leven uit hem zou lopen. Moeder was erg sterk, *you know*. Ze heeft in haar eentje twaalf kinderen grootgebracht, maar toen raakte ze in paniek. Lenna is op haar eigen houtje... zeg je dat zo, Krijn?... met de fiets naar de *hospital* in Leiden gereden en heeft de artsen gesommeerd de operatie af te blazen. En ze kreeg het voor elkaar!'

Het viel me opnieuw op hoezeer ze op mijn moeder leek. De-zelfde gebaartjes, de manier van naar het plafond kijken om een zin extra lading te geven, de wijsvinger aan de mondhoek. Veel beter geconserveerd, dat wel. En misschien was haar mond wat voller. 'Hoe oud was mijn moeder toen?' vroeg ik.

'Een jaar of vijftien, zestien. Het was midden in de oorlog. Twee weken later kwam Otto thuis, hij...'

'Had ze belangstelling voor jongens?'

Weer keek ze me lang aan.

'Nauwelijks.' Het kwam eruit alsof de discussie gesloten was, maar ik zette mijn angstige beleefdheid opzij en probeerde het nog eens.

'Had ze dan helemaal geen aanbidders? Ik vond een paar dagen geleden een oude foto van haar. Ik weet dat ik niet neu-traal ben, maar ze was niet onaantrekkelijk.'

'Nee, dat was ze beslist niet, maar...' Ze zweeg. Er speelde een ondeugend lachje om haar mond. 'Het klinkt misschien arro-gant Krijn, maar de concurrentie was groot. Moet je nagaan, een gezin met zeven meiden. En niet de lelijkste! Wat denk je van je tante Mathilde? En Rebecca? Dat waren *beauty's* hoor!' Ze pauzeerde even.

'Vergeet uzelf niet.'

'Daarover moeten anderen maar oordelen,' zei ze koket.

'Mijn moeder zei dat u vroeger onweerstaanbaar was.'

'Zei ze dat?' Ze kneep haar bril een paar millimeter hoger op haar neus.

'Ja, dat zei ze. En ik geloof haar direct.'

Haar gezicht ontspande. 'Ik mocht niet klagen, nee. Maar je moeder... Je moeder was beslist niet lelijk. Hoe moet ik het zeggen: ze was mooi, maar niet frivool. Ze was sterk en onbereikbaar. Streng voor zichzelf en anderen. Ik was veel losser. We waren gereformeerd thuis, *you know*. Dat nam je moeder veel serieuzer dan ik. Het was voor haar goed of kwaad, terwijl de meeste dingen in het leven ertussenin zitten. Dat is toch zo, neef? Neem nou de oorlog. We hebben een tijdje een Duitse *officer* in huis gehad. Was van zijn paard gevallen in onze boomgaard. Het gebeurde pal voor ons huis. Ik zat met moeder en Lenna in de serre. Hij kwam in volle galop het erf op rijden, waarschijnlijk om indruk op ons te maken. Nou, dat lukte! Hij sloeg me toch tegen de grond... Wat een klap! Hij lag voor dood, met zijn hoofd in een bloemperk. Dat weet ik nog goed. We hebben hem met zijn drieën naar binnengebracht, heel voorzichtig. Lenna heeft de dokter gehaald. De Duitse jongen, want hij was nog maar twintig, had een hersenschudding en een gebroken sleutelbeen. En een gebroken pols, meen ik. Toen hij uit het ziekenhuis ontslagen werd, hebben wij hem een paar weken verzorgd. Zijn wij dan fout geweest in de oorlog, omdat wij een gewonde Duitser onderdak hebben geboden? Als je medemens hulp nodig heeft, moet je hem toch helpen? Bovendien was het een ontzettend aardige jongeman. Heel beschaafd. En ontwikkeld! Hij kon zo mooi Bach spelen... Toen zijn pols en schouder weer geheeld waren, kwam hij vaak even langs om achter de vleugel te zitten. Speelde hij quatremains met Lenna. Ja, met jouw moeder. Nu herinner ik het me weer. Heeft ze je dat ook nooit verteld?'

Ik schudde mijn hoofd. 'Ze vertelde bijna nooit over de oorlog. Alleen dat jullie bloembollen aten.'

'Hoe heette die jongen ook alweer. Hij had een heel erg Duitse naam.' Ze trok denkrimpels in haar voorhoofd.

Ik wilde het gesprek terugbrengen op mijn moeder en vroeg:

'Wist u toen al dat er iets met haar aan de hand was? Ik bedoel: dat ze psychische problemen had? Was ze depressief?'

Ik schonk tante Astrid opnieuw in. Haar ogen volgden mijn bewegingen.

'Nee, niet dat ik me herinner. Ze was wel gevoelig, onze Lenna. Hoe zal ik het zeggen... Het leek wel of ze geen schild had. Je hebt een schild nodig in het leven, Krijn, om weerstand te bieden aan de hardheid van het bestaan. De mens is geneigd tot alle kwaad, dat is het enige wat ik heb overgehouden aan mijn gereformeerde opvoeding. Als je de oorlog meegemaakt hebt, neef, dan... Als je geen afweer ontwikkelt, ga je ten onder. Het leek wel of zij die niet had. Ja, dat was het. Ze had een buitengewoon open gezicht. Misschien stapten mensen daarom wel zo gemakkelijk op haar af. Wat dat betreft was ze net een magneet. Tegen wil en dank trok ze mensen aan. Wildvreemden soms. Daar was ik wel eens jaloers op, als ik...'

'Tante... sorry dat ik u onderbreek, maar had ze wisselende stemmingen of iets dergelijks?'

'Nee...' Ze schudde haar hoofd. 'Behalve dat ze het geloof serieuzer nam dan wie dan ook in ons gezin. Zelfs serieuzer dan moeder, en dat was toch een gelovige vrouw. Ik herinner me dat ze onze katholieke buurjongen door een gat in de heg... we woonden naast de burgemeester moet je weten...' Ik merkte dat ze naar me keek om te zien welke uitwerking dat feit op me had. Ze vervolgde: '... probeerde te bekeren tot het ware geloof. Ik weet nog dat ik toen dacht: Lenna, Lenna, nu ga je wel erg ver.'

'Stond ze verder wel normaal in het leven? Ging ze uit?'

'Jawel, maar niet vaak. Er kwam wel eens een jongen langs om haar mee te nemen naar de film, maar ze toonde nauwelijks interesse in hem. Later, toen ze in Den Haag werkte, was er ene Hans Zandbouten. Hij werkte ook in Den Haag. Gingen ze samen met de bus naar Leiden, dan met een trammetje naar Voorschoten, Voorburg en Den Haag. Zaten ze hand in hand op de zijbank. Ik herinner me dat we een keer met zijn drieën naar de opera zijn geweest. Hij deed vreselijk zijn best, hij had zich voor haar in een keurig donkerblauw pak gestoken. Ze vond hem wel aardig, maar niet meer dan dat. Ze zei die avond bijna niets, zodat ik hem maar ging vermaken. Toen we thuis waren, heeft ze me dat nog hoogst kwalijk genomen. Een enorme scène werd dat. Ze vond me geloof ik maar een lellebel.'

De warmte van buiten nam meer en meer bezit van de kamer, in de binnentuin roffelde een specht insecten uit een boom. Ik observeerde tante Astrid. Ze leek in gedachten jaren bij me verwijderd. Ten slotte zette ze haar kopje op tafel, trok met een hand de zoom van haar jurk over haar knieën en zei: 'Natuurlijk heb ik ook vaak gedacht: waarom is dit Lenna overkomen? Waaraan heeft ze dit verdiend? Waaraan hebben jullie, als kinderen, dit verdiend? Waaraan heeft je vader – God hebbe zijn ziel – dit verdiend? Want jullie hebben het allemaal moeilijk gehad. Die geestesziekte heeft jullie jeugd verpest. Ook ik heb er wakker van gelegen. Ik heb er veel over nagedacht, maar ik ben eruit: ze is getroffen door de vloek die rust op de familie. Juist omdat ze geen eelt op haar ziel had, was ze daar vatbaar voor.'

Met triomf in haar ogen keek ze me aan. Toen ze mijn vragende gezicht zag, hees ze zich overeind en mankte naar het kabinet. Ze trok de bovenste lade open en haalde er een bruinleren boekje uit. Ze hield het omhoog en zei: 'Dit is een levensbeschrijving van je overgrootvader. Hierin vertelt hij zijn *story* en die van zijn vader, die in zijn jonge jaren vanuit Duitsland naar Nederland kwam. Hierin kun je lezen dat die godsdienstwaanzin van je moeder, want dat is het, al generaties in de familie zit. De vloek had mij ook kunnen treffen, maar heeft je moeder uitgekozen.' Ze klonk alsof ze geen tegenspraak duldde.

Ik nam het boekje van haar over. De kaft was van leer, doorregen met een rode veter die de bladzijden bij elkaar hield.

'Als je belooft het binnenkort terug te komen brengen, mag je het wel meenemen. Dan zie ik je ook nog eens. En geef me je telefoonnummer. Misschien schiet me nog wat te binnen over je moeder. Soms komt op de meest onverwachte *moments* een flard verleden terug.'

Ik schreef mijn mobiele nummer voor haar op en hield daarna het boekje demonstratief in de lucht. 'Ik breng het zo snel mogelijk terug.' Toen sloeg ik het open en las de getypte aanhef:

'Levensbeschrijving van K.F. Von Volden.' En daaronder: 'Mijn vader Kurt Friedrich Von Volden werdt 31 maart 1819 geboren in Westphalen...'

'Je gaat het nu toch niet lezen? Doe dat maar in alle rust als je thuis bent. Vertel me eens: wat doe je precies in het dagelijks leven? Wat heb je gestudeerd? En ben je getrouwd?'

14

Het gezin Sterveling slentert door het mulle zand. Even daarvoor heeft Ward Sterveling zijn auto tussen de dennenbomen geparkeerd, aan de rand van de hei. Aan weerszijden van het bospad staan auto's bumper aan bumper. Het is begin juni, Pinksteren en zonnig. Boven het heideveld vibreert de lucht. In de verte, aan de rand van de heide, doemt een kolossale witte circustent op: het doel van hun wandeltocht. De jaarlijkse conferentie Opwekking is in volle gang. Uit alle windstreken stromen een weekend lang wedergeboren christenen naar de Veluwe voor geestelijke verrijking. Zoals elk jaar zijn er workshops, sing-ins, gebedsdiensten, preken, lofzang-, genezings- en aanbiddingdiensten. Zoals elk jaar is de familie Sterveling present.

Krijn heeft zijn moeders hand gepakt, Stan en zijn vader lopen voor hen uit. Ward iets voorovergebogen, met slingerende benen, Stan kaarsrecht, om te benadrukken dat hij zijn vader al bijna in lengte evenaart. 'Zullen we dwars over de hei lopen?' stelt Krijn zijn moeder voor. 'Dan zijn we er eerder.' Voordat ze kan antwoorden, laat hij haar hand los en schreeuwt: 'Wie het eerste bij die boom is!' Hij wijst op een geknakte boom die verlaten op de hei staat. Zonder haar reactie af te wachten, begint hij te rennen. Over zijn schouder ziet hij zijn moeder ondanks haar kokerrok de achtervolging inzetten. Hij gooit het hoofd in zijn nek en schatert van het lachen. Hij springt over boomstammen, dode takken en heidestruiken. Hijgend tikt hij de boom aan en wacht triomfantelijk op zijn moeder, die als een jong meisje op hem af rent. Haar damesschoenen werpen zand in de lucht. Als ze hem bereikt heeft, zoent ze hem op zijn voorhoofd. 'Tegen zoveel jeugdige energie kan ik niet op,' hijgt ze. 'Je moeder is niet zo jong meer!' Haar borst rijst en daalt. 'Even zitten, hoor.'

Ze veegt een boomstronk schoon. Krijn klimt naast haar en legt zijn hoofd tegen haar schouder. 'U bent nog hartstikke jong en mooi.' Ze zoent hem boven op zijn kruin en slaat een arm om zijn schouders. In de verte hebben Ward en Stan het tententerrein bijna bereikt. Lenna ziet haar man stilhouden en met de hand boven zijn ogen de hei afzoeken. Ze haalt de arm van Krijns schouder en zwaait. Ward steekt een hand op ten teken dat hij haar gezien heeft. Ze ziet hen omdraaien en het terrein op lopen.

Lenna en Krijn zitten heup aan heup in de zon, de warmte maakt haar licht in het hoofd. Ze sluit haar ogen. De winter is moeilijk geweest. Ze heeft zich weken lusteloos gevoeld. Zo lusteloos dat ze niet in staat was 's ochtends uit bed te komen om de jongens in gereedheid te brengen voor school. Als Krijn 's middags thuiskwam lag ze meestal boven op de dekens een middagdutje te doen. Dat hij dan vaak achter haar kroop en een arm om haar heen sloeg, heeft haar goed gedaan. Ook Ward heeft zijn uiterste best gedaan. Omdat het huishouden haar zwaar valt, heeft hij de hulp niet voor twee maar voor vier ochtenden per week ingehuurd. Op een dag is hij met een rank gouden dameshorloge thuisgekomen en heeft het met tranen in zijn ogen om haar pols gedaan. 'Omdat ik van je hou,' heeft hij gezegd. Ze wist niks terug te zeggen, maar had gehuild. Ward had het als een blijk van wederzijdse liefde opgevat. Ze had het maar zo gelaten.

Ze had moeite met de dagen gehad, die kwamen en gingen zonder zich van elkaar te onderscheiden. Ze had in haar bijbel gelezen en trouw elke ochtend gebeden, zodra het huis verlaten was door Ward en de kinderen. De tijd sleepte zich voort als een oude schildpad. Ze wachtte ergens op, maar wist niet op wat. Ze bad haar knieën kapot, maar God gaf geen antwoord. Alsof hij winterslaap hield. Wat zal God voor haar nog in petto hebben? Straks blijkt al haar wachten tevergeefs. Een gedachte die nu en dan haar hoofd binnenglijdt en haar somber maakt.

Gelukkig is met de komst van de lente haar somberte langzaam verdwenen. Nu, met de zon op haar gezicht en haar zoon naast zich, voelt ze nieuwe energie door haar lichaam stromen. Kon ze maar eeuwig met Krijn op een boomstam zitten. Ze voelt zijn hoofd tegen haar schouder, ze woelt met haar vingers door zijn weerbarstige haar.

'Kom mam, we moeten gaan. Anders zijn we te laat voor de samenkomst.' Met een zucht opent Lenna haar ogen. Ze knikt en staat op. Het heideveld begint te draaien, ze moet zich aan Krijn vastgrijpen om niet te vallen. 'Gaat het, mam?' vraagt hij bezorgd.

'Maak je geen zorgen, jongen. Ik moet even wennen aan de felle zon.'

Hand in hand lopen ze over de hei naar de grote tent. Ze passeren de camping waar de christelijke jeugd kampeert. Voor een grote bungalowtent zit Stan te midden van een groepje jongeren op de grond, kennissen uit hun eigen pinkstergemeente. Een jongen met haar tot op zijn schouders, een bruin T-shirt en een spijkerbroek, speelt gitaar. Het meisje naast hem in een lange katoenen jurk, slaat een tamboerijn tegen de muis van haar hand. De anderen klappen in hun handen en zingen met wiegend bovenlijf een Engelstalig lied. Op sommige gezichten ligt een blijde lach, anderen hebben hun ogen in aanbidding gesloten. Alleen Stans gelaat is onbewogen als altijd, zijn lichaam een meerpaal tussen wuivend riet. Lenna zwaait even naar hem. Wat lijkt hij toch op Ward, denkt ze.

Haar man staat vlak voor de ingang van de tent te praten met een kennis, een hand in zijn broekzak, de andere druk gebarend.

'Waar bleven jullie zo lang? De dienst begint bijna.' Hij is een man van de klok. De tijd geeft hem houvast in het leven, denkt Lenna. Heel anders dan ik. De tijd is mijn vijand.

'Ga Stan even halen, Krijn,' zegt ze.

'Laat hem maar,' zegt Ward. 'Hij gaat naar de sing-in, zijn vrienden uit de gemeente gaan ook.'

De tent is al bijna volgestroomd. Door de zon en de lichaamswarmte van duizenden broeit het binnen. De vochtige lucht hangt als een gaswolk onder het tentdoek. Het geroezemoes, het orgel dat al speelt en de hitte overvallen Lenna. Terwijl Ward naar vrije stoelen speurt, krijgt ze het gevoel flauw te vallen. Ze grijpt zijn arm. Verbaasd kijkt Ward opzij. Ze glimlacht zwakjes.

'Kijk, vooraan zijn nog twee stoelen vrij.'

'En Krijn dan?'

'Ik blijf wel staan,' zegt die. 'Het is me hier toch te warm.'

Krijn draait zich om en loopt naar de rand van de tent, waar vanwege de warmte en de drukte het zeil is opgerold. Lenna wil hem achternalopen, ze wil hem bij zich houden, maar voelt zich zo duizelig dat ze moet gaan zitten.

Een slanke blonde vrouw van rond de veertig leidt de zangdienst. Vrolijke lofliederen wisselen af met ingetogen gezangen. De vrouw in haar lange jurk lijkt over het podium te zweven. Nu eens heeft ze beide handen ten hemel geheven, dan weer opengespreid voor haar schouders. De meeste liederen worden staand meegezongen. Lenna voelt zich nog steeds wonderlijk licht in haar hoofd, maar de duizeligheid is verdwenen. Ze geniet van de samenzang. Steeds weer zwellen nieuwe liederen aan, boven de menigte zwaaien handen als helmgras in de wind.

Dan betreedt een man het podium. Hij heeft kortgeknipt haar en vierkante kaken, zijn gezicht is gebruind als dat van een zeezeiler. Terwijl de menigte deint en zingt, slaat hij een arm om de schouder van de vrouw. Zij draait haar gezicht naar hem toe en zoent hem op zijn wang. Daarop zweeft ze van het podium. Na de laatste woorden van het lied opent de man met een zwierig gebaar zijn bijbel en legt hem op het preekgestoelte.

Als het orgel wegsterft begint hij te spreken: 'Goedemiddag broeders en zusters, blij dat u weer in groten getale naar de Veluwe gekomen bent. Prijs de Heer!' De menigte murmelt halleluja. 'De Heer is onder ons en u kunt hem hier vandaag ontmoeten.' De halleluja's worden luider, ook die van Lenna. Ze wil niets liever dan de Heer ontmoeten. Soms lijkt hij zo ver weg, ondanks haar toewijding. 'Stel u open voor de liefde van onze Heer. Hij wil u vandaag vervullen met de Heilige Geest!' Mensen springen op en roepen 'Amen'. 'Ik wil het vandaag met u hebben over Vuur en Geest.' 'Amen!' roept Lenna.

De Heilige Geest is in de tent, weet de voorganger. De Geest wil niets anders dan de gelovigen vervullen, maar de mensen moeten wel voor hem openstaan. Niet op een kier, maar wijd open. Lenna spreidt haar armen alsof het poortdeuren zijn en juicht halleluja. De voorganger spreekt woorden naar haar hart, ze verlangt meer dan ooit naar de Heilige Geest.

Als de preek op zijn einde loopt, betreedt de sierlijke blonde vrouw weer het podium. Opnieuw omhelzen ze elkaar. Samen gaan ze de aanbidding leiden. Lenna voelt een steek van jaloezie. Wat een hecht echtpaar! Niet alleen lichamelijk één, maar ook op geestelijk vlak. Dat mist ze zo bij Ward. Die is zo praktisch ingesteld...

Hand in hand staat het echtpaar op het podium. De man begint een gebed, af en toe valt de vrouw in met krachtige halleluja's. Uit de menigte klinkt een gezoem van gefluisterde halleluja's, amens en prijs-de-heers. Schuin achter Lenna slaat een magere jongeman met het hoofd in de nek luide klanken uit. Anderen volgen zijn voorbeeld. Sommigen bidden hardop, anderen zingen met gesloten ogen. Aan de massa ontstijgt een orkaan van geluid. Het geluid lijkt zich te vermengen met de klamheid van de lucht. Handen zwaaien, sommige mensen springen op en neer op hun plek.

De lichtheid in Lenna's hoofd wordt sterker, ze heeft het gevoel dat er een cocon om haar gesponnen wordt, het geluid lijkt van steeds verder te komen. Verbaasd opent ze haar ogen tot een kier. Door haar wimpers ziet ze een grote zwarte man zwieren in de ruimte tussen het podium en de stoelen. Zijn gespreide armen lijken de tent te willen omvatten. Wat doet hij hier? Danst hij voor haar? Ze knijpt haar ogen weer toe, heft haar armen ten hemel en bidt zoals ze nog nooit gebeden heeft. Eerst in het Nederlands, daarna in het Afrikaans, vermengd met Engels. De woorden maken zich los van hun betekenissen. Ten slotte bidt ze in een nog nooit gesproken taal. Haar ziel verlaat haar lichaam en zweeft naar de zwarte man die nog steeds met gesloten ogen en de armen wijd uiteen voor het podium beweegt.

Ondanks de hitte in de tent voelt Lenna kou in haar lichaam trekken. Eerst haar handen, daarna via haar armen haar hele lichaam door. Ze rilt als in een koortsstuip. Ze ervaart een vreemde pijn, fel en zoet tegelijk. Ze kreunt. Dan stapt ze vooruit en danst achter haar ziel aan. Haar lichaam heeft zijn gewicht verloren. Dansend nadert ze de man en grijpt zijn handen. Samen zwieren ze over de plankieren tussen het podium en de stoelenrijen, haar ranke blanke handen in zijn grote donkere handen. Ze weet niet meer of ze nog ademhaalt, of het dag of nacht is. Hier heeft ze op gewacht, het eeuwige heden. Eindelijk is ze één met Jezus.

De orkaan van aanbidding en lofprijzing raakt over zijn hoogtepunt heen. Onverstaanbare tongentaal gaat over in verstaanbare gebeden, gezang wordt weer gefluister. De zwarte man laat de handen van Lenna los. Tot haar teleurstelling merkt ze dat ze nog ademt. Ze voelt de onregelmatige houtvlonders onder haar voeten, ze hoort het zoemen van de menigte, de warmte keert terug in haar handen. Ze durft zich niet om te draaien om de man aan te kijken. Ze voelt zijn handen in haar rug alsof hij haar voorzichtig in de richting van haar plaats duwt. Een diepe basstem zegt over haar schouder: '*Jesus loves you, sister.*' Ze wankelt op haar benen en heeft moeite haar blik te focussen. Zoekend naar woorden keert ze zich om. Hij staat niet meer achter haar. Ze zoekt tussen de rijen, maar ziet hem niet meer. Rij aan rij alleen maar blanke hoofden.

Verloren dwaalt ze in het niemandsland tussen podium en menigte. Als ze beseft dat ze hem kwijt is, loopt ze terug naar haar plaats en gaat zitten. Dan wordt ze Ward gewaar. Onbeweeglijk staat hij voor zijn stoel, zijn blik op het podium gericht. De voorganger en zijn vrouw heffen hun handen voor de laatste keer, om de gemeente Gods zegen mee te geven. De weinigen die nog zitten gaan nu ook staan. Lenna hijst zich van haar houten klapstoel, haar beenspieren lijken van elastiek. De lichtheid in haar hoofd wil maar niet wijken. Terwijl ze met gebogen hoofd de zegen afwacht, fluistert Ward: 'Beheers je nou eens, Lenna.'

15

Aanvankelijk was ik vol vertrouwen. Natuurlijk zou ik Doris in Paradiso vinden. Pas toen ik me afvroeg naar wie ik zoeken moest, was de twijfel gekomen. Hoe vind je in godsnaam een onbekende in een halfduistere zaal te midden van duizend andere onbekenden? Even overwoog ik een T-shirt te laten bedrukken met Sterveling, maar al snel verwierp ik het idee. Doris leek me niet het type om daarop te reageren. Bovendien zou ik daarmee de aandacht op mezelf vestigen. Ongewenste aandacht.

In mijn hoofd probeerde ik een compositietekening van haar te maken, maar de aanwijzingen waarop ik die moest baseren waren schamel. Wat had ik nou helemaal? Een stem en een naam. Daaromheen moest ik haar contouren schetsen. Dat leek me een onmogelijke opgave, voor een ervaren compositietekenaar en zeker voor mij. Ik kon helemaal niet tekenen, niet in mijn hoofd noch op papier. Toch deed ik een poging, om niet helemaal zonder houvast naar Paradiso af te hoeven reizen. Alleen en zonder enige houvast, het was een weinig aanlokkelijk perspectief.

Ik googelde haar. 'Geen resultaten gevonden voor "Doris Vonkel",' meldde de zoekmachine, met daarachter de vraag: 'Bedoelt u misschien Doris Völkel?' Dat bleek een *Trainerin in Grammatik und freies Sprechen*. Nee, die bedoelde ik niet.

De achternaam, dat was mijn terrein. Op de ochtend na ons tweede telefoongesprek had ik haar naam in mijn zorgvuldig opgebouwde database getikt. Geen naamdragers, had de databank gemeld. Niemand in Nederland stond geregistreerd onder de achternaam Vonkel... Ongerust had ik naar het beeldscherm gestaard. Weer had me het gevoel bekropen slachtoffer te zijn van een grap. Waarom zou ze anders een valse naam opgeven? Ik ben haar speelbal, in het beste geval een object van onderzoek. Een moedeloze gedachte. Misschien bestond ze wel helemaal niet en beeldde ik me haar in. Misschien was ik het contact met de werkelijkheid aan het verliezen.

Nog ongeruster had ik verder gezocht. Na enig zoeken stuitte ik op de naam. Vonkel had wel ooit bestaan, maar bleek als achternaam uitgestorven! Dat feit was mijn strohalm geworden. Misschien heette de moeder van Doris wel Vonkel en had Doris om wat voor reden dan ook onlangs haar naam aangenomen! Terwijl ik mijn tanden poetste als voorbereiding op de avond onderkende ik dat het een gezochte verklaring was. Desondanks klampte ik me eraan vast als een drenkeling aan een vlot. Vonkel was een naam die, dood of levend, voldeed aan de Germaanse klankwetten. Dat gaf een gerede kans op blond haar, maar wat zei dat: een gerede kans? Veertig, vijftig, zestig procent?

Haar stem dan. Die was laag, als van een corpsmeisje. Wat dragen corpsmeisjes? Een spijkerbroek, T-shirt met V-hals, haar in een staart, met nonchalante plukken langs het gezicht die nu en dan achteloos achter de oren gestopt worden? Zo ongeveer. Maar haar studie sociologie dan? Corpsmeisjes studeerden toch rechten, geneeskunde, of communicatiewetenschappen? Misschien was haar stem geen knieval voor de

corpscode, maar het resultaat van seks, drugs en rock-'n-roll...
Doorleefd dus. Hoe oud zou ze eigenlijk zijn? Gezien haar
taalgebruik en haar muzieksmaak leek ze me geen jonge student, geen meisje dat direct na de middelbare school naar de
universiteit is gegaan.

Ik had op internet informatie gezocht over de band die decor zou zijn voor onze ontmoeting. '16 Horsepower speelt een
mix van stevige rock met folk- en countryelementen die al
enige jaren hoog scoort bij het alternatieve rockpubliek,' had
ik gevonden in een recensie. Geen muziek voor een meisje.
Dat in de eerste plaats. Maar al helemaal niet voor een stu-
dente van rond de twintig. Meer voor een dertiger. Iemand
die eerst gewerkt heeft, of een lerarenopleiding heeft gevolgd.
Misschien de kunstacademie gedaan? Wikkend en wegend
stelde ik haar leeftijd op tweede helft twintig. Resumerend no-
teerde ik: Doris Vonkel is een vrouw van achter in de twintig,
gekleed in spijkerbroek met geel of rood T-shirt met V-hals,
blond haar tot op haar schouders (staartje?), iets over de een
meter zeventig en ietwat mollig van postuur. Volle borsten. Ik
taxeerde de regels. Toen streepte ik de laatste woorden door.

Ik scheurde het blad uit het schrijfblok, vouwde het op en
stopte het in de achterzak van mijn spijkerbroek. Ik verwisselde mijn overhemd voor een zwart T-shirt en trok mijn leren jas aan. Het was een zware afgeknipte motorjas, die me
ruiger deed voorkomen dan ik in werkelijkheid was. Ik was
klaar voor een mix van stevige rock met folk- en countryelementen, klaar voor Doris. Voor ik mijn been over het fietsza-
del zwaaide, tastte ik nog even in mijn broekzak. Het papier
gaf me vertrouwen. Niet veel, maar genoeg om alleen naar
Paradiso te gaan.

De augustusavond was te warm om zwoel genoemd te worden. Hoe lang duurde de hittegolf nu al niet? Ik kon me niet heugen dat de middagtemperatuur sinds begin mei onder de 25 graden was gekomen. 's Avonds daalde het kwik nauwelijks. Luidruchtige jongeren liepen in zomerkleding op straat. Korte broeken, rokjes, bonte T-shirts. De stad leek een pretpark, dat oranje kleurde in de laaghangende zon. Halverwege vervloekte ik mijn leren jas, zweet droop langs mijn slapen.

Ik naderde Paradiso. Vooroverhangend, op de punt van de gevel, stond een wit kruis als herinnering aan de tijd dat het gebouw nog dienstdeed als kerk. Op de stoep en op de trappen naar de ingang wachtte een horde fans. Terwijl ik mijn fiets aan de overkant van de straat op slot zette, gluurde ik over mijn schouder naar mollige blonde studentes. Ik voelde me een voyeur die op het strand naar schaars geklede meisjes kijkt.

De rij vorderde stapvoets, ondertussen scande ik de wachtenden op zoek naar Doris. Op de trappen keek ik achter me. De blonde meisjes in de rij beneden me waren druk in gesprek. Geen van hen kon Doris zijn. Ze zou immers alleen komen, had ze beloofd. Maar wat was haar belofte waard? Onzeker schuifelde ik richting loket.

'Uitverkocht,' zei het meisje achter het glas verveeld. 'Allang. Je had moeten bestellen.' Ze keek me aan alsof ik achterlijk was. Ze vindt me een ouwe lul, dacht ik, die niet meer weet welke rockbandjes *hot* zijn. Hulpeloos speurde ik om me heen. Plotseling dacht ik aan mijn vader. Die kon vroeger ook zo goed staan dralen, bijvoorbeeld als op vakantie het enige hotel in een stadje vol bleek. Ik voelde een zeldzame steek van verwantschap met hem, maar geen verwantschap die me met trots vervulde.

Ik deed een poging tot logisch nadenken. Ik kon wachten

op het einde van het concert, tot de bezoekers naar buiten stroomden en dan zo veel mogelijk vrouwen aankijken in de hoop op een blijk van herkenning. Dat zou de kans op een ontmoeting reduceren tot bijna nihil. Hoeveel oogcontacten zou ik in het gedrang wel niet missen? De aandrang om naar huis te gaan, kwam op. Nu niet de gemakkelijkste weg kiezen, hield ik mezelf voor. Ik moet en zal naar binnen.

Ik keek om me heen of er misschien kaartjes werden aangeboden. Tot mijn eigen verbazing overwon ik mijn schroom en klampte willekeurige concertgangers aan. Niemand wilde zijn kaartje verkopen. Na een halfuur had de wanhoop de hoop overvleugeld en stond ik op het punt huiswaarts te keren. Vanuit de voormalige kerk hoorde ik het stuwende ritme van iets wat op een trekharmonica leek, drums en gitaar vielen in: het optreden was begonnen. 'Vaarwel Doris,' fluisterde ik en stak de straat over op weg naar mijn fiets. Ik voelde me miserabel en vervloekte alle mollige meisjes met blonde haren.

Op de trambaan hield een kalende man me staande. 'Op zoek naar een kaartje?' zei hij. Afwachtend nam ik hem op. De man was gekleed in korte broek en tropisch overhemd. Hij leek me geen liefhebber van alternatieve rockmuziek. 'Vijftig euro,' zei hij. Ik vloekte. 'Graag of niet,' zei de man. 'Graag,' zei ik cynisch. Ik betaalde, griste het kaartje uit de hand van de sjacheraar en keerde hem de rug toe. 'Teringlijer,' hoorde ik nog toen ik de trap van Paradiso op rende.

Ik gaf mijn zware jas af bij de garderobe. Pas in de verlichte hal drong het tot me door dat mijn compositietekening van Doris het meest voorkomende Nederlandse vrouwtype had opgeleverd. Paradiso stikte van de licht mollige meisjes van tweede helft twintig, met blond haar in een staartje. Er leken nauwelijks andere vrouwen te bestaan, althans niet hier. Op hoop van zegen keek ik in zo veel mogelijk meisjesogen. De meesten keerden hautain hun hoofd af, een paar keken iets langer terug, maar als ik bij wijze van herkenning mijn wenkbrauwen optrok, wendden ook zij zich af.

Ik duwde de rubberen geluidsdeuren uiteen en stapte de zaal in. De muziek overspoelde me als een golf een zeewering. Ik nam even de tijd om te wennen aan het gebrek aan licht en de overvloed aan geluid. Toen mijn ogen gewend waren aan het schemerduister zag ik midden op het podium een magere blonde man op een kruk zitten, microfoon aan zijn lippen, bandoneon in zijn armen. Slordig om hem heen waren vier andere bandleden gepositioneerd. Hun rust contrasteerde met de drukte van de zanger. Ik had nog nooit iemand zoveel beweging zien ontplooien op een kruk, zonder ervanaf te donderen. Met gesloten ogen schokte en kronkelde hij erop los.

Mijn ogen dwaalden weg van het podium. De sfeer binnen was in groot contrast met de uitbundige stemming buiten, in de stad. De muziek was zwanger van onheil, er werd nauwelijks gedanst. De massa voor me was een sloom wiegend lichaam. De spotlights die het podium nu en dan in hel licht zetten, maakten de achterhoofden zwart. Ik verwenste mijn eeuwige drang om zo min mogelijk op te vallen. Mijn zwarte T-shirt en mijn spijkerbroek waren niet echt een dracht waarmee ik hier in het oog sprong. Tussen deze honderden monotoon geklede rockliefhebbers zouden we elkaar nooit treffen. Ik worstelde naar de bar in de hoek van de zaal en bestelde een biertje.

De naïviteit van mijn missie drong nu pas in volle omvang tot me door. Hoe had ik in godsnaam kunnen denken haar hier te vinden? Wie dacht ik wel dat ik was? Een zondags-

kind? Ondanks mijn camouflagekleding voelde ik me uitge-
licht in de mensenmassa. De warmte steeg naar mijn hoofd en
ik keek gejaagd om me heen. Niemand lette op me, maar dat
bracht me nauwelijks tot rust. Bier, ik had meer bier nodig.
Ik dronk mijn glas leeg, verpletterde het plastic onder de hak
van mijn laars en haalde een nieuwe. Dat dronk ik bij de bar
in twee teugen leeg en bestelde er nog een. Ook dat leegde ik
in *no time*. 'Doe mij er nog maar een,' schreeuwde ik naar het
meisje achter de bar. Ze was blond, mollig en droeg een spijkerbroek. Zij schreeuwde: 'Dorst?' Ik knikte minzaam, maar
dacht: waar bemoei je je in godsnaam mee.

De alcohol gaf me moed. Zoveel moed, dat ik weer de massa
in durfde te lopen. Ik slalomde met het biertje in mijn hand
dieper de zaal in. Ik speurde nog eens langs de rijen, in het
spoor van de heen en weer zwaaiende spotlights zocht ik de
balkons af. Ik zag niets bijzonders aan de identieke koppen
die gebiologeerd naar het podium staarden. Niemand die net
als ik de zaal met zijn ogen aftastte. Ik nam een slok en concentreerde me weer op de band. Ik was er nu toch.

De zanger leek door een epileptische aanval bezocht. Zijn lijf
schokte alsof demonen in hem gevaren waren en hem ter aarde wilden werpen. Zijn ogen waren gesloten, zijn geprono-
ceerde kin priemde vooruit. In zijn nek bolden aderen, in zijn
keel schokte een adamsappel. Zijn gelaarsde voet schopte spas-
tisch in de lucht, alsof de zool steeds van de sport van de kruk
afgleed. Zweet liep van zijn lange gezicht. Het stroomde langs
zijn slapen naar de punt van zijn kin en drupte op zijn instrument. Het deerde de man ogenschijnlijk niet. Zonder de zaal
een blik waardig te keuren, absorbeerde hij de aandacht van
het publiek. De andere bandleden leken figuranten. Terwijl hij

de balg van de bandoneon tussen zijn handen liet kronkelen, schreeuwde hij zijn songs in de microfoon. Zijn teksten leken in donderwolken samen te ballen boven het publiek. Ik probeerde flarden van de woorden aan elkaar te plakken:

Don't go around tonight, well... there's a bad moon on the rise, ... together, I hope you are prepared to die... nasty weather, one eye is taken for an eye.

Het bier had me vervuld met een aangename loomheid. Ik bestudeerde de omstanders, nu meer uit verbazing dan dat ik op zoek was naar Doris. Als in trance staarden de toeschouwers naar het podium waar de magere zanger zijn bezwerende riten uitvoerde. De ene apocalyptische tekst na de andere stroomde uit over het publiek, dat deemoedig luisterde. Om de twee nummers haalde ik een nieuw glas bier, niet meer om mijn mensenangst te bezweren, maar omdat ik als ik eenmaal dronk moeilijk kon stoppen. Plotseling kondigde de zanger het laatste nummer aan. Hij legde zijn bandoneon naast zich, draaide aan knoppen op de vloer, pakte zijn gitaar en drukte zijn lippen tegen de microfoon. Het begin van de song ontging me, maar de rest was goed te verstaan:

oh the sky grey orange
and the walls stained blue
and I laid right down on the golden satin with you
into sweet dark circles of beautiful eyes

I go round
oh lord
I go round

will you tell me once again
cream white skin
you are my friend
I've seen you walkin' and your white hips sway
oh girl I will have you more

to the moan in your voice
not a charm do you lack
your skin to touch as a black raven's back
but I cannot go far with these words as they rhyme
as to tell, of the pleasure, your hand in mine

Goddank zingt hij ook nog over de aardse liefde, dacht ik. Geen slecht nummer bovendien.

De muziek stierf weg en een voor een verlieten de bandleden het podium. Het publiek ontwaakte uit de betovering en floot om een toegift. Zaallampen flitsten aan. In een impuls keek ik opzij tussen twee rijen door. Een paar meter van me af stond een jonge vrouw. Ravenzwart haar, rode lippen, vaalblauw spijkerjasje over een bloemetjesjurk. Ze leek een exotische bloem te midden van het donkergeklede blonde publiek. Ik keek weer voor me.

Het fluiten hield aan tot de muzikanten opnieuw het podium op kwamen. De show vervolgde, maar ik kon er mijn aandacht niet meer bij houden. Mijn blik werd opzij getrokken. De vrouw keek gefascineerd naar het podium. Ze wiegde een beetje van haar ene been op het andere, maar haar blik leek vastgevroren aan de zanger, totdat ze merkte dat ze bekeken werd. Ze draaide haar hoofd en toonde een brede mond onder donkere ogen. Verbeeldde ik het me of waren ze vochtig? Betrapt concentreerde ik me weer op de band. De zanger en de bassist waren in gevecht met hun instrument. Met strijkstokken bewerkten ze gitaar en bas. Een orkaan van geluid kwam over het publiek, zonder melodie, zonder structuur, zonder woorden ook. Het gezicht van de zanger leek verkrampt in hemelse pijn. Toen draaide ik mijn hoofd weer opzij.

De jonge vrouw staarde nog steeds mijn kant op. Voor de zekerheid keek ik achter me of ik me niet vergiste, maar nee: ze keek toch echt naar mij. Ik trok vragend mijn wenkbrauwen op. Haar gezicht barstte open in een brede lach. Witte tanden tussen volle lippen. Mijn knieën voelden week. Krijg de zenuwen, dacht ik. Het is nu of nooit. Ik liep naar haar toe, mijn blik gekluisterd aan de hare, alsof ik bang was haar uit het oog te verliezen.

'Doris?' schreeuwde ik over de muziek heen.

'Dag Sterveling!' schreeuwde ze.

'Ik heb je gevonden!' schreeuwde ik.

'We hebben elkáár gevonden!' verbeterde ze me.

Onhandig stond ik voor haar. We zagen elkaar voor het eerst, maar ik voelde me verre van een vreemde voor haar. We hebben geneukt met elkaars stem, dacht ik. Alsof ook zij daaraan dacht trok ze haar mond weer tot een lach, dezelfde mond die hitsig in de telefoon had gekreund. Haar ogen knepen samen tot strepen. Het was een lach die onweerstaanbaar wellustig was. Ik stak aarzelend mijn hand uit. Zij boog zich naar me toe voor een zoen, zodat mijn hand in haar buik belandde. Ik stamelde iets wat op een excuus leek, daarna zoende ik de toegestoken lippen. Ze waren als room, alsof er geen vel omheen spande om de zachtheid bijeen te houden. In het halfdonker monsterde ik haar gezicht. Ze flirtte onbeschaamd met haar zwarte ogen wijd open, haar hoofd in een hoek van dertig graden op haar nek.

'Wat vind je ervan?' schreeuwde ze in mijn oor. Ze moest ervoor op haar tenen staan, haar hand zocht steun op mijn schouder.

'Waarvan?' schreeuwde ik terwijl een borst tegen mijn elleboog drukte.

'Wat denk je? Van de band natuurlijk.'

'Donderpreken.'

'Wat?'

'Donderpreken,' schreeuwde ik. 'Hij zingt donderpreken.'

'Te gek, hè?'

Ik knikte.

'Ik heb nog nooit zo'n zinderend optreden meegemaakt,' schreeuwde ze. Haar ogen glinsterden.

Voor de vorm keek ik naar het podium. Vaag zag ik de zanger schokken op zijn kruk. Daarna keek ik weer naar haar. En zij naar mij. Ze lachte, ik ook. Mijn blik gleed langs haar lichaam. Ze zag het en keek me uitdagend aan. Bevalt het, leek ze te vragen. Maar ze vroeg: 'Zullen we naar een café gaan? Kunnen we elkaar tenminste verstaan. Het is toch bijna afgelopen.'

We vochten ons door het publiek naar buiten, ik manmoedig voorop om een pad voor haar te banen. In de hal was het koeler dan in de zaal. Het geluid kwam mondjesmaat door de klapdeuren. Ik haalde mijn jas bij de garderobe.

'Ben je met de fiets?'

'Nee, mijn auto staat verderop aan de gracht.'

'Dan lopen we,' deed ik besluitvaardig.

16

Het grijsleren bankstel met de chromen poten moet en zal het huis uit! Als Stan op een middag uit school komt, staat er een eikenhouten bankstel met gebloemde stoffering voor in de plaats. 'Spuuglelijk,' is zijn commentaar, maar Krijn vindt het prachtig. Het lijkt op de meubels in de boerderijen van zijn vriendjes. Er verandert meer. Er komt een hond in huis, een jonge Duitse herder die van Lenna de naam Sarah met een H krijgt. Het gevolg is dat Stan in de pinkstergemeente voortaan niet 'De Heer is mijn Herder' maar 'De Hond is mijn Herder' zingt.

Maar de belangrijkste verandering is het haar van Lenna. Ze is deze keer niet naar de kapper in het dorp gegaan die alle dorpsjongens voorziet van een kapsel dat veel weg heeft van de Duitse gevechtshelm uit de Tweede Wereldoorlog. Ze is op de bus gestapt, iets wat ze al die jaren nog nooit gedaan heeft, en naar de kapper gegaan in het grotere dorp, zeven kilometer verder langs de rechte polderweg. Drie uur later stapt ze weer uit bij de halte aan de brink.

Stan is met een paar vrienden aan het voetballen op het grote grasveld, tussen de opgeschoten bomen. Hij herkent haar van verre aan de kordate tred en haar slanke figuur. Maar haar haar... In plaats van haar strenge knotje en haarband, dansen krullen rond haar gezicht. Bovendien draagt ze een kanarie-gele jurk tot op haar voeten. Ze ziet hem niet en loopt nog sta-tiger dan anders richting huis. Stan houdt stil in de schaduw van een boom, bal aan de voet. 'Is dat je moeder niet?' vraagt een jongen, terwijl hij met zijn hoofd knikt in de richting van de in het geel gehulde vrouw. Stan haalt zijn schouders op. 'Ze lijkt er wel op,' zegt hij en schiet de bal naar een medespeler.

De auto van Ward draait als gewoonlijk iets na zessen de oprit op. Bij binnenkomst ziet hij een vrouw in de keuken. Donkere krullen, lange gele jurk.

'Dag Ward,' zegt ze. Hij weet niks terug te zeggen. 'Zou je de voordeur niet eens dichtdoen?' Ze zegt het met een zweem van een glimlach.

'Lenna,' stamelt hij, 'wat is er met jou gebeurd?'

'Ik ben naar de kapper geweest. En toen ik toch bezig was heb ik meteen een paar jurken en een ketting gekocht. Ik was wel toe aan iets nieuws.'

Krijn komt aanlopen vanuit de woonkamer. 'Dag pa, wat vind je van mama? Is ze niet mooi? Ze lijkt wel zeventien.'

De jongen slaat zijn armen om haar middel en drukt zijn hoofd tussen haar schouderbladen.

Ward reageert niet op de vraag van zijn zoon. Hij vergeet Krijn zelfs te groeten. Er is iets in hem wakker geworden, wat hij jaren geleden – onder protest – te ruste had gelegd. Hoe-lang geleden is het dat hij de laatste keer naar bed was geweest met Lenna? Goed, die keer was weinig romantisch geweest. Door Lenna's lijdzaamheid, zijn vertwijfeling en haar huilbui had het gevoeld als een dramatisch afscheid. Zijn gevoel bleek juist te zijn geweest, het was het einde van zijn intieme relatie met zijn vrouw. Maar hij had geen afstand kunnen doen van zijn verlangens. Hij was tenslotte een man van vlees en bloed, een man met behoeften. Behoeften die hij sindsdien nooit meer bij haar heeft mogen bevredigen.

In het begin heeft hij nog wel eens een poging gedaan haar te verleiden, maar haar reactie was steeds zo afwijzend dat het duidelijk was dat er geen ruimte voor onderhandelen overbleef. En als hij nu in zijn slaap per ongeluk tegen haar aan rolt, duwt ze hem van zich af. 'Niet doen, Ward. Je weet dat ik niet wil.' Wanhopig is hij eronder geweest. Hij heeft haar nu en dan met de bijbel in de hand op haar vrouwelijke plichten gewezen, maar zelfs dat heeft weinig indruk op haar gemaakt. Ten slotte heeft hij de moed opgegeven. Het moet gezegd, ze heeft al die jaren nauwelijks aanleiding tot lichamelijke opwinding gegeven. Ze kleedde zich kuis, dag én nacht. Tot vandaag.

Niet dat ze er nu aanstootgevend bij loopt, maar het is alsof er een andere vrouw in de keuken staat. Lenna, maar toch ook weer niet. Haar haar alleen al... Wat een knap gezicht heeft ze nog! En dan die jurk. Een beetje té misschien, maar het geeft Lenna een aristocratische uitstraling. De ceintuur om haar middel accentueert haar borsten. Een opmerkelijke stevige boezem voor zo'n tengere vrouw. Ward staart naar Lenna's borsten alsof hij ze voor het eerst ziet. In zijn onderbuik begint een onstuimig woelen. Hij tilt zijn leren aktetas voor zijn middel, draait zich om en vraagt met afgeknepen stem aan Krijn: 'Is de krant er al?'

Die nacht wordt Stan gewekt door luide stemmen. Hij slaapt in de kamer naast de echtelijke slaapkamer. Hij is eraan gewend geraakt dat zijn ouders af en toe woorden hebben. Dan hoort hij Lenna's felle stem en zijn vader brommen. Staccato klanken. Woorden kan hij er meestal niet van maken, daarvoor is de muur te dik. Hij maakt zich er nooit zorgen over, in elk huwelijk is immers wel eens iets. Maar de geluiden van deze nacht verontrusten hem. Zijn moeder schreeuwt en ook zijn vader spreekt luider dan anders. Hij kan ze woordelijk verstaan.

'Blijf van me af!' hoort hij. 'Ik ben je man! Ik verlang naar je, is dat soms een zonde?' roept zijn vader. Stan weet even niet wat te doen, het hoofd onder zijn kussen leggen en proberen verder te slapen of opstaan om de ruzie te sussen.

'Ga weg, ik wil je niet meer in bed!' hoort hij zijn moeder schreeuwen, gevolgd door een luide slag alsof de kledingkast omvalt. Dan hoort hij een deur opengerukt worden en weer dichtslaan. Stan springt uit bed. De deur van zijn slaapkamer zet hij op een kier. In het licht van de overlooplamp duwt zijn vader in blauwgrijze streepjespyjama met volle kracht tegen de slaapkamerdeur. Aan de andere kant van de deur worden zijn pogingen tegengewerkt. Nu en dan bonkt de deur in zijn hengsels als zijn vader nieuwe kracht zet.

'Het is ook mijn bed, Lenna. Ik heb recht op mijn bed!' In blinde drift gooit Ward zijn lichaam tegen de deur, een meter tweeënnegentig en negentig kilo. Stan heeft hem nog nooit zo gezien. De deur met zijn moeder erachter kan niets anders doen dan wijken. Zijn vader stapt uit beeld, dan hoort Stan zijn moeders hand op de wang van zijn vader neerkomen. De tik geeft een kort en scherp geluid. Zijn vader stapt achterwaarts de drempel over en verschijnt weer in Stans gezichtsveld, zijn hand aan zijn rechterwang, zijn ogen groot van ongeloof. Midden op de overloop houdt Ward stil en schudt zijn hoofd. Zijn schouders lijken smaller dan anders, zijn pyjamajas slobbert.

De overloop is leeg, buiten Ward en de commode die hij in Zuid-Afrika ter ere van Stans geboorte heeft getimmerd. Aan

de muur boven de trap hangen tegeltjes met inheemse zoog-
dieren: de vos, de das, het edelhert, de ree en het wilde zwijn.
Dat van het zwijn hangt een beetje scheef. Lenna verschijnt
in de deuropening, stapt in het licht van de lamp. Haar ogen
vonken als ze gilt: 'Hoerenloper, ga weg van mij. In Jezus'
naam!' Haar rechterarm wijst met kracht naar de trap, als een
politieagent die het verkeer regelt. 'Het huis uit, jij onreine
man. God zal je straffen.'

Ward probeert haar te kalmeren. 'Lenna, zeg niet van die
rare dingen. Je haalt je allemaal onzin in je hoofd.'

Onbeweeglijk gluurt Stan door de kier, de rotan vloerbedekking prikt in zijn voeten.

'Je hoereert met Ien Jansen. En wat je met Astrid in Florida
hebt gedaan... Ga weg van mij, kind van Satan.'

Stan kijkt naar zijn vader. Een man van middelbare leeftijd in een ouderwetse pyjama, maar een kind van Satan? Hij
denkt aan Ien Jansen, de vrouw van de hoofdonderwijzer.
Het zijn zo ongeveer de enige mensen in het dorp met wie
zijn ouders contact hebben. Ien Jansen heeft vissenogen, een
haakneus en een kin waaruit donshaar groeit. Haar lijf is vor-
meloos als een jutezak met aardappelen. Stan probeert zich
tevergeefs een voorstelling te maken van wat zijn vader met
haar gedaan zou hebben. De zondige voorkeur voor tante Astrid begrijpt hij beter.

'Toe Lenna, haal toch niet steeds van die rare gedachten in
je hoofd,' zegt zijn vader bezwerend terwijl hij op haar toe
stapt. 'Bewijs dan dat ik overspelig ben.'

'Raak me niet aan!' gilt ze, terwijl ze hem met de vlakke
hand een striemende klap in zijn gezicht geeft.

Stan ziet zijn vader versuft terugdeinzen. Een rode vlek
kleurt diens wang. De hond beneden in de bijkeuken jankt.

Stan duwt de deur verder open en stapt de overloop op.

'Stop met slaan, ma. Stop-nu-met-slaan!' Stan articuleert de woorden met een mix van wanhoop en dreiging.

Zijn ouders kijken hem aan. Zijn moeder met vlammende ogen, zijn vader gelaten.

'Hou op met ruziemaken. Straks wordt Krijn ook nog wakker.' De hond jankt weer. 'Zelfs Sarah is wakker geworden van jullie geschreeuw.' Hij kijkt naar de slaapkamerdeur van zijn broertje. Nu pas ziet hij dat ook die op een kier staat.

'Krijn?'

Langzaam gaat diens deur verder open. Zijn broertje knippert met behuilde ogen tegen het licht.

'Kijk nou wat je doet, Lenna. Denk aan de kinderen,' zegt Ward vermoeid en knikt naar Krijn. 'Ze moeten morgen weer vroeg naar school.'

Achter de rug van haar man ziet Lenna haar jongste zoon staan. Zijn aanblik lijkt haar woede te temperen.

'Huil maar niet, jongen,' zegt ze. 'Alles komt goed, maar papa moet een tijdje uit huis. Dat heeft God mij geopenbaard...'

'Dan ga ik met hem mee,' onderbreekt Stan haar. Een rilling trekt door zijn lichaam. Hij voelt zijn spieren spannen, zijn schouders breder worden. Een aangename huivering trekt langs zijn ruggengraat. Het is alsof hij met dat ene zinnetje een nieuwe fase van zijn leven binnenstapt, zijn lot in eigen hand neemt. Hij heeft een beslissing over de toekomst van zijn leven genomen en is bereid de consequenties ervan te dragen. Hij doet een stap in de richting van zijn vader.

Verrast kijkt Lenna naar Stan. 'Stan, jij wilt de wil van God toch niet dwarsbomen? Dat is heel gevaarlijk, mijn jongen. Roep de toorn Gods niet over je af!'

Stan klinkt vastberaden: 'Als pa weggaat, ga ik met hem mee.'

Lenna staart hem woedend aan. Dan kijkt ze langs haar echtgenoot naar Krijn. Die huilt zonder geluid te maken. 'Kom maar bij mama, jongen,' zegt ze tegen hem. 'Bij mij ben je veilig.' Ze kijkt hem met een schuin hoofd aan.

Twijfelend staat Krijn op de drempel van zijn slaapkamer. Zijn pyjamajas is vlekkerig van de tranen.

'Kom bij me, Krijn.' Lenna strekt haar beide armen naar hem uit. 'Kom bij je moeder, jongen.'

Haar stem is niet meer uitnodigend, maar gebiedend.

Krijn blijft staan en veegt met de rug van zijn hand het snot onder zijn neus weg.

'Kom!'

Krijn beweegt niet.

Stan kijkt naar zijn moeder. Die lijkt moeite te hebben haar evenwicht te bewaren en grijpt de deurpost. Haar ogen vlammen niet meer, maar zijn groot van verbazing. Haar mond staat half open, haar nieuwe krullen hangen stil om haar gezicht. Stan ziet haar grote witte onderbroek door haar nachthemd schijnen. Haar mondhoek trekt. Ze mompelt wat en schudt haar hoofd. De krullen springen heen en weer voor haar ogen. Ze werpt een laatste blik op Krijn, draait zich om, stapt de slaapkamer binnen en sluit de deur. Stan kijkt naar zijn vader. Die staat nog steeds voor standbeeld in zijn streepjespyjama. Dan hervindt hij door de onverwachte steun zijn tegenwoordigheid van geest.

'Jongens, ga maar naar bed. Alles komt goed. Mama en ik praten morgen verder. Het lijkt me verstandiger dat ik vannacht op de logeerkamer slaap.'

17

Zij aan zij liepen Doris en ik door de zomernacht. Mijn pas was onvast, elke stap vergde aandacht. Het bier had mijn blik vertroebeld, alsof er een mist in de Amsterdamse straten hing. Alleen Doris zag ik scherp. Vanuit mijn ooghoeken bestudeerde ik haar gebloemde zomerjurk. De knoopjes reikten van haar decolleté tot aan beneden, de zoom raakte de bovenkant van haar knieën. Een jurk om open te rukken, zodat de knopen ervanaf spatten. Mijn keel voelde droog aan. We liepen de grachtengordel binnen. Achter ons rammelde een tram langs. Terwijl we door een smalle, slecht verlichte straat wandelden, merkte ik dat ze me van opzij opnam.

'Je bent knapper dan ik dacht, Sterveling' zei ze. 'Of beter gezegd, minder lelijk.'

'Dank je.'

'Langer ook. Ik had een schuw mannetje verwacht, met bleekroze wangen. Hoe kom je zo lang?'

'*It runs in the family*.'

Haar schouder botste tegen mijn arm. Ze versnelde haar pas en draaide zich om. Achteruitlopend opende ze haar spijkerjasje en vroeg: 'En... wat vind je van mij?'

Mijn blik tastte haar lichaam af. Haar ogen, haar mond, haar jurk, haar knieën, haar gehakte laarzen. Toen weer terug naar haar ogen. Ze keek me ongegeneerd aan.

'Je voldoet niet helemaal aan de verwachtingen.'

Bruusk keerde ze zich om en liep voor me uit. Haar zwarte haar hing over de kraag van haar jasje. Ik deed mijn best haar zo snel mogelijk in te halen. Over haar linkerschouder zei ik haastig: 'Ik bedoel: in mijn fantasie had ik een prachtige vrouw van je gemaakt. Aan dat beeld beantwoord je, behalve dan dat donkere haar van je. Bij Vonkel had ik me een Arisch type voorgesteld.' Ik liep weer naast haar. 'Wat ben je eigenlijk? Indisch?'

'Indisch, Chinees, Hollands, nog wat joods ook ergens,' zei ze wrevelig.

'Dan is je vader zeker Hollands.'

'Ga je persoonlijk worden, Sterveling? Door stom toeval ben ik niet meer anoniem voor je. Maar ik hecht onverminderd aan mijn privacy.'

'Kom op. Het is puur zakelijk. Ik heb grote interesse in familienamen. Vonkel is een Nederlandse naam. Mijn vraag is simpel: was je vader Nederlands?'

'Nee, die was Chinees-Indisch.'

'Wás, zei je?'

'Nou ja, misschien is hij het nog wel. Ik zou het bij god niet weten.'

'Nooit gekend, begrijp ik?'

'Niet zo doorzichtig, Sterveling. Ik heb de pest aan doorzichtig gedrag. Maar goed... Mijn vader is 'm een paar maanden na mijn geboorte gesmeerd. Nooit meer gezien.'

'En toen?'

'Op een gegeven moment kwam er een stiefvader, met alle mikmak die erbij hoort.'

'Welke mikmak?'

'Gaat je allemaal geen donder aan.'

'Hier linksaf,' zei ik en wees een steeg in. 'Draag je zijn achternaam of heb je de achternaam van je moeder overgenomen?'

'Wat kan jou mijn naam bommen? Wat is dat voor zieke hobby, zitten wroeten in andermans naam?'

'Het is geen hobby, het is een beroep. Ik ben naamkundige.'

'Je bent wat?'

'Naamkundige.'

Haar lach stuiterde over de scheefliggende klinkers van de steeg. 'Het moet niet gekker worden, Sterveling,' hikte ze. 'Het moet niet gekker worden.'

Bang dat ze zich om zou draaien en weg zou rennen, durfde ik niet te beginnen over haar uitgestorven naam. Doris Vonkel liep hier immers springlevend naast me. Een vrouw van vlees en bloed. En wat voor vlees! dacht ik, terwijl ik in het licht van een straatlantaarn haar contouren bekeek.

We bereikten een oud zeventiende-eeuws hoekpand met een oplichtend Heineken-uithangbord boven de deur. De ingang van het café zat precies in de hoek van de twee muren. Vlak achter de deur hing in een halve cirkel een zwaar leren gordijn. Ik duwde het opzij en liet Doris voorgaan. 'Een naamkundige én een gentleman,' zei ze terwijl ze langs me schoof. 'Slechte filmtitel!' voegde ze eraan toe. Ik grinnikte schaapachtig. In het gedempte licht zaten vijf klanten aan de bar, de ruggen krom van het krukzitten. Tegenover hen veegde een gebrilde kastelein met grijs haar en volle baard zijn toog schoon. Voor zijn buik hing een bruinleren schort. Hij begroette ons met een knik van zijn hoofd. Ik knikte terug met een flauwe glimlach. Doris zei: 'Hi.' Het plafond was hoog, rechts liep een steile trap naar de entresol, links daarvan leidde een trapje naar de kelder.

'Boven maar?' vroeg Doris.

Terwijl ze vast de trap op liep, bestelde ik twee biertjes. Balancerend met de glazen beklom ik ook de uitgesleten trap. Boven leek het café nog ouder dan beneden. Middenin, voor de open haard, stond een grote tafel. In een kring daaromheen stonden kleinere tafeltjes. Het plafond werd gestut door eikenhouten balken. In een hoek bij een klein raam ging een jong stel zo in elkaar op dat het geen aandacht aan mijn komst besteedde. Doris was in de verste hoek gaan zitten, aan het tafeltje ingeklemd tussen de muur en de open haard.

'Op het lot,' zei ik terwijl ik tegenover haar ging zitten. Ik hield mijn glas uitnodigend omhoog.

'Dat is nog maar afwachten, Sterveling. Wie weet is het het noodlot.' Ze lachte vals, maar haar glas botste tegen het mijne. 'Te gek optreden, niet? Ik was compleet gefascineerd door die zanger. Wat een passie...'

'Wat een religieus fanatisme, zal je bedoelen. Heb je geluisterd naar de teksten die hij over de zaal uitstortte? Jezus...'

'De religieuze boodschap van zijn muziek interesseert me geen bal. Ken je Het Laatste Oordeel? Die zanger is de Hieronymus Bosch van de popmuziek. Niet meer en niet minder! Heb je hem vergeleken met de andere bandleden? Prima muzikanten hoor, ze speelden professioneel hun partij mee, maar hij... hij wás de muziek. Alsof zijn zenuwstelsel erdoor aangestuurd werd.'

Ik voelde een lichte jaloezie opkomen.

'Weet je wat mij opviel? De kinnebak van die kerel. Weet je waar een wuit op duidt? Op religieus fanatisme. Karel de Vijfde had een flinke, mijn groot- en overgrootvader hadden er een en ook mijn moeder heeft een aanzet tot een ferme kin.'

'Jezus. Ik heb het over passie, man. Begin jij over kinnen. Trouwens, jouw kin mag er ook zijn.'

Ik verborg mijn kin in mijn rechterhand en zweeg. Doris was zichtbaar tevreden met het effect van haar opmerking en vroeg grijnzend: 'Heb je soms een studie gemaakt van het fysiek van gelovigen?'

'Niet van allemaal. Hervormden en katholieken kan je nauwelijks gelovigen noemen. Wel van de fanatieken, de orthodoxen. Ik moest toch wat. Ik heb er zo lang tussen gezeten. Weet je dat ze een weeë lucht meedragen? De geur van godsdienst. Als er verschillende bij elkaar zijn dan wordt de geur penetrant. Niet te harden.'

Doris keek me spottend aan: 'Ik merk het al, je pinkstergemeentejeugd laat je niet los.'

'Ach jawel, behalve dat me te pas en te onpas Bijbelteksten te binnen schieten. Toen ik een jaar of tien was betaalde mijn moeder me een kwartje voor elke tekst die ik uit mijn hoofd kende. Dat werd een aanslag op het huishoudbudget.'

'Hebben we het toch weer over je moeder. Je weet niet half hoe vaak je over je moeder begint.'

'Ik heb het niet over mijn moeder, ik heb het over Bijbelteksten.'

'Ja, *sure...*'

'Het toeval wil dat ik jou ontmoet bij een concert van een religieuze fanaticus. Is het dan vreemd dat mijn achtergrond, dus ook mijn moeder ter sprake komt?'

Ik keek haar aan in de hoop op begrip, maar in haar donkere ogen was niets te lezen. Ze zei: 'Ik begin steeds meer in te zien dat je ex gelijk had. Je hangt nog altijd te veel aan je moeder.'

'Ik heb haar tot voor kort twaalf jaar niet gezien!'

'Zegt dat niet genoeg? Ze staat tussen jou en de rest van je leven. Maar goed, dat is jouw zaak. Als je het toch zo graag over haar wilt hebben...'

'Ik wil het helemaal niet...'

'... hoe lang is ze eigenlijk al gek? Of moet ik zeggen: hoe lang geleden is ze tegen het ijs gesmakt? Kom nu eindelijk eens door met je verhaal, Sterveling.'

'Heb je even?' zei ik om haar af te schrikken. Ik had andere plannen.

'Ja, ik heb even.' Ze trok haar spijkerjasje uit en hing het over haar stoelleuning. Ze rekte zich uit, zodat haar jurk om haar borsten spande. Ik zag dat ze keek of ik dat wel zag. Ik nam een slok bier en begon te vertellen: 'Het was 13 januari 1980, even na tweeën.'

18

De winter is als een baksteen uit de lucht gevallen. Van de
ene op de andere dag zijn de grauwe regenwolken opgelost
en heeft vorst de blauwzwarte klei grijs gekleurd. De felle kou
trekt de lijnen van de polder nog strakker dan ze al waren,
alsof alle speling uit de grond is gevroren. De kleinste onef-
fenheden en krommingen in de wegen, sloten en dijken krim-
pen in het gareel.

In het dorp van de familie Sterveling liggen de klinkerstra-
ten verlaten onder de laaghangende zon. In de bijkeuken loeit
de verwarmingsketel en in de woonkamer zitten Ward, Lenna
en Krijn te lezen. Gedrieën zijn ze naar de pinkstergemeente
aan de andere zijde van de dijk geweest; tot verdriet van zijn
ouders is Stan in bed blijven liggen. Sinds de nachtelijke ruzie
onttrekt hij zich meer en meer aan het gezinsleven. Nog voordat ze terug zijn van de samenkomst is hij alweer vertrokken.
Hoewel het inmiddels een gebruikelijk patroon is, kan Lenna
er maar niet aan wennen.

'Hij valt nog onder ons gezag,' klaagt ze als ze ontdekt dat
Stan niet thuis is. 'Je moet hem aanspreken op zijn houding.'

Ward haalt zijn schouders op: 'Jongens van zijn leeftijd gedragen zich nu eenmaal zo. Dat komt later wel weer goed.'

'Stan is een slecht voorbeeld voor Krijn,' moppert Lenna.

'Die zit nu ook al op de middelbare school, met alle slechte invloeden van dien.'

De luxaflex in de woonkamer is halfgesloten, zodat het ongekleurde winterlicht in strepen binnenvalt. Ward zit op de driezitsbank, zijn vrouw en jongste zoon zitten naast elkaar op de tweezitsbank. Sarah slaapt voor hun voeten. De zondagsrust binnen is in harmonie met de verstilde polder buiten.

'Lenna, ik heb een voorstel.'

Lenna kijkt verstoord op uit haar boek. Ward raapt moed bij elkaar. 'Zullen we vanmiddag gaan schaatsen? Wij samen?'

Verbaasd kijkt Lenna haar man aan, het hoofd scheef op haar nek, alsof ze zijn plotselinge frivoliteit wantrouwt.

'Maar ik heb in geen dertig jaar meer geschaatst... Jij trouwens ook niet. Is dat niet gevaarlijk op onze leeftijd?'

'Kom, Len. Het is prachtig winterweer en je mag je aan mij vasthouden.'

Krijn doet alsof hij leest, maar gluurt vanuit zijn ooghoeken naar zijn moeder. De laatste maanden is de sfeer thuis gespannen. De verstandhouding tussen zijn ouders is sinds de nachtelijke ruzie verder verslechterd. Zijn vader slaapt in de logeerkamer en 's avonds tijdens het Bijbellezen werpt zijn moeder hem boze blikken toe. Hoe Ward ook zijn best doet, het lukt hem niet zijn vrouw gunstiger te stemmen. Zijn voorstel is niets anders dan een verzoeningspoging. Krijn doorziet dat meteen. IJs doet immers mensenharten smelten? Hij kijkt op uit zijn boek en smeekt: 'Toe nou, ma. We doen heel voorzichtig. Op de tocht achter Van Weesdijk is bijna niemand.'

Ze kijkt hem peinzend aan, vinger aan haar mondhoek.

'Kom nou, ma...'

Ze onthoudt hem veel. Hij mag niet naar popmuziek luisteren, niet dansen, niet kaarten, geen lid worden van een voetbalclub en niet zwemmen bij stranden waar topless gezond wordt, maar hij weet dat ze hem dit soort dingen moeilijk kan weigeren.

'Goed,' knikt ze. 'Laten we een poging wagen.'

Krijn juicht en zoent de wang van zijn moeder. Sarah schrikt wakker en heft haar kop. Ward legt zijn boek terzijde en springt overeind. Hij spreidt uitnodigend zijn armen, maar zijn vrouw blijft zitten. Dan grijpt hij haar handen en trekt haar omhoog. Onwennig staan ze tegenover elkaar, zo dicht zijn hun lichamen elkaar in maanden niet meer genaderd. Ward kan zich niet beheersen, grijpt Lenna om haar middel en wil haar zoenen. Ze hangt achterover in zijn armen, alsof ze verwikkeld zijn in een tango. Sarah springt blaffend om hen heen. Krijn meent een lachje te zien op het gezicht van zijn moeder. 'Niet doen, Ward,' zegt ze, maar niet met volle overtuiging.

Een halfuur later parkeert Ward zijn auto in de berm, op het punt waar de poldervaart via een brede duiker onder de weg door gaat. Uit de aanwezige auto's heeft Krijn opgemaakt dat er weinig mensen zijn. Een opluchting. Hoe minder mensen, hoe minder kans dat zijn moeder aan iemand aanstoot neemt. In optocht lopen ze naar de bevroren tocht. Krijn voorop, gevolgd door Ward en Lenna. De klei is hard als basalt en aan de waterkant staat riet, dat oranje kleurt in de laag invallende zonnestralen. De tocht ligt als een blikkerende loper tussen de akkers.

'Deze vriest altijd als eerste dicht!' roept Krijn over zijn schouder. 'Er is totaal geen stroming, ook in de zomer niet.'

Er hangt een witte tong ijs uit een buis. Hij wijst zijn moeder erop. Achter de bladloze windsingel in de verte ligt de boerderij van Van Weesdijk. Henk van Weesdijk was op de lagere school zijn boezemvriend. Hoe vaak zijn ze niet samen naar deze tocht geslenterd? Over de hobbelige kluiten met de scherpe schelpen die door de zolen van hun rubberlaarzen prikten, steeds verder weg van de bewoonde wereld? Ze kenden alle eenden- en fazantennesten in het hoge gras van de oevers. Ze zagen meerkoeten onderduiken en gokten waar ze weer bovenkwamen, ze keken naar het stuntvliegen van de kievieten boven het weiland aan de overkant. Ze verbaasden zich over het felle blauw en oranje van de ijsvogel, dat oplichtte tussen de gedempte poldertinten. Ze lichtten fuiken en doorzochten rattenvallen. Soms droegen ze een windbuks onder de arm en schoten op wilde eenden, een opvliegende velduil, overzwemmende muskusratten. Ze raakten nooit wat, behalve een fles in het water, een weidepaal, een grote kluit modder. En als Krijn na een lange dag thuiskwam met het slootwater twee vingers hoog in zijn laarzen, zoende zijn moeder hem liefdevol op zijn besmeurde wangen.

Terwijl Krijn de veters van zijn noren strikt, keurt zijn vader het ijs en zit zijn moeder op de betonnen duiker. Ze lijkt een studie van de weg te maken, waar nu en dan een auto passeert. Omdat haar garderobe geen broek bevat – een vrouw in een broek is volgens zijn moeder een gruwel in Gods ogen – draagt ze onder haar geruite rok een beige maillot. Zijn vader knielt bij haar neer en begint met rode vingers de Friese doorlopers onder haar wandelschoenen vast te maken. Nu en dan blaast hij in zijn handen, de adem wolkt om zijn hoofd. Krijn geneert zich voor de stropdas onder zijn vaders wintertrui, voor zijn, zoals hij dat zelf noemt, sportieve corduroy broek.

Behoedzaam zet hij een schaats op het ijs. 'Ik ga alvast!'

Zijn vader reageert niet, worstelend met de leren riempjes van de doorlopers. Zijn moeder wuift met haar hand. Ze glimlacht naar hem. Krijn zet af. De oostenwind geeft hem vaart. Hij legt zijn handen op zijn rug. De slagen worden langer, bij elke slag spant zijn broek om zijn dijbenen. Krijns lichaam wiegt heen en weer tussen zijn linker- en rechterschaats. Hij geniet van zijn evenwicht boven de dunne ijzers. Door winterzon, de meewind en de prille dooi tussen zijn ouders zwelt hij van levenslust, alsof zijn borst open wil barsten. Zag hij niet een lachje rond de mondhoeken van zijn moeder, toen zijn vader haar omhelsde?

Terwijl hij de lengte van zijn slagen overdrijft, zuigt hij zijn longen vol. Het voor de wind schaatsen benadert de gewichtloosheid, valt hem in. Hij groet een paar tegenliggers, nu is er niemand meer voor hem. Hij voelt het ijs bobbelen onder zijn schaatsen. Hij kijkt naar beneden, de ijzers laten nauwelijks sporen na op de ijsvloer. Ik rijd over de waterspiegel van een week geleden, toen de vorst inviel, denkt hij. De stand van het riet, het gebogen gras op het talud, de vorm van de kluiten op de akkers: alles is al dagen onveranderd. De tijd staat stil!

Hij rilt van de gedachte.

Hij richt zich op en kijkt om zich heen. Nog niet groot genoeg om boven de walkant uit te kijken omvat zijn wereld de strakblauwe hemel en de lege tocht. Hij is een ontdekkingsreiziger die onontgonnen gebied binnenglijdt. Dit is geluk: eeuwig doorschaatsen, altijd wind mee, de zon tegemoet. Met elke slag raakt zijn hoofd leger, tot hij nergens meer aan denkt.

Als hij een kruispunt van tochten bereikt, ontwaakt Krijn uit zijn trance. Hij remt met zijn schaats dwars op het ijs. Een waaier van kristallen spuit omhoog. Hij tuurt achter zich, de tocht is leeg. Hoe lang heeft hij zich laten meevoeren door de wind? Hij is alle gevoel voor tijd kwijtgeraakt. Het ijs voor hem is minder mooi, aan elkaar gevroren schotsen en links een groot wak waarin een paar wilde eenden dobberen. Hij hoort een hoge gil van een kokmeeuw. Ik kan maar beter teruggaan, denkt hij. Als ik nu door het ijs zou zakken...

Wanneer hij zich naar het oosten keert, blaast de wind door zijn trui. Hij trekt zijn sjaal strakker om zijn nek en begint met korte slagen aan de terugtocht. De wind is guur, onder hem is het ijs zwart. Zijn kin bevriest, koude windtranen glijden over zijn wangen. Diep voorovergebogen probeert hij de wind te slim af te zijn. Zijn armen zwaaien om beurten omhoog om zijn slagen kracht bij te zetten. Als hij zich zo nu en dan opricht, staat hij bijna stil. Verder maar weer, onder de wind door.

Als Krijn zijn rug nog eens recht, ziet hij in de verte een groepje mensen samenscholen op het ijs. Hij blaast zijn longen leeg van opluchting. Hij is er bijna. Nog eenmaal buigt hij zich voorover. Een vijftal schaatsers staat in een halve cirkel om iets heen. Om iemand heen. Er ligt een vrouw op het ijs, een man zit er geknield bij.

Dichterbij glijdend ziet hij dat het zijn vader is. Diens schaatspunten krassen in het ijs terwijl hij zich over de vrouw buigt. Haar benen steken uit een geruite rok, aan haar voeten zitten ouderwetse doorlopers. Hijgend knielt Krijn ook bij zijn moeder neer. Zwarte krullen omlijsten haar bleke gelaat. Haar achterhoofd rust op de dubbelgevouwen sjaal van zijn vader.

'Ma,' smeekt Krijn. 'Ma, word wakker.' Hij kijkt op naar zijn vader.

'Ze is met een geweldige smak op haar achterhoofd gevallen,' zegt die nerveus. 'Haar schaatsen gleden zomaar onder haar vandaan en...' Hij zit met zijn knieën op het ijs, handschoenen naast zich. In de polder tussen de dijken, zijn dijken, op de vaart die hij zelf gepland en getekend heeft, zit hij als een ontheemde bij zijn vrouw. Zijn handen trillen.

Voorzichtig neemt Krijn Lenna's hoofd uit zijn handen. 'Ma. Hoort u me, ma?'

Warme tranen stromen langs zijn wangen. 'Ma. Word wakker!'

Haar lijkbleke gezicht contrasteert met het donkere ijs. Een toeschouwer zegt: 'Is dat uw vrouw?'

'Ja, dit is mijn vrouw,' zegt Ward.

'Kan ik iets doen?'

Ward kijkt op. 'Nee, dank u. Mijn zoon en ik redden het wel.' Dan tegen Krijn: 'Ze moet van het ijs. Anders vat ze kou. Help me even haar in zittende positie te zetten.'

Juist als ze aanstalten maken, knippert Lenna met haar ogen.

'Ma!' roept Krijn.

Ze opent haar ogen. 'Krijn, lieverd. Ben je daar?' kreunt ze.

'Ja, ma. Ik ben bij u.'

Ze kreunt weer en brengt een hand naar haar hoofd. 'Ik heb zo'n verschrikkelijke pijn, jongen. Zo'n verschrikkelijke hoofdpijn. Mijn hoofd knettert als een transformatorhuisje.'

Krijn onderzoekt zijn handen die haar achterhoofd ondersteunen. Geen bloed gelukkig. Ook tussen haar haren niet.

'Je bent achterover op je hoofd gevallen, Lenna,' zegt Ward. 'Ben je in staat op te staan? Je moet zo snel mogelijk van het ijs. Als je blijft liggen, raak je onderkoeld.' Ongemakkelijk zit hij tussen het tiental onbekende benen.

'Ze is alweer bij,' zegt hij opkijkend. 'We redden ons wel. Dank u voor uw bezorgdheid.'

Hij richt zich weer op zijn vrouw. Aan het krassen van de schaatsen hoort hij dat ze alleen gelaten worden. Hij wil absoluut geen commotie, het laatste wat hij wil is commotie.

'Kom, ma. We helpen u.' Bezorgd kijkt Krijn naar zijn moeder. Gelukkig krijgt haar gezicht weer wat kleur.

Ze ziet zijn blik en probeert hem gerust te stellen.

'Voortaan kan ik niet meer zeggen dat ik niet op mijn achterhoofd gevallen ben.' Het spreken doet haar zichtbaar pijn.

'Praat maar niet, Lenna. We brengen je naar huis.'

Ze helpen haar overeind. Ze wankelt op haar houtjes. Ward pakt haar onder haar armen, haar rug tegen zijn borst. Voorzichtig duwt hij zijn vrouw naar de plek waar hun schoenen staan, Krijn naast hen. Hij wikkelt zijn sjaal af en legt hem naast zijn vaders sjaal op het bevroren gras. Ze laten Lenna er voorzichtig op zakken. Ze ligt met gesloten ogen op haar rug, terwijl Ward haar schaatsen begint los te maken. Krijn zit naast haar hoofd. 'Moeten we voor deze ene keer niet naar de dokter? U ziet zo bleek.'

'Nee, jongen, Jezus is mijn dokter. Dat weet je toch?'

'Maar wat voelt u dan?'

'Mijn hoofd. Het lijkt alsof mijn hoofd onder stroom staat.' Ze trekt een pijnlijke grimas.

'U heeft vast een hersenschudding, ma. Alles komt goed.'

'Even niet met je moeder praten, Krijn. Je ziet toch dat het haar pijn doet?' zegt Ward geprikkeld, nog steeds in gevecht met de schaatsriempjes.

Lenna heft haar arm en legt een vinger op Krijns lippen. Dan sluit ze haar ogen weer. Haar gezicht is nog steeds bleek, maar de lijkkleur is weg. Krijn assisteert zijn vader bij het overeind helpen van zijn moeder. Ze zetten haar voorzichtig op de achterbank van de auto, met haar wandelschoenen op de lichte bekleding.

Krijn zit voorin naast zijn vader. Hij probeert oogcontact met zijn moeder te krijgen, maar ze kijkt naar buiten, haar hand op haar achterhoofd. Gelukkig kreunt ze niet meer. In de paar kilometer naar huis zegt zijn vader steeds: 'Tsjonge-jonge, Lenna. Tsjongejonge,' en wrijft nerveus met zijn duim over het topje van zijn wijsvinger, alsof hij geld telt. Hij stuurt de auto het dorp binnen, langs de kerk en de winkels, de oprit naast hun huis op. Ze helpen haar uit de auto, de trap op naar de echtelijke slaapkamer en leggen haar op bed.

'Heb je nog iets nodig, Lenna?' vraagt Ward, terwijl hij voorzichtig een kussen onder haar hoofd schuift. 'Zal ik toch niet een dokter bellen? Ik maak me ongerust.'

Lenna opent haar ogen. Ze kijken hem verontwaardigd aan. 'Een dokter? Ben je gek? Dokters zijn kwakzalvers. Straks nemen ze me mee naar het ziekenhuis en kom ik nooit meer thuis. Wil je dat misschien, Ward? Is dat je bedoeling?'

'Nee, Lenna. Je weet dat ik dat niet wil. Het is alleen dat we ons zorgen maken. Je hebt een flinke smak gemaakt.'

'Jullie hoeven je geen zorgen te maken. God zal mijn hoofd genezen.'

Ward knikt. 'Zal ik een glas warme melk met honing voor je maken?'

'Heerlijk,' zegt ze en sluit haar ogen. 'En laat me verder maar gewoon liggen. Ik heb rust nodig. Geef God de tijd.'

19

'Zei ze dat?' vroeg Doris. 'Geef God de tijd?'

Doris had het verhaal tot dan toe zwijgend aangehoord. Mijn keel was droog van het praten. Ik nam een slok bier, veegde met de rug van mijn hand het schuim van mijn lippen en knikte.

'En hij nam de tijd. Alle tijd, mag ik wel zeggen.'

Mijn handen speelden met een bierviltje. God, wat voelde ik me uitgeblust. Zelfs mijn zin in Doris was verdwenen.

'En toen, Sterveling? Wat gebeurde er toen?'

'Daarna?'

'Ja. Pats boem, gek? Kom op, man. Nu wordt het pas spannend.'

Ik schudde zo resoluut mogelijk mijn hoofd. 'Dat gelul over mijn moeder... Ik had me deze avond anders voorgesteld.'

'*It ain't over yet*, Sterveling.'

'Dat mag ik hopen.' Ik probeerde haar schalks aan te kijken, wat mislukte omdat ik een sterke aandrang tot pissen voelde. 'Al dat bier,' zei ik verontschuldigend. Ik stond op en liep naar de toiletten. Terwijl ik mijn blaas leegde, dacht ik: waarom vertel ik haar dit allemaal? Wat wil ze van me? Ik bestudeerde de wc-poëzie op de muur, alsof ik daar antwoorden kon vinden. Ik las *Het is een slet, het is een hoer, het is de vrouw van*

Piet den Boer. Hoewel de naam me bekend voorkwam, kon ik me niet herinneren wie Piet den Boer was, laat staan zijn vrouw.

Ik hoopte dat de korte pauze een nieuwe wending gaf aan de avond, maar bij mijn terugkeer zei Doris:

'Die moeder van jou die God de tijd wilde geven... het is eerder andersom. Misschien is God wel tijd. Misschien is God niks anders dan een verzameling millennia, eeuwen, jaren, maanden, weken, dagen, uren... Misschien is zijn enige taak her en der wat uit te delen.'

'Hoe zie je dat voor je? God als Sinterklaas?' vroeg ik, terwijl ik enigszins teleurgesteld tegenover haar ging zitten.

'Meer als een gaarkeuken. God roert met een opscheplepel in een enorme ketel tijd en de mensen staan deemoedig met een klein kommetje in de hand in de rij. De een krijgt een flinke schep, de ander weinig.'

'En sommigen vinden een stukje vlees in hun kommetje, anderen alleen maar drab. Wil je dat zeggen?'

'Ik heb de metafoor nog niet helemaal uitgewerkt. Sterker nog: ik heb hem bedacht toen je stond te pissen.' Ze grijnsde. 'Ja, het inzicht komt op de raarste momenten.'

'Als God tijd uitdeelt, dan is hij verdomd zuinig,' meende ik.

'Het is liefdewerk oud papier, vergeet dat niet! Wat kan je verwachten? Ik heb trouwens niet de indruk dat jij tijd tekortkomt, Sterveling.'

'Denk je dat ik de hele dag op mijn kont zit te wachten op de volgende dag?'

'Heb ik het mis?'

'Ja, je hebt het mis. Ik dien de wetenschap,' zei ik. Het klonk belachelijk.

Ze opende haar lippen een halve centimeter, siste tussen haar tanden en zei niks.

'Doe niet zo denigrerend. Als ik de keus zou hebben zou ik ook liever boer zijn. Aardappelen telen, graan zaaien, onkruid wieden, oogsten. Desnoods koeien melken. Maar ik heb de keus niet. Kiezen is een overschatte menselijke activiteit. Bovendien zijn er al genoeg boeren. Wat zeg ik, er zijn er te veel. Een mens moet toch iets doen...'

'... om de dagen door te komen. Bladiebladiebla.'

'Leg me geen woorden in de mond. Ben jij dan zo levenslustig? Verlopen al jouw dagen groots en meeslepend?'

'Jezus, wat zeg je dat weer gedragen, Sterveling. Wil je me soms bewijzen dat je wel eens een gedicht leest? Nee, ik heb niets principieels tegen verveling. Ik heb iets tegen alledaagsheid.'

'Open mijn ogen en toon me het verschil.'

'Als je je verveelt, voel je tenminste dat je leeft. Verveling is niets anders dan je ergeren aan het verglijden van de tijd. Alledaagsheid is veel erger. Dat doet je vergeten dat je leeft. Door alledaagsheid verglijdt de tijd zonder dat je het doorhebt.'

'Aha, we zijn weer bij je ervaringstheater aanbeland. Mensen wakker schudden, jaja. Jezelf wakker houden, zal je bedoelen. Jouw kruistocht tegen het alledaagse – ik wees met een bierviltje naar haar neus – heeft persoonlijke trekjes... Waar is de wetenschappelijke objectiviteit gebleven?'

De rollen waren omgedraaid. Nu was ik degene die sarde. Haar gepikeerde blik deerde me nauwelijks.

'Fuck de objectiviteit, Sterveling. Geloof jij daar nog in? Dat is toch een achterhaald begrip?'

Ik zuchtte en keek naar de vrouw tegenover me. Haar donkere ogen stonden boos, haar rode mond was clownesk groot, haar decolleté diep. Het laatste wat ik wilde met haar was verzanden in een wetenschappelijke discussie. Ik moest het gesprek zien terug te brengen op het persoonlijke terrein.

'Waarom maak je je toch zo druk over het alledaagse?'

'Het idee dat het grootste deel van het leven opgaat aan niksigheid maakt me razend. Of beter: wanhopig.'

'Aaah, daarom probeer je op allerlei onconventionele manieren te ontsnappen aan... aan...'

Ze zweeg. Ik knakte het bierviltje dubbel en vroeg: 'Hoe oud ben je eigenlijk?'

'Gaat je niks aan.'

'Een jaar of dertig?'

'Probeer je me te beledigen of uit de tent te lokken, Sterveling?'

'Iets jonger dus. Zevenentwintig?' Doris zweeg weer. Ik tuitte mijn lippen en floot. 'Zevenentwintig. Gevaarlijke leeftijd, hoor.'

'Hoezo een gevaarlijke leeftijd? Wat ijl je toch...'

'Zeggen de namen Janis Joplin en Brian Jones je niks?'

Ze haalde onverschillig haar schouders op, haar borsten golfden in haar decolleté.

'Jimi Hendrix, Jim Morrison?'

'Jawel, schimmen uit het verleden. Ouwe lullenmuziek.'

'Kurt Cobain dan?'

'Die heeft zich door zijn hoofd geschoten. Maak je punt.'

'Ze behoren tot de Club van 27. *Forever 27* worden ze wel genoemd, omdat ze allemaal door een overdosis of zelfmoord op hun zevenentwintigste de pijp uit zijn gegaan. Uit verveling. Of omdat ze het allemaal al gezien hadden. Of omdat ze begrepen dat *forever young* een illusie is.'

'Wil je beweren...'

'Helemaal niet. Ik zeg alleen dat zevenentwintig een riskante leeftijd is.'

'Ik ben helemaal geen zevenentwintig.'

'Gelukkig maar dan. Wat dacht je van nog een biertje? Dat wil nog wel eens helpen tegen de sleur.'

Ze keek me eerst boos en toen hoofdschuddend aan. Toen zei ze: 'Nog eentje dan.'

'Je bent met de auto, toch?'

'*Who cares?*'

Bij de bar evalueerde ik de avond. Ik kon tevreden zijn dat ik Doris gevonden had. Ze was mijn *lucky shot*. Ik was minstens zo tevreden over wie ze was. Of moest ik zeggen: over hoe ze eruitzag? Ze was een zigeunerin zonder traan, de vleesgeworden natte droom. Minder tevreden was ik over het samenzijn. Ik had me laten verleiden tot weer een exposé over mijn moeder, niet echt een lustopwekkend thema. Daarna waren we verzeild geraakt in een discussie die nergens toe leidde. In ieder geval niet naar de warmte tussen haar dijen. Het werd tijd voor actie, straks was ze weer niets anders dan een stem.

'Kom bij me zitten, Sterveling,' zei Doris toen ik met een klap de twee glazen op tafel zette. Ze greep een stoel, schoof hem naast de hare en sloeg er met haar vlakke hand op. Ze lachte erbij. Dat wil zeggen, ze ontblootte haar tanden en trok haar gezicht samen. Haar ogen bleven donker.

'Dat wil je toch wel?' vroeg ze. De agressieve discussietoon was verdwenen.

'Graag,' zei ik. Ik ging naast haar zitten en drukte mijn dijbeen tegen het hare.

'Ik had gehoopt dat je de normaalste mens ter wereld zou zijn,' zei Doris. 'Maar je valt me tegen.'

'Ik doe mijn uiterste best. Ik ben niets liever dan normaal.' De drank schonk me lef. 'Een alledaagse man zijn, dat is mijn grote ambitie.' Ik keek haar aan, op zoek naar de uitwerking van mijn woorden. Ze reageerde niet, maar blikte onbeschaamd terug. Ik keek naar haar zwarte haar en toen weer terug naar haar donkere ogen. *Uw ogen zijn als de vijvers van Hesbon.* Haar halfgeopende mond. *Uw tanden zijn als een kudde geschoren schapen...* Mijn ogen zakten af. *Uw hals is als de ivoren toren...* Ik zag hoe haar borsten heuvels vormden onder de jurk.

'Je hebt mooie borsten,' zei ik. 'Dat vind ik mooi, mooie borsten.'

Ze maakte een knoopje los.

'Kun je ze zien?'

Ik knikte. Zeker kon ik ze zien, ondanks het zwakke licht. *Uw beide borsten zijn als tweelingjongen van gazellen...* Ik boog me voorover voor een nadere inspectie. Ze wurmde nog een knoopje los. Haar lichtbruine vlees contrasteerde met de witte bh. Ze mag Indisch, Chinees, joods en wat al niet zijn, ze heeft de rondingen van een Noord-Europese vrouw, concludeerde ik.

Ik keek naar haar op. Op haar gezicht lag een vragende glimlach. Mijn hand ging naar haar borsten, maar ze weerde hem af. 'Straks mag je ze aanraken, eerst moet ik naar de wc.'

Mijn ogen volgden haar. *De welvingen van uw heupen zijn als sieraden, werk van meesterhanden...*

Al snel keerde Doris terug. In haar hand lag een lapje witte stof. Ze frommelde het in de borstzak van haar spijkerjasje. Een stroomstoot ging door mijn lichaam. Nu ben ik reddeloos verloren, dacht ik en leegde mijn bierglas. Doris pakte haar stoel en zette hem haaks op de mijne.

'Vind je me lekker, Sterveling?'

Ze trok de zoom van haar jurk op tot vlak bij haar schaamstreek en kneep met haar bovenarmen haar borsten tegen elkaar. Ik draaide me naar haar toe, mijn linkerknie in de ruimte tussen haar knieën. De jurk spande om haar dijbenen. Het nietige onderste knoopje hield de jurk ternauwernood bij elkaar. Ze keek me dwingend aan, met wijd open ogen. Toen boog ze haar hoofd en bood me haar lippen. Ik drukte mijn mond op de hare. Haar lippen waren sponsen van vlees, onze tongen draaiden in elkaar als parende slangen.

Mijn hand kroop tussen haar knieën en verkende de huid van haar dijen. Ze ving hem even plagerig tussen haar benen, liet hem daarna weer gaan. Ze schoof dichter naar me toe, zodat mijn vingers de warmte van haar schoot konden voelen. Mijn hand hield halt, mijn vingertoppen genoten van haar klamme huid. Toen tastten ze gretig verder. *Uw schoot is een tarwehoop, omzoomd met leliën.* Gelukkig ongeschoren, dacht ik, terwijl ik dronken van bier en opwinding door haar krulhaar woelde. Ik had een hekel aan moderniteiten, zeker als het de schaamstreek betrof. Mijn vingers tastten verder. Doris kreunde aansporingen. Mijn vrije hand gleed boven in haar jurk.

Ik gluurde langs haar hoofd naar het paartje bij het raam. Die hadden de aandacht voor elkaar verloren en keken belangstellend toe.

'We worden bekeken,' zei ik. 'Laten we ergens anders naartoe gaan.'

'Last van schaamte, Sterveling? Wind ik je niet genoeg op om je schaamte te vergeten?'

'Jawel, maar ik ben geen liefhebber van seks in openbare ruimtes. Straks krijgen we gedonder met de kroegbaas.'

'Wat kan jou die kroegbaas schelen. Die heeft het druk genoeg met het volgieten van zijn stamgasten. Niet zo schijterig, man.' Geïrriteerd duwde ze mijn handen weg.

'Seks heb ik liever in beslotenheid,' verdedigde ik me. 'Of is dat voor jou weer te burgerlijk? Te alledaags?'

'Aah, je hebt grote plannen! Dan zal ik je uit de droom helpen. Ik laat niet zomaar een wildvreemde man in mij komen. Nooit gedaan. Een beetje vrijen, daar blijft het bij. Zoenen, vingeren, dat soort dingen. En ik waarschuw je, aan pijpen heb ik een bloedhekel.' Ze zei het alsof ze het over stofzuigen had.

'Ik ben geen wildvreemde man,' probeerde ik. Straks loopt ze heupwiegend de kroeg uit en dan heb ik alleen haar stem nog. En misschien zelfs die niet meer. Het was een angstaanjagende gedachte, die een grote leegte in zich droeg.

Ik zei: 'Je weet veel van me. Ik heb je verteld over mijn familie en mijn werk. We hebben telefoonseks gehad en ik heb zojuist je intiemste plek aangeraakt. Je kent me en ik ken jou. Oppervlakkig misschien, maar goed genoeg om te weten dat ik je beter wil leren kennen.'

'In de Bijbelse zin van het woord, zeker!' Ze lachte haar schorre lach. 'Ik ken dat.'

Beneden riep de barman de laatste ronde af.

'*One for the road?*' vroeg ze.

'Nee,' zei ik beslist. 'Ik zit aan mijn taks. Laten we gaan.'

We stapten de nacht in. De steeg was verlaten.

'Ben jij met de fiets?' vroeg ze.

'Nee,' loog ik.

'Je woont in de buurt?'

'Niet echt. Het was vanavond zulk lekker weer, ik ben komen lopen.'

'Aah, nog een romanticus ook. Mijn auto staat hier om de hoek. Ik breng je wel even thuis.'

Ik was haar emotionele gejojo beu en de geilheid was naar mijn benen gezakt, maar het kwam niet in me op haar aanbod af te slaan. Terwijl we naar de auto liepen, pakte ze mijn arm. 'Vanavond zijn we een stelletje.' Ze legde haar hoofd op mijn schouder. Haar linkerheup duwde bij elke stap tegen mijn rechter, waardoor mijn bovenlichaam als dat van een manke naar rechts zwaaide.

De zachtheid van haar lichaam, het zinnelijke vet op haar heupen bracht al snel mijn opwinding terug. In de auto wakkerde die verder aan, als een strovuur. Haar jurk zat hoog om haar dijen, in haar decolleté golfde haar vlees. De gedachte dat ze naakt was onder haar jurk nam mijn laatste reserves weg: mijn linkerhand gleed tussen haar benen. Terwijl Doris zich op het nachtelijke verkeer concentreerde, maakte ze ruimte voor me. Ik voelde het gas geven, koppelen en remmen van haar beenspieren. Haar schoot was warm en gezwollen als deeg. Ze gaf mijn hand aanwijzingen: 'Wat zachter, iets naar boven. Daar ja. Niet meteen recht erop, eerst eromheen. Nu sneller!' Haar zuchten werd luider.

'Hier moet je naar links,' zei ik schor. Ze sloeg af met een abrupte ruk aan het stuur. 'Daar woon ik.' Ik wees met mijn vrije hand naar mijn etage op eenhoog. 'Hier rechts kun je meestal wel parkeren.'

Doris reed de smalle doodlopende zijstraat in. Ze zette de auto aan de kant en schoof zonder iets te zeggen haar stoel naar achteren. Mijn hand hield ze gevangen in haar kruis. Achteroverhangend in de autostoel keek ze me aan en trok haar mond in een grijns.

'Ik heb onderweg eens nagedacht, Sterveling. En weet je

wat? Ik mag je wel. Ik mag je zo, dat je bij me binnen mag.'

'Maar we staan nu vlak bij mijn huis. Is het niet handiger...'

'Nee, stommeling. Hierbinnen bedoel ik.' Ze wees tussen haar benen, naar de plek waar mijn hand klemzat. Ze liet hem los en vroeg: 'Help je even?'

Mijn handen trilden toen ik haar knoopjes losmaakte. Nooit was ik zo opgewonden geweest, zelfs niet tijdens mijn eerste keer met het boerenmeisje dat me had meegevoerd van een schuurfeest naar een boomgaard, vlak voor mijn achttiende verjaardag. Toen haar jurk uiteenviel, gespte ik mijn riem los en trok mijn broek open.

'Ik pijp niet, hoor,' zei ze.

'Dat heb je al gezegd,' zei ik. 'Maar je mag hem wel aanraken.'

Onhandig ontsloot ik haar bh. Haar borsten glansden in het licht van de straatlantaarn. Ik vloekte van verrukking en zoende haar. Eerst op haar mond, daarna haar donkere tepels. Ik aanbid ze, haar goddelijke vruchten, dacht ik. Ik boog mijn hoofd naar haar schoot, het stuur duwde pijnlijk in mijn rug. Ze lag nu wijdbeens achterover in de autostoel, haar hoofd tegen de hoofdsteun. Werktuiglijk masseerde ze mijn lid, terwijl ze steeds heftiger hijgde.

Haar positie was aanmerkelijk comfortabeler dan de mijne. Ik lag zijdelings langs de versnellingspook, mijn knieën drukten in de passagiersstoel, mijn schoenen duwden tegen het dashboard. De pijn begon te winnen van de opwinding. Uit angst dat mijn hele lichaam in een kramp zou schieten, tilde ik ten slotte mijn hoofd uit haar schoot en zei: 'Achterin is vast meer ruimte.'

We duwden de autostoelen zo ver mogelijk naar voren. Ik

ging midden op de achterbank zitten en zei in een vlaag van nuchterheid: 'Ik heb geen condooms bij me.'

'Hebben we niet nodig, Sterveling. We hebben een pact met het lot. Welk lot dat ook moge zijn.' Met haar jurk als een lange jas langs haar lichaam nam ze op me plaats, haar hand leidde me naar binnen, hoe dieper hoe warmer. Van de hitte in de hel had ik me vroeger vaak voorstellingen gemaakt, dit moest bij benadering de temperatuur in de hemel zijn. Zacht begon ze me te berijden, maar al snel steeds heviger. Haar hoofd was gebogen onder het plafond van de auto, haar handen zochten links en rechts op de tast naar de steunen boven de portieren. Haar vingers kromden om de grepen.

Ik zag haar zwalkende borsten, de gebronsde kleur van haar huid, de diepliggende navel in haar gewelfde buik, haar donkere schaamhaar dat zich vermengde met het mijne. Nooit had ik zo'n vrouw ontmoet. Nooit was ik in deze staat van opwinding geweest. Het was alsof ik uit mijn lichaam trad en door het achterraam van de auto naar een neukend stelletje gluurde. Mijn handen lagen werkloos op de achterbank, ik kon niets dan kijken naar haar. Steeds wilder bereed ze me, als een furie, het zwarte haar als een sluier voor haar ogen, tot het rijden eindigde in schokken.

Toen haar bekken stilviel, was het alsof ik ontwaakte uit een droom. Mijn handen kwamen van de achterbank en grepen haar heupen. Ik klauwde mijn vingers in haar vlees en dreef haar aan. Haar verslapte lichaam verleende nauwelijks medewerking. Steeds ruwer schoof ik haar heen en weer tot het genot te groot werd.

'Waarom duurde het zo lang bij jou?' hijgde Doris. Ze leek beledigd. 'Mannen komen meestal in *no time* bij me klaar.'

'Ik weet het niet,' zei ik onnozel, terwijl het zweet langs mijn slapen en over mijn borst gleed. 'Ik weet even niks meer.' Ik keek op naar haar, mijn haren sliertten om mijn slapen. Doris pakte mijn hoofd in haar handen, zoende mijn voorhoofd en klom van me af. Haar jurk was nog steeds een open jas. Ze legde haar hoofd op mijn schouder en ik drukte mijn neus in haar haar.

'Je haar ruikt naar de wilde frisheid van limoenen,' zei ik.

'Weet je dat ik niet eens weet wat limoenen zijn?'

'Ik ook niet,' zei ik.

Een korte lach schokte door haar lijf. Toen drukte Doris zich vaster tegen me aan en zei: 'Vanaf nu ben je mijn minnaar, Sterveling. Of je dat nu wilt of niet.'

20

Lenna houdt het bed, maar verder verlopen de dagen zoals ze voor de val verliepen. Ward gaat naar zijn werk, Krijn en Stan bezoeken het christelijke lyceum op het oude land. Op zondag rijdt Krijn met zijn vader naar de pinkstergemeente. Het zijn tochten waarin de stilte alleen doorbroken wordt als Ward een roofvogel spot. 'Kijk, een buizerd,' zegt hij dan. Of: 'Daar, een torenvalk.' Lenna kan, nee mag beslist niet meegaan. God heeft immers gezegd dat ze absolute rust moet houden! Hoelang heeft hij er niet bij verteld. Wel dat haar man niet bij haar mag liggen. Dat is slecht voor het genezingsproces.

Ward, Stan en Krijn omringen haar met alle zorg die ze in huis hebben. Ze brengen haar beschuit met honing, vers sinaasappelsap en nog meer beschuit met honing. En als Ward even na zessen thuiskomt, loopt hij rechtstreeks naar de keuken voor de bereiding van het avondmaal. Op nadrukkelijk verzoek van Lenna brengt Krijn haar elke avond eten op bed.

Na weken van bedlegerigheid loopt Krijn zonder eten de trap op. Hij klopt aan Lenna's deur.

'Binnen,' roept ze met hoge stem.

Ze ligt in het bleekhouten bed dat zijn ouders een paar jaar geleden hebben aangeschaft als bewijs dat ze niet tegen alle moderniteit zijn. Haar donkere haar waaiert uit over haar kussen, de meeste krullen zijn er inmiddels uitgegroeid. Haar bijbel ligt opengeslagen naast haar.

'Ma, komt u vanavond beneden eten? Spinazie met sudderlapjes, uw lievelingseten!'

Ze knijpt haar lippen samen en schudt afwezig haar hoofd.

'Nee, mijn jongen, je moeders lichaam is nog te zwak. God gebiedt me in bed te blijven. Wil je als je het eten boven brengt, even dat mooie gelijnde briefpapier meenemen? Ligt in de la van het kabinet.'

'Komt ze?' vraagt Stan, die beneden de tafel dekt. Krijn schudt het hoofd. 'Ze wil briefpapier.'

Stan haalt zijn schouders op. 'Dan niet,' zegt hij en zet een bord terug in het dressoir.

Krijn brengt Lenna eten en briefpapier.

'Dat is lief van je. Nu moet je je moeder alleen laten, jongen. Je mag me niet storen tot morgenmiddag.'

Ward, Stan en Krijn eten in stilte. Sinds Lenna het bed houdt verloopt de maaltijd grotendeels zwijgend. Stan besteedt veel aandacht aan zijn runderlapje, aardappelen en spinazie, Ward eet lusteloos zijn zelfbereide eten, Krijn bekijkt zijn tafelgenoten vanonder zijn wimpers en de hond ligt onder tafel aan hun voeten. Luid tikt het bestek op de borden.

'Zo jongens, hoe smaakt dat?' vraagt Ward.

'Lekker, pa,' antwoordt Krijn.

Na het toetje neemt Ward Sterveling de bijbel ter hand. De dagelijkse zaken moeten voortgang blijven vinden, tot Lenna weer aansluit. Ward heeft wallen onder zijn ogen en de hand met de bijbel trilt. Stan keert hem de rug toe, Krijn staart naar zijn halflege bord. Alsof de stoel tegenover hem niet leeg is, leest Ward de lievelingspsalm van Lenna:

Wie in de schuilplaats des allerhoogsten is gezeten
vernacht in de schaduw des Almachtigen
Ik zeg tot den Heere: Mijn toevlucht en mijn vesting
mijn god op wien ik vertrouw...

Wards hand beeft sterker, zodat hij zijn andere hand erbij moet leggen om de bijbel in bedwang te houden. Krijns gedachten zijn bij zijn moeder, boven in de kamer. Wat is ze aan het schrijven? Slaapt ze al? Ze moet veel slapen, dan zal ze snel weer met haar hoofd scheef aan tafel zitten luisteren. Flarden Bijbeltekst vangt hij op:

... al vallen er duizend aan uw zijde
En tienduizend aan uw rechterhand
... tot u zal het niet genaken...

Hij kijkt op van zijn bord en bestudeert de reproductie aan de muur. Een herfstbos met een bosbeek, het gestolde water op het doek. Was het water op de tocht niet bevroren geweest, dan zou nu alles anders zijn. Of beter gezegd: dan zou alles bij hetzelfde gebleven zijn. Krijns scheikundeleraar had de vorstperiode aangegrepen om de verschillende fasen van water te behandelen. Hij had verteld dat in de ijsfase de moleculen regelmatig geordend in een kristalrooster liggen. Ze bewegen dan nauwelijks. Komt de temperatuur boven nul, dan gaan ze zo heftig trillen dat het kristalrooster uiteenvalt en het water vloeibaar wordt. Terwijl Krijn weer in zijn bord kijkt, verwenst hij alle kristalroosters die er zijn. Een beetje temperatuurstijging en ze vallen al uiteen. Maar voor een achterhoofd gaan ze niet opzij.

... geen onheil zal u treffen
en geen plaag zal uw tent naderen...

De volgende dag brengt het streekvervoer Krijn van school naar huis. Hij loopt naar boven om zijn moeder te groeten. Ze zit met haar rug in de kussens, haar haar hangt in flauwe golven langs haar gezicht. Naast de bijbel ligt een stapeltje brieven.

'Dag lieve jongen. Ben je weer thuis? Wil je wat voor mij doen?'

'Natuurlijk, ma.'

'Wil je deze brieven op de bus doen?' Ze grijpt het stapeltje naast zich en houdt het in de lucht. 'Jij bent mijn koerier. Dat heeft God mij vannacht geopenbaard. Ik schrijf zijn boodschap, jij brengt hem naar de brievenbus.'

'Wie schrijft u allemaal?' vraagt hij, terwijl hij zijn hand uitsteekt om de bundel brieven te pakken.

'Aan de machthebbers van Nederland. God heeft mij aangewezen als adviseur van de politie, het leger, het koningshuis en De Nederlandsche Bank. En jij bent mijn koerier.'

Aarzelend grijpt Krijn de brieven. Met een schuin oog ziet hij in krullende letters Prins Bernhard en Paleis Soestdijk staan. Zijn maag speelt op.

'Ik weet het niet, ma. Is dit niet een beetje raar? Om zomaar de prins te schrijven?'

'God heeft me gezegd dat prins Bernhard de macht over het leger weer op zich moet nemen. Desnoods met geweld.'

'Maar...'

'Durf jij Gods wil te dwarsbomen, Krijn? Wil mijn benjamin de toorn Gods over zich afroepen?' Haar ogen staan fel, de vonken springen eraf. Ze is uit de kussens gekomen en haar benige wijsvinger wijst naar zijn hart.

Krijn schudt van nee, hij voelt zijn bloed naar zijn benen zakken. Duizelig verlaat hij haar kamer, sluit de deur achter zich, fluit Sarah en gaat op weg naar de brievenbus.

De wallen onder Wards ogen verdiepen zich, alsof er met houtskool strepen onder zijn ogen zijn getrokken. Het bed op de logeerkamer is eigenlijk te kort voor hem en de zorg voor het gezin boven op zijn drukke werkdag valt hem steeds zwaarder.

Op een avond, direct na thuiskomst, beent Ward met twee tredes tegelijk naar boven en stapt zonder kloppen de echtelijke slaapkamer binnen. Zijn overslaande stem is in de woonkamer te verstaan.

'Lenna, luister goed. Ik heb zes ons rundergehakt gekocht. Misschien ben je zover hersteld dat je gehaktballen met aardappelen en bloemkool voor ons kan klaarmaken. Je gezin heeft je nodig.'

Zonder haar antwoord af te wachten, loopt hij naar beneden. De slaapkamerdeur laat hij open. Beneden in de woonkamer laat hij zich op de tweezitsbank vallen. Hij is zichtbaar uitgeput, met zijn doortastende optreden lijkt hij zijn laatste energie te hebben verbruikt. Als hij merkt dat de jongens naar hem kijken, pakt hij het dagblad, legt zijn rechterbeen over het linker en slaat de krant open.

Tegenover hem zitten Stan en Krijn gespannen op de driezitsbank tegen de opengeslagen krant aan te kijken. Gif onder Lekkerkerk, leest Krijn. Tot zijn opluchting hoort hij gestommel boven. Ze komt uit bed! Hij hoort zijn moeder behoedzaam de trap afdalen en rommelen in de keuken. Ward laat zijn krant zakken, kijkt Stan aan en daarna Krijn. Ze gaat koken, de eerste stap op weg naar hun oude bestaan! Vanuit de keuken klinken bemoedigende geluiden. Het ploffen van het gehakt op een houten plank, het rinkelen van pandeksels, het plonzen van aardappelen in het water. Ze heeft er ogenschijnlijk plezier in. Geen van drieën durft te gaan kijken, bang het broze herstel te verpesten.

'Lekker, gehaktballen! Ma kan die altijd zo lekker klaarmaken,' zegt Krijn.

Schuin achter hem gaat de deur open. Hij kan haar niet zien, maar het is duidelijk: zijn moeder gaat de tafel dekken! In de achterkamer rinkelt het bestek. Dan keert de rust terug in de kamer. Ook vanuit de keuken komt daarna nauwelijks meer geluid. Wel drijft de geur van gebraden vlees de kamer binnen.

'Ruikt goed,' zegt Stan.

Opnieuw zwaait de kamerdeur open. Krijn ziet vanuit zijn ooghoeken hoe zijn moeder, gehuld in een witte kimono tot op haar pantoffels, dampende schalen binnenbrengt. Hij hoort haar scharrelen bij de eettafel. Dan stapt ze plotseling om de hoek van de voorkamer. Haar haar hangt in slierten naar beneden. Terwijl ze naar een plek op de muur boven haar echtgenoot kijkt, roept ze met luide stem: 'Het eten is klaar!'

Alsof ze bang is gegrepen en op haar stoel vastgebonden te worden, verdwijnt ze even snel als ze verschenen is. Ze horen haar pantoffels kletsen op de gangtegels, haar de trap op rennen naar haar kamer. Stan en Krijn kijken afwachtend naar hun vader. Het *Reformatorisch Dagblad* is op zijn knieën gezakt. Met een diepe zucht legt hij de krant naast zich neer, staat op en zegt: 'Laten we gaan eten.'

Krijn en Stan volgen hem naar de tafel.

'Zo, een feestelijke dis,' zegt Stan cynisch.

De tafel is smetteloos gedekt met het chique tafellaken, messen en vorken aan de goede kant van het bord, witlinnen servet links ernaast. Lenna heeft voor de gelegenheid zelfs messenleggers naast de borden geplaatst. De aardappelen in de sierlijke witte schaal, de bloemkool met een sausje en wat nootmuskaat in de schaal ernaast. Het is een tafel voor hoog bezoek. Een evangelist uit Amerika bijvoorbeeld. Maar er staan slechts drie borden. Stan, Krijn en Ward gaan aan tafel zitten. Krijn op de stoel van zijn moeder, de stoel waarvandaan ze hem zo vaak liefhebbend heeft aangekeken. Zijn vader vouwt zijn grote dooraderde handen, zwarte haartjes steken als helmgras uit zijn huid. Hij buigt zijn hoofd:

Heere, dank u voor deze maaltijd
Wat fijn dat mama hem voor ons heeft klaargemaakt
Wij hopen dat ze weer snel met ons aan tafel kan zitten
Wilt u het eten zegenen?
Amen

Sinds ma op bed ligt, is zijn gebed een stuk korter geworden, denkt Krijn.

'Eet smakelijk,' zegt Ward en licht het deksel van de vleespan.

Verwachtingsvol buigen ze zich voorover. In plaats van zes mooie gehaktballen voor twee dagen suddert één grote vleesbal in de pan. Het wordt stil aan tafel, de geluiden van het prille voorjaar zijn hoorbaar.

Ward herpakt zich als eerste. 'Zo kan het ook, de vorm doet niets af aan de smaak.' Welgemoed zet hij zijn mes in het gehakt. De bal breekt open: het binnenste is rauw als een buik op een operatietafel. Wards mes klettert in de pan.

Stan zegt: 'Godverdomme.'

Het is de eerste vloek die in het huis van Sterveling is uitgesproken, maar geen mens die er aanstoot aan neemt. Stan staat op en loopt de kamer uit. Ward staart in de opengereten vleesbal. Ondertussen slaat de achterdeur dicht. Krijn ziet Stan door de tuin weglopen, één arm in zijn jas. Het is maart en buiten schuift de schemer over de polder. Ward en Krijn zetten zich zwijgend aan de bloemkool met aardappelen, overgoten met jus uit de vleespan. Krijn denkt aan de trillende moleculen in zijn moeders hoofd.

21

'Tina Turner wist waar ze over zong,' zei ik tegen Doris. 'Je krijgt inderdaad *steamy windows* van neuken.'

Ze keek de auto rond. 'Eigenlijk wel intiem, een geblindeerde auto.'

'Geblindeerd met onze liefdesdamp.'

'Liefde?' zei ze. 'Volgens mij was het onvervalste lust.'

'Liefde is wat ik voel als ik in je zit,' zei ik.

Ze keek me aan. 'Gaan we humor krijgen, Sterveling? Of is het een citaat uit je geliefde Bijbel?'

Ze schudde ongelovig haar hoofd, zodat haar haren tegen mijn nek sloegen. Toen vroeg ze: 'Mag ik bij je slapen, Sterveling? Ik wil vannacht bij je blijven. Niet om de seks of zo. Verbeeld je wat dat betreft maar niets. Ik kom gewoon ontzettend makkelijk klaar. Fluitje van een cent. Ik had vanavond ook op iemand anders kunnen gaan zitten. Sterker nog: voor mijn gerief heb ik helemaal geen man nodig. Klaarkomen doe ik net zo lief in mijn eentje. Even snel om halfvier 's middags bijvoorbeeld, om de sleur van de dag te breken. Daar heb ik jou niet voor nodig.'

Ze lachte voor zich uit en vervolgde:

'Ik weet niet wat het met jou is, Sterveling... Laat ik het eens in jouw jargon zeggen: het is alsof jij en ik een geheim verbond hebben. Dat doen ze in die bijbel van jou toch ook voortdurend? Verbonden sluiten? Nou, wij hebben zojuist een verbond gesloten. Daarom wil ik vannacht naast je liggen.'

Een geheim verbond, alsof we een kinderboek naspeelden. Maar bij nader inzien beviel me de gedachte.

'Nemen we dan ook een wachtwoord? Spreken we een gecodeerde taal?'

'God, het is ook nooit goed,' zei ze quasi-gepikeerd.

'Praten we voortaan alleen nog maar achterstevoren met elkaar? Ki liw ej keunen...'

'Hou op! Ik dacht: die Sterveling is een romanticus...'

'Ben ik ook. Het zit diep, maar je begint het naar boven te halen.'

'Fijn voor je. Maar mijn vraag was: mag ik bij je slapen?'

'Ik wil niets liever,' zei ik en zoende haar op haar mond.

We stapten uit. De gracht lag vredig tussen de statige panden, de woonboten dreven onbeweeglijk naast de kademuren. Verderop kabbelde de rivier, de oude ophaalbrug was verlicht met honderden gloeilampen.

'Hier woon ik.' Ik wees op een donkergroene huisdeur.

'Niet slecht voor een naamkundige.'

'Een kwestie van geluk en geduld. Ik heb dit pand ooit gekraakt.'

'Aha, een actieverleden! Had ik niet achter je gezocht.'

'Niet bepaald. Ik zat zonder woning, liep 's avonds laat met fiets en koffer door de stad op weg naar een vriend in de hoop dat ik daar een nacht kon slapen. Toen zag ik een groepje krakers die bezig waren deze deur met een koevoet open te breken. Kijk, de sporen van braak zie je nog. Ze waren met z'n achten en ik ben gewoon achter in de rij gaan staan. Eenmaal binnen bleken er negen kamers te zijn. Dat was mijn mazzel, waren het er acht geweest dan was ik er gewoon met hetzelfde breekijzer uit gejaagd. Een paar jaar daarna werden we tegen een lage huur antikraak...'

'Verrader!'

Met onvaste hand zocht ik het sleutelgat.

'... en daarna reguliere huurders. Ondertussen trokken steeds meer bewoners weg, tot we met z'n drieën overbleven. Zodoende heb ik een etage aan de gracht.'

'Ik raak steeds meer onder de indruk van de dynamiek van je bestaan.'

Ik grinnikte en duwde de deur open. Doris ging voor. Voor mijn ogen zwaaiden haar billen de trap op. Ik had de neiging erop te slaan en haar als een paard voor me uit naar de stal te jagen. Op de overloop weifelde ze, tot ik haar de deur van de woonkamer wees. Ze floot bij binnenkomst.

'Wat een ruimte! Een bewerkt plafond zelfs.' Terwijl ze haar spijkerjasje uittrok, liep ze naar het grote raam. Ze gooide haar jasje over een stoel en zei: 'Mooi uitzicht, alleen jammer van die bomen. Als je die omzaagt, kan je de rivier beter zien.' Ze draaide zich om en wees naar de houten tussendeuren. 'Wat zit daarachter?' Voor ik kon antwoorden liep ze er al naartoe en schoof ze open.

'Aha, de masterbedroom. Waar heb jij zo'n groot tweepersoonsbed voor nodig, Sterveling? Je ontvangt hier toch niet stiekem meisjes, hoop ik?'

Ik glipte langs haar de slaapkamer binnen en knipte het licht aan. Doris liet zich ruggelings op het bed vallen, haar laarzen over de bedrand. 'Kom je bij me liggen?' Ze klopte naast zich op het bed.

'Doe alsof je thuis bent,' zei ik, ging op het bed zitten en trok mijn schoenen uit.

'Trek je mijn laarzen ook even uit?' Ze stak haar rechterbeen in de lucht, de zoom van haar jurk schoof naar haar liezen.

'Tot uw dienst,' zei ik en begon aan haar laarzen te sjorren. Daarna ontdeed ik me van mijn broek en T-shirt en ging naast haar liggen.

Ze kwam overeind en trok haar jurk over haar hoofd. Ze gooide hem achteloos naast het bed en kroop tegen me aan. Haar hoofd rustte op mijn schouder, haar arm over mijn borst, haar lijf tegen het mijne. Haar vingers wandelden door mijn borsthaar.

'Huil je wel genoeg?' vroeg ze.

'Al een jaar of twintig niet meer.'

'Je moet vaker huilen. Krijg je meer borsthaar van. Ik hou van mannen met veel borsthaar.'

'Ik ga mijn best doen,' beloofde ik. 'Voortaan zal ik om het minste of geringste huilen, tot het borsthaar uit mijn overhemd krult.'

'Daar hou ik je aan,' zei ze.

Steunend op haar elleboog keek ze de kamer rond. Eén borst rustte op mijn borst. 'Wat lees jíj nou?' vroeg ze verbaasd, terwijl ze op het kastje naast het bed wees.

'De memoires van mijn overgrootvader.' Ik reikte opzij en hield het boekje omhoog. 'Heb ik van mijn tante geleend.'

'Toch niet van die beruchte tante Astrid, hè?'

'Wel van die beruchte tante Astrid.'

'Hoe kom je eraan? Ze woonde toch in Amerika?'

'Woonde, ja. Ze is al een paar jaar terug in Nederland.'

'En jij hebt haar opgezocht. Heel goed van je, Sterveling.' Ze keek me triomfantelijk aan. 'En? Nieuwe inzichten?'

'Volgens mijn tante bewijzen deze memoires dat die godsdienstwaanzin van mijn moeder al generatieslang in de familie zit. Zal ik een stukje voorlezen? Mijn overgrootvader schrijft voornamelijk over zijn vader die vanuit Duitsland naar Nederland komt. Het is misschien niet direct wereldliteratuur, maar er staan opmerkelijke dingen in.'

Ze trok haar elleboog weg en liet zich achterover zakken. 'Waarom eigenlijk niet. De nacht is nog jong. Maar kan je wat aan het licht doen? Het lijkt wel alsof we op een operatietafel liggen.'

Ik knipte de leeslamp achter ons hoofd aan en deed de plafondlamp uit.

'Dat is beter,' zei Doris tevreden. Ze draaide zich naar me toe en schurkte tegen me aan. 'Lang geleden dat ik voorgelezen ben.'

Ik sloeg het boekje open, kuchte de schorheid uit mijn keel en las:

'Mijn vader Kurt von Volden werdt 31 maart 1819 geboren in Westphalen, Pruisen. Zijn vader, Friedrich von Volden, voorzag met de teelt van rogge in het onderhoud van zijn gezin, maar hij was zwak van lichaam en geest en overleed op middelbaren leeftijd.'

'Zwak van lichaam én geest,' herhaalde ik, terwijl ik uit mijn ooghoeken Doris probeerde aan te kijken. Die had haar ogen gesloten.

'Na diens dood werd mijn vader schaapherder. In de leege tijd die dit bedrijf medebrengt smeedde hij plannen om naar Nederland te vertrekken. Dat stond in het begin der 19de eeuw nog bekend als het "steinreiche Holland". In de hoop door handenarbeid meer te verdienen dan in zijn geboorteland, besloot mijn vader te gaan. Met drie Pruisische Thalers op zak en een ham op den rug ondernam hij de reis en wel te voet...'

Doris onderbrak me. 'Als je wilt dat ik in slaap val, moet je vooral zo doorlezen, Sterveling. Het is nogal langdradig. Bovendien heb je niet echt wat je noemt een voorleesstem. Kun je me geen samenvatting geven? Je hebt het vast al een keer gelezen.'

'Ik dacht dat je in mijn familie geïnteresseerd was...'

'In je moeder ja, maar niet in je hele stamboom!'

'Goed, goed. Even kijken...' Ik sloeg een pagina om. 'Stamvader Kurt probeert tevergeefs werk te vinden in de branderijen van Delft. Hij komt terecht in de Bollenstreek, waar dan nog voornamelijk groente wordt verbouwd. Hij trouwt ene Zwenne Storning...'

'Wat een namen! Je voelt je zeker als een kind in een snoepwinkel?'

'... en krijgt met haar vier dochters.' Ik bladerde door het boekje. 'Wacht, dit moet ik even voorlezen. Hier doelt mijn tante op, denk ik.' Ik ging verder:

'Van de geestelijke zegeningen waarmede de Heere in die dagen Nederland bezocht ontving ook de Bollenstreek een klein deel; ook daar waren eenigen die beseften dat men niet door een braaf leven maar alleen door vergeving van zonden en het deelachtig zijn van het zaligmakend geloof ten leven kan ingaan. Mijn vader kwam onder invloed van dat gezegende werk des Heiligen Geestes.'

Ik stopte even en keek op de kruin van Doris. 'Hoor je dat? Die verdomde Heilige Geest bracht al in het midden van de negentiende eeuw hoofden op hol. Ik heb altijd gedacht dat hij pas in de twintigste eeuw in zwang kwam.'

Doris zei: 'Je komt uit een geslacht van kwezels, Sterveling. Is dat wat je me duidelijk wil maken?' Maar ze kroop dichter tegen me aan, haar vlees warmer en zachter dan het mijne. Ik las:

'Het gevolg was dat hij zich geroepen achtte zich van de Hervormde Kerk af te scheiden. Toen dat bekend werdt ontsloeg zijn patroon hem uit zijn dienst en zijn huisbaas zei hem om dezelfde reden het huis op. Van werk en onderdak beroofd zag hij zich genoodzaakt schuiten te trekken. Op een brug riepen mannen hem toe: "Zoo moet hij het hebben die fijne kwezel..."'

'Zei ik het je niet? Kwezels!' zei Doris triomfantelijk. 'Je *roots* maken je woest aantrekkelijk...'

Ik grinnikte en scande de pagina's op zoek naar relevante ontwikkelingen. 'Tot overmaat van ramp gaat zijn vrouw ook nog dood. Gelukkig vindt de arme man ten slotte werk bij een baron die de Afgescheidenen goedgezind is. Hij neemt zijn kinderen weer in huis... plus een huishoudster, met wie hij al snel trouwt... Dan volgt allerlei negentiende-eeuwse ellende met cholera, doodgeboren kinderen en een verdronken dochter. Slaap je al?'

Haar hoofd bewoog ontkennend in de holte van mijn schouder. Ze sloeg een been over me heen.

'Even kijken. Hier volgt nog meer ziekte en ook armoe, ondanks de vaste baan en de vele gebeden van de vrome Kurt. Kommervolle omstandigheden, staat hier, zodat ze zelfs duivenbonen moeten eten. Geen idee wat dat zijn. Jij?'

Doris schudde flauwtjes haar hoofd.

'Dan komt er, vanzelfsprekend onder de bezielende leiding Gods, verbetering in de situatie van het gezin Von Volden. Kurt maakt promotie en wordt opzichter bij de baron en eindelijk blijft er eens een zuigeling in leven. Een jongen nog wel. Otto, mijn overgrootvader. Degene dus die dit boekje heeft geschreven. Een welvarender tijd breekt aan. Even kijken, wat is nog meer de moeite waard... O ja, hier:

Nadat mijn vader zich had afgescheiden van de Hervormde Kerk sloot hij zich aan bij de Gemeente onder 't Kruis in Katwijk...

Nou, ik heb die gemeente eens op internet gezocht... Het was een soort pinkstergemeente *avant la lettre*. Ik stuitte op een gruwelijk verhaal over ultraorthodoxe protestanten uit Katwijk... Een botter is al dagen op zee als een visser zich de profeet van God waant. Nadat hij eerst een halfuur dood is geweest – een bizar detail, niet? – vaart de Heilige Geest in hem en draagt hem op de dertienkoppige bemanning voor te bereiden op het naderende einde der tijden. Drie bemanningsleden die dat anders zien, worden bruut afgeslacht en overboord gegooid. Omdat de duivel in hen was gevaren, vertellen de moordenaars later tegen de rechter. Van zo'n club is mijn voorvader lid geweest.'

'Die hele kerk zat toch niet vol met dat soort moordlustige gekken?'

Doris was gelukkig nog wakker.

'Nee, natuurlijk niet. Wat ik wil zeggen is dat die ultraorthodoxe kerken een ideale voedingsbodem zijn voor godsdienstwaanzin.'

'Eigenlijk wil je zeggen: religieus fanatisme plus genetische aanleg is gelijk aan gekte. Alsof het een optelsom is.'

'Zoiets. De redding van mijn Duitse stamvader is dat hij beschikt over een gezonde dosis Hollandse koopmansgeest.'

'Je bedoelt: berekening boven religie.'

'Precies. Een principe dat godsdienstfanaten enigszins in rechte banen houdt. Hij verhandelt zijn zelfgeteelde groente, is spaarzaam en ambitieus: niet lang daarna koopt hij zelf een boerderij... Bovendien laat hij zich voortaan Van Volden noemen. Met het stijgen van zijn welvaart, vernederlandst hij blijkbaar.'

'Je hebt je punt gemaakt, Sterveling. Brouw er een eind aan. Dan wordt het misschien nog gezellig.' Doris drukte zich tegen me aan.

'Ik ben bijna klaar,' zei ik. De zachtheid en de glooiing van haar lichaam begonnen op mijn bloed te werken. Ik zocht gehaast de pagina's af.

'O ja, mijn overgrootvader wordt aangestoken door de ondernemerszin van zijn vader en begint al vroeg voor zichzelf op een lapje grond. Niet met groente, maar met bloembollen! Kijk, hier volgen hele beschouwingen over aan- en verkoop van narcissen, hyacinten en tulpen, rente en aflossing van de nieuwe bollenschuur.' Ik hield het opengeslagen boekje voor haar gezicht. Doris gaapte nadrukkelijk, maar het was mijn eer te na het verhaal nu niet af te maken. Ik voerde de snelheid op. 'De oude Kurt en zijn vrouw sterven. Zoon Otto begint het echte geld te verdienen met de bollenexport naar Amerika. Zoveel zelfs dat hij een grote villa laat bouwen, het huis waarin mijn moeder later geboren wordt. Maar dat terzijde. Wat ik zeggen wil is: eind negentiende eeuw gaat het de familie Van Volden voor de wind. Desondanks verwaarloost ook overgrootvader Otto het geestelijke niet. Luister maar,' zei ik.

'Gelijktijdig met een geestelijke opwekking te Katwijk gaf God
mij te zien dat al het aardsche waarnaar ik streefde, wanneer ik
het verkregen had, geen voldoening schonk maar dat alleen de
inwoning van Gods Geest in het hart geluk aanbrengt.

Hoor je dat, Doris? Weer een geestelijke opwekking in Katwijk, met al die verdwaasde orthodoxen... De inwoning van
Gods geest... Doris?'

Aan haar ademhaling te horen, was ze in slaap gevallen.
Stommeling, dacht ik. Waarom ben je door blijven ouwehoe-
ren over die familiegeschiedenis? Je hebt haar tot slapens toe
verveeld, terwijl je nog een keer... Maar al snel week mijn spijt.
Doris was verdomme bij me! De vrouw der vrouwen lag in
mijn bed. Met een been over mijn benen, een arm over mijn
borst en haar hoofd op mijn schouder. Nog geen week geleden zat ik in mijn eentje mijn verjaardag te vieren en nu... Ik
lag te lang in dezelfde houding en had het warm, maar durfde
me niet te bewegen, bang haar wakker te maken. Voorzichtig
tastte ik achter me en knipte de leeslamp uit.

Onze lichamen glansden als bronzen beelden in het flauwe
licht van de straatlantaarns, haar lichaam een tint donkerder
dan het mijne. De balkondeuren stonden open, de gordijnen bewogen licht. Er was nauwelijks geluid, en de geluiden
die klonken, waren met elkaar in harmonie: het ruisen van
de nachtelijke stad, het kwaken van een eend in de gracht, de
regelmatige adem van Doris. Ik streelde de welving van haar
heup. De seconden leken op te rekken tot minuten. Toen werden mijn ogen vochtig. Een traan rolde over mijn wang. En
nog één en nog één. Als torren renden ze achter elkaar aan.

22

Krijn is vroeg uit school. Als hij de buitendeur achter zich sluit, hoort hij zijn moeder roepen. Aarzelend loopt hij de trap op en betreedt haar kamer. Ze zit met haar rug in de kussens, haar benen opgetrokken onder een blauwe deken. Naast haar liggen pen en papier en een opengeslagen bijbel. Verschillende tekstgedeelten zijn onderstreept; sommige met blauw, andere met rood. Her en der staan uitroeptekens in de marge.

'Hou je van je moeder, Krijn?' Ze kijkt hem vorsend aan.

Hij knikt. In zijn hoofd begint het te ritselen, als wind door populieren.

'Wat zeg je, jongen?'

Hij knikt weer en kijkt naar buiten. Wanneer zet die lente nou eens door? denkt hij. Hij zegt:

'Ik hoop dat u snel beter wordt.'

Ze negeert de mededeling. Ze spreidt haar vingers op de deken en zegt: 'Kijk me recht aan.'

Met tegenzin draait Krijn zijn hoofd naar zijn moeder. Hij heeft haar altijd graag aangekeken, vroeger konden ze elkaar minutenlang liefdevol aanstaren, maar de laatste weken krijgt hij al na een paar seconden een naar gevoel in zijn maag.

'Geloof je in God?'

Hij knikt.

'Geloof je dat ik zijn profetes ben?'

Het ritselen gaat over in een zacht geraas alsof in de verte een trein langskomt.

'Ik vraag je wat, Krijn.'

Hij beweegt zijn hoofd nauwelijks.

'Net als ik ben jij uitverkoren en daarom heb ik een belangrijke opdracht voor je.' Ze pauzeert een paar tellen. 'Schrik nu niet, jongen, maar God vertelde me vannacht dat jij papa moet vermoorden. Jazeker, dat vertelde God mij. Hij verkeert met foute vrouwen en gaat naar de hoeren. En wat hij met tante Astrid heeft gedaan toen we bij haar in Florida logeerden... dat vergeeft God hem nooit. Hij is de rotte plek in ons gezin die jij moet uitsnijden.'

Krijn kijkt zijn moeder ontzet aan. Een lange sneltrein raast voorbij.

Geruststellend zegt ze: 'Je verlost de wereld van een monster, mijn jongen. Het is een eretaak. Neem het vleesmes uit de keukenla en blijf wakker tot twee uur vannacht. Je vader slaapt altijd op zijn rug. Je moet zijn kamer binnensluipen, het mes in beide handen nemen en zo hard mogelijk in zijn hals steken. Met al je kracht, want hij heeft een sterke nek. Net zoals het mes een instrument is in jouw hand, ben jij een instrument in Gods hand.'

Een straaljager buldert over het huis. Krijn drukt zijn handen op zijn oren en schudt zijn hoofd heen en weer. Hij werpt een blik op zijn moeder, ziet haar lippen bewegen maar hoort haar stem niet meer. Dan keert hij zich van haar af en rent de kamer uit.

Hij rent over de overloop naar zijn slaapkamer waar hij voor haar val – een paar weken geleden nog – met haar lepeltje-lepeltje heeft gelegen in de middagzon en gooit zich op de sprei. Hij duwt zijn hoofd onder het kussen, zijn handen als oorkleppen tegen zijn hoofd gedrukt. Als het geraas in zijn hoofd niet afneemt, kijkt Krijn door zijn tranen vanonder het kussen naar de lentelucht. Hij verwacht dat de hemel elk moment in tweeën zal scheuren. Dat God zijn engelen naar de aarde stuurt, dat die hun lelieblanke handen op het gekwelde hoofd van zijn moeder leggen en haar genezen. En, mocht dat zijn wil niet zijn, dat ze haar zullen optillen en meetronen naar de hemel, waar ze voor eeuwig aan Gods voeten zal zitten. Maar de zon zakt langzaam achter de rij nieuwbouwhuizen net als alle voorgaande dagen, alsof de aarde niet uit zijn baan is geraakt. Huilend rolt Krijn heen en weer over het bed. De kamer lijkt gevuld met vragen die lukraak op hem worden afgevuurd. Steeds dwingender, harder en scherper. Vragen waarop hij tot voor kort de antwoorden wist, maar waar zijn verstand plotseling veel te beperkt voor is.

Zijn vader komt thuis van zijn werk. Krijn hoort hem bezig in de keuken. Drie kwartier later roept hij hem voor het eten, maar Krijn antwoordt niet. Hij hoort zijn vader de trap op lopen. De slaapkamerdeur gaat open, maar Krijn kijkt niet op.
'Kom je eten, Krijn?'
Hij reageert niet. Zijn vader zegt opnieuw zacht zijn naam. Dan loopt hij op hem toe en grijpt zijn schouder. Krijn schudt zich los en duwt zijn hoofd dieper in het kussen, het linnen schuurt zijn oogleden. Zijn vader zucht, draait zich om, sluit de deur en daalt de trap weer af. Het wordt stil in huis en steeds donkerder. Als de duisternis compleet is, hoort hij zijn vader de trap op stommelen en naar bed gaan.
Kort daarop komt Stan thuis. Krijn hoort hem naar eten

scharrelen in de keuken. Niet lang daarna loopt hij met zware stappen naar boven. Als zijn slaapkamerdeur is dichtgeslagen, neemt de stilte opnieuw bezit van het huis.

De kerkklok slaat middernacht. Krijn draait zich op zijn rug en staart naar het plafond. Er komt geen water meer uit zijn ogen. De klok slaat één uur. Het geraas in zijn hoofd is geruis geworden. Dan slaat de klok twee keer. Krijn zwaait zijn benen uit bed, staat op en kijkt naar buiten. De nacht heeft het dorp in zijn greep, in geen enkel huis brandt nog licht. In zijn hoofd is het rustig geworden. Hij opent de deur en wacht. Het is stil op de overloop. Voorzichtig daalt hij de trap af, naar de keuken. Behoedzaam trekt hij de keukenla open en neemt het vleesmes in beide handen, brengt het omhoog voor zijn gezicht. Het staal licht op in de donkere keuken. Hij rilt van het koele lemmet. Dan zet hij de mespunt in zijn handpalm en drukt. Een druppel bloed welt omhoog, eerst een donker bolletje, dan een stroompje dat door een handlijn glijdt.

Tussen zijn voortanden fluit hij de hond. Sarah komt vanuit de gang aanlopen.

'We leven nog,' fluistert hij tegen haar. Ze kwispelt. Hij neemt een theedoek uit de kast en drukt die tegen zijn handpalm om het bloeden te stelpen. Dan wikkelt hij het mes erin. Hij trekt zijn jas aan, duwt het omwikkelde mes in zijn binnenzak, opent voorzichtig de achterdeur en stapt de nacht in, de hond kwispelend voor hem uit. Hij loopt de tuin uit, het pleintje achter het huis op, rechtsaf langs hoge heggen waarachter de duivenmelker woont, een bollenkweker, een vrouw van twijfelachtig allooi en een gezin dat zijn moeder asociaal noemt, naar de brink.

Boven het dorp steekt de maan als een oogbol uit de zwarte hemel.

Daaronder lopen Krijn en de hond. Ze gaan langs de verpauperende nieuwbouw, langs de openbare lagere school, langs het zwembad naar het bos, dat als een kraag achter het dorp ligt. Bij elke stap tikt het mes tegen Krijns borstkas. Onder zijn voeten knerpen de vergruizelde schelpen van het bospad, Sarah hijgt voor hem uit. Ze bereiken een smalle weg, die met brede bermen en sloten aan weerskanten het bos in tweeën deelt. Ze wandelen langs de volkstuinen, kleine kassen weerkaatsen het licht van de maan. Ze komen weer tussen de bomen. Kale stukken loofbos wisselen af met donkere lappen dennenbos.

Midden in een in rijen aangeplant nieuwbouwbos gaat Krijn het pad af, springt over omgevallen berkenbomen, loopt door rottende bladeren en hurkt neer. De bosgrond dampt van het vocht. Een kerkuil schreeuwt schor, maar hij voelt geen angst. Hij fluit de hond. Sarah komt nieuwsgierig aanrennen.

Krijn pakt het pakketje uit zijn zak, rolt het mes uit de theedoek en weegt het in zijn hand. Dan slaat hij ermee op de bosgrond en zegt: 'Sarah, graven! Graven!'

De hond zet haar poten in de grond en begint als een furie te graven. Tussen haar achterpoten spat de aarde weg. Als het gat diep genoeg is, trekt hij Sarah weg en gooit het mes in de kuil. Met zijn voeten duwt hij de afgegraven grond terug, met zijn handen houdt hij de hond af die door wil graven. Hij stampt de grond aan, veegt bladeren over de plek, trekt Sarah mee en keert terug naar het schelpenpad. Ze slenteren het pad af tot ze bij een kruising een bankje treffen. Krijn gaat zitten, de hond aan zijn voeten. Haar tong hangt uit haar mond. Met zijn nagels krabt hij haar borst, ze blikt voldaan het maanverlichte bospad af.

'Sarah,' zegt hij zacht. Ze draait haar kop en spitst haar oren.

Hij kijkt in de donkere hondenogen en wijst naar de lucht:
'Kijk eens naar de sterren.'

In plaats daarvan kijkt ze met een scheve kop naar zijn mond.

'Het heelal is zo ongelooflijk groot, Sarah. Ergens in die oneindigheid is God de weg kwijtgeraakt. Eerst heeft hij mijn moeder het hoofd op hol gebracht en daarna is hij met de noorderzon vertrokken. Misschien wel opgeslokt door een zwart gat...

Weet je wat?' Krijn ademt diep in. 'God kan van mij de pleuris krijgen!' en hij blaast een witte wolk adem de nacht in. Hij staat op, hurkt naast het bankje, slaat zijn arm om de hond heen en drukt zijn hoofd tegen haar vacht. De vettige haren prikken in zijn wang. Zo zitten ze tegen elkaar aan op het bospad, tot Sarah onrustig wordt en zich jankend aan zijn greep ontworstelt. Ze rent het bospad op. Krijn veegt met zijn mouw langs zijn ogen, staat op en sjokt achter haar aan.

'Je hebt gelijk,' zegt hij vermoeid. 'We moeten verder.'

23

Ik kon me niet herinneren ooit zo levenslustig wakker te zijn geworden. Ik wilde uit bed sluipen, croissants bakken en sinaasappels persen. Ik wilde Doris wekken met een pianoconcert van Rachmaninov, met haar wandelen door de duinen, zwemmen in zee en daarna witte wijn drinken op een terras. Maar bovenal wilde ik haar bespringen als een dier, de afgelopen nacht sluimerde na in mijn onderbuik. Des te groter was de teleurstelling dat de plek in bed naast me leeg was.

Ik luisterde of ik geluiden in huis hoorde, misschien stond ze onder de douche of was ze het ontbijt aan het klaarmaken, maar deze zondagochtend was minstens zo stil als andere zondagochtenden. Ik keek op mijn mobieltje: 10.35 uur. Ik keek nog eens naast me, alsof ik hoopte nu pas echt wakker te worden en haar dit keer wel naast me te vinden.

Ik zag de afdruk van haar hoofd in het kussen. Ik meende de ronding van haar heup in de matras te ontwaren. Ik duwde mijn neus in het kussen, rook de geur van haar shampoo. Als een reu snuffelde ik langs de contouren van haar verdwenen lijf. Ik snoof de geur van haar schoot op en rilde van verlangen. Toen stond ik op en liep naar de keuken. Misschien had ze een briefje achtergelaten met haar adres. Maar op de keukentafel lag niets, zelfs geen spoor van een ontbijt. Ik opende de koelkast. Voor zover ik kon zien was alles onaangeroerd.

Tijdens de ochtendplas dacht ik aan haar en tijdens het douchen ook. Omdat haar geur aan mijn kleren van de vorige dag kleefde, trok ik ze opnieuw aan. Tijdens het ontbijt lag mijn mobieltje naast het bord. Het kon niet anders of ze zou me gaan bellen. We hadden immers een geheim verbond? Ik ijsbeerde door het huis, met de telefoon in de hand. Haar afwezigheid was zo pregnant dat het pijn deed. Daarop besloot ik te gaan hardlopen, sinds jaren het beproefde medicijn tegen onrust in mijn hoofd. Terwijl ik mij verkleedde, ging de telefoon. Het nummer was me onbekend.

'Met Krijn,' zei ik afwerend.

'Met tante Astrid. Stoor ik?'

'Helemaal niet. Wat kan ik voor u doen?'

'Je hoeft helemaal niets voor me te doen, neef. Misschien kan ik iets voor jou betekenen. Ik zat na te denken over je moeder en toen herinnerde ik me plots iets wat *typical* was voor haar. Ze had iets extra's gekregen van het advocatenkantoor waarvoor ze werkte. Omdat ze zo goed haar best gedaan had. Tegenwoordig noem je dat een bonus, *isn't it*?'

Ik bromde bevestigend. Ik was er maar half met mijn gedachten bij, maar dat leek tante Astrid niet te deren.

'Het ging om honderd gulden, dat herinner ik me nog precies. Dat was veel geld in die dagen net na de oorlog. Had ik je verteld dat ze altijd haar hele loon aan moeder gaf? Aan je oma?'

Ik bromde weer.

'Toen ze met die honderd gulden thuiskwam, zei moeder: "Lenna, koop daar maar iets voor jezelf van. Dat heb je verdiend." En wat deed ze...?'

Toen mijn reactie te lang op zich liet wachten, vervolgde ze: 'Ze kocht een servies... voor moeder.'

'Ongelooflijk,' zei ik, om haar tevreden te stellen. Ik wilde een einde maken aan het gesprek, Doris zou kunnen bellen.

'*Isn't it?*'

'Ja, het is.'

'Ze cijferde zich weg voor het gezin.'

'Snap ik. Dank voor de veelzeggende anekdote. Tante, ik wil niet onbeleefd zijn, maar ik sta op het punt de deur uit te gaan.'

'Begrijp ik, neef. Je bent jong en hebt natuurlijk een weekend vol afspraken. Als je ouder bent is dat allemaal veel minder. Voor je ophangt: er schoot me nog iets te binnen. Die Duitse *officer*, weet je hoe die heette?'

'Geen idee.'

'Heinrich.' Ze zei het alsof ze een groot geheim ontsluierde.

'Heinrich,' herhaalde ik. 'Klinkt inderdaad Duits. Dank u voor de informatie.'

'Zijn achternaam weet ik echt niet meer.'

'Hoeft ook niet. Aan Heinrich heb ik wel even genoeg. Maar ik moet nu echt weg, anders kom ik te laat.'

'Is goed, neef. Kom je binnenkort het boekje van grootvader terugbrengen?'

'Dat beloof ik.'

Voor ik vertrok, sms'te ik Doris: *Ik mis je. Sterveling.* Ik staarde ernaar. De boodschap leek hopeloos ouderwets, maar iets beters wist ik niet te bedenken. Tijdens het rennen ging mijn hand herhaaldelijk naar de telefoon in de achterzak van mijn sportbroek. Toen ik bezweet de trap naar mijn appartement besteeg, checkte ik opnieuw mijn berichten. Tevergeefs. Ook de rest van de dag bleef mijn telefoon stil. In de avond hield ik het niet meer uit en belde haar nummer. Ik hoorde niets, niet eens haar voicemail.

De volgende nacht droomde ik van haar. Ze lag ruggelings op een scheefgezakte wilg in het park. Het was halfdonker, op de grens tussen nacht en dag. De takken van de boom hingen in het water van de vijver. Haar bloemetjesjurk was omhooggeschoven tot haar heupen, haar benen hingen aan weerszijden van de boomstam. Ikzelf stond aan de voet van de boom. Ze wenkte me met een raadselachtige glimlach om haar mond. Ik wilde naar haar toe, ik wilde in haar, maar waar moest ik mijn knieën zetten? Ik keek van Doris naar het donkere water onder haar. Er dreven flessendoppen en bierblikjes in, en piepschuim en een plastic tas. Zij wenkte weer, maar ik stond als vastgenageld aan de voet van de boom. Met dat machteloze gevoel werd ik wakker.

Via omwegen ging ik naar kantoor. Daar beperkte ik me tot invoerwerk. Nadenken over de oorsprong en betekenis van familienamen was onmogelijk. Het verlangen naar haar lichaam, haar geur, haar stem verlamde mijn brein. Na werktijd fietste ik kriskras door de stad in de hoop haar ergens te zien. Misschien was ze omwille van haar ervaringstheater aan het picknicken op de Dam of aan het landmeten in de Leidsestraat. Misschien stond ze wel ergens voor standbeeld.

Ondertussen bleef ik contact zoeken, op mijn werk en 's avonds thuis. Ze gaf geen sjoege op mijn sms-jes en de telefoon bleef dood. Ik pijnigde mijn hoofd over het waarom. Vond ze me te saai? Had ik haar verveeld met de familiememoires, was ze de verhalen over mijn moeder zat? Vond ze me niet geil genoeg?

Hoewel het verlangen onverminderd bleef knagen, begon het beeld van Doris te vervagen. Zoals langzaam haar geur uit mijn lakens verdween. Ik had haar nog geen week geleden gezien, maar kon me tot mijn grote ergernis haar gezicht niet meer goed voor de geest halen. Ja, ze had zwarte haren, volle rode lippen en donkere ogen, maar hoe alles zich tot elkaar verhield, kon ik me nauwelijks meer herinneren. Haar lichaam was vol en zacht, maar ze had me de tijd niet gegund het goed in me op te nemen. Wat had ik graag met haar gedoucht, het water tussen haar borsten zien stromen, in haar navel, door haar schaamhaar, via de binnenkant van haar dijen langs haar knieën, over haar voeten naar de afvoer. Nu restte me niets dan haar allesoverheersende afwezigheid.

Stan belde. Dat het echt niet langer kon met onze moeder, dat de zomer haar dermate uitputte dat ze alleen nog maar amechtig op bed lag, dat ze toch echt naar een verpleeghuis moest, en of ik misschien tijd had om nog eens langs te gaan. Ik zegde zonder tegenstribbelen toe, misschien zou het mijn gedachten van Doris afleiden, al was het voor even.

Mijn moeder lag net als de voorgaande keer op bed, alsof ze zich in de tussentijd niet had bewogen. Alle goede voornemens ten spijt kon ik het nog steeds niet opbrengen haar te omhelzen.

'Ben je tegenwoordig aan het vissen, Krijn?' vroeg ze, toen ik bij haar ging zitten. 'O, dan is het misschien Stan.'

Ze begon met zwakke stem te vertellen over een visioen dat ze de afgelopen nacht had gekregen, maar ik luisterde niet. Na een paar minuten zwijgend naast haar te hebben gezeten, besloot ik boodschappen voor haar te doen. Ik betrapte me erop dat ik Doris zelfs tussen de schappen van de plaatselijke supermarkt zocht. Ik kocht maggi, volle melk, honing en pap voor haar tandeloze mond. 'Most heb ik niet kunnen vinden,' riep ik bij terugkomst naar boven. Ik pakte de boodschappen uit, smeerde twee beschuiten met honing, schonk een glas melk in, liep de trap op en zette het dienblad op het nachtkastje. Daarop zei ik: 'Ik moet naar Amsterdam, ma. Stan komt morgen weer.'

Na zeven dagen totale radiostilte kwam het antwoord van Doris. Ik hing voor de tv toen het sms'je binnenkwam. *Ik jou ook*, las ik. En daarachter: *ik moet je nu zien!* Daarna volgde haar adres. Een straat in het oostelijke deel van de stad. Ongelovig keek ik naar de display. Wat dacht ze wel! Zeven dagen niks van zich laten horen en dan verwachten dat ik meteen opdraaf? Niet eens: *ik wil je nu zien*, maar *ik moet je nu zien*. Ja, mijn lijf deed pijn van uitgesteld verlangen, maar ik was verdomme haar slaaf niet. Ik sms'te terug: *Kan nu niet. Morgenavond?* Direct daarop kwam haar antwoord. *Nu of nooit.* Even twijfelde ik, daarna hees ik me overeind en liep de deur uit.

De warmte van de avond walmde me tegemoet. Het was eind augustus, maar de zomer wilde maar niet afremmen. De stad lag er uitgedroogd bij. Het water stond laag in de gracht. Er was een landelijk verbod op autowassen gekomen, en het klemmende advies zo min mogelijk te douchen. De bejaardensterfte lag procenten hoger dan andere jaren.

Ook op dit uur van de dag liepen de mensen op straat in korte broeken, rokjes, T-shirts en hemden. Zo snel als de hitte het toeliet, fietste ik richting Oost. Onderweg wist ik niet of ik me vernederd of euforisch moest voelen. Ja, ze danste met mijn hoofd op een schotel, ze kon met me doen en laten wat ze wilde, maar moest ik daar rouwig om zijn? Hoe dichter ik haar straat naderde, hoe meer het verlangen de overhand kreeg. Ik wilde haar, meer dan ik ooit iets gewild had.

De straat waarin ze woonde was smal. Een groepje allochtone jongens hing rond een speelplaatsje. Ze rookten en dronken halveliters bier. De auto's in de straat waren klein en felgekleurd. Sommige waren roestig, andere gedeukt. Ik herkende de auto van Doris en keek door de achterruit naar binnen. Een week geleden zaten we daar, dacht ik. Terwijl ik mijn fiets op slot zette, keek ik langs het pand omhoog. Op vierhoog woonde ze. Een paar tellen nadat ik had aangebeld, knalde de voordeur van het slot. Ze wacht op me, dacht ik met rubberen knieën.

Voor me liep een smalle trap langs afgebladderde muren steil naar boven. Het trappenhuis rook naar stoffig tapijt. Halverwege passeerde ik een overloop vol met oud papier, lege wijnflessen, jassen en schoenen. Daarna liep de trap verder omhoog. Boven aan de trap stond een deur op een kier. Al kloppend duwde ik hem verder open. Via een klein halletje stapte ik een smalle kamer *en suite* binnen. Het was halfduister, minder door het uur van de dag dan door de kleine dakramen die weinig licht toelieten. In de hoek stond een tweepersoonsbed. Voor het bed stond Doris, gehuld in een hemelsblauwe peignoir. In het tegenlicht leek ze een Mariaverschijning.

Ze wenkte me. Toen ik een verklaring wilde vragen voor de dagen dat ik niks van haar hoorde, snoerde ze me de mond door haar peignoir te openen. Haar lichaam was een magneet van vlees.

Toen ik van Doris af gleed, hadden we nog geen woord gewisseld. De daad was eerder vechten dan vrijen geweest. Ze had me op zich getrokken en weer van zich afgeduwd, tot gekmakens toe. Mijn woede had haar opwinding opgezweept, en die weer mijn drift. We hadden gekreund, gezucht, gehijgd. We hadden geworsteld tot haar spieren zich ontspanden. Terwijl ik me langzaam in haar bewoog, had ze zich vastgebeten in mijn onderlip. Nu de opwinding wegvloeide, proefde ik het zoete bloed in mijn mond. Ik draaide me op mijn rug om me over te geven aan de postcoïtale weemoed, maar ze trok me naar zich toe. 'Hou me vast,' fluisterde ze. 'Hou me heel goed vast.'

Ze lag op haar rug, de benen iets uit elkaar, haar ogen gesloten. Ik sloeg een arm en een been over haar heen en klemde haar lichaam tegen me aan. Mijn mond raakte haar haren. Ik opende mijn lippen om aardige dingen te zeggen, maar nog voor ik een woord gevormd had drukte ze een vinger op mijn mond. Minutenlang lagen we onbeweeglijk tegen elkaar aan. Toen trok er een slaapstuip door het lichaam van Doris. Voorzichtig probeerde ik mijn arm van haar borst te halen, maar half slapend greep ze mijn hand en legde hem terug. Zo omarmde ik haar, tot ik zeker wist dat ze sliep.

Zelf had ik geen enkele behoefte om te slapen. In mijn ongemakkelijke houding nam ik de kamer op. Die was leeg op een klerenkast, een stoffen driezitsbank, een potkachel en een keukenblok na. Op het aanrecht stond een afwas van dagen. Aan de muren hing niets. Her en der op de vloer lagen boeken. Ik probeerde de titels te lezen, maar het was al te donker geworden. Naast het bed zoemde een laptop op een oude houten stoel. Ik keek naar het gezicht van Doris. Haar trekken waren zacht van de slaap. Ik tilde opnieuw mijn hand van haar borst. Geen reactie. Ik keek weer naar de laptop. Doris was ongevraagd per e-mail mijn leven binnengedrongen, gaf mij dat niet het recht even naar haar beeldscherm te kijken?

Ik reikte naar de laptop en tikte met mijn wijsvinger op de spatiebalk. De screensaver loste op en het Postvak In verscheen. In een reflex wendde ik me af, maar in die ene seconde viel me iets vreemds op. Iets verontrustends, maar ik had te kort gekeken om te weten wat. Ik wierp een blik op de slapende Doris en keek opnieuw naar het scherm. De pakweg tien bovenste mailtjes waren afkomstig van Doris Vonkel.

Ik was in dubio. Als Doris zou zien dat ik haar mail las, zou ze me woedend buitenzetten. Geen twijfel mogelijk. Het zou het einde zijn van... Ja, van wat eigenlijk? Vooruit, het einde van ons geheime verbond. Maar waarom stuurde ze in godsnaam mailtjes aan zichzelf? Wilde ze zichzelf ergens aan herinneren? Was het om eenzaamheid te verdrijven? Hoe beter ik haar wilde leren kennen, hoe groter het raadsel van de vrouw naast me werd. Een ondraaglijke gedachte. Ik keek naar de data. Behoedzaam opende ik een mailtje van 15 augustus, twee dagen na mijn verjaardag:

hi doris, je raadt het nooit ik heb eindelijk iemand op het oog voor mijn ervaringstheater ene sterveling, een naam om je dood te lachen niet? en hij heeft nog een gekke moeder ook! hij wil nog niet maar ik ga alles doen om hem over te halen ik moet hem hebben en niemand anders
in mijn hoofd is het nu rustiger, misschien wel door die rare sterveling, niet steeds al die fucking beelden die als een versnelde film door mijn hoofd schieten, de stad, al die mensen, soms heb ik de neiging in de gracht te springen om over het water te lopen maar dan besef ik nog net dat ik Jezus niet ben
hoe is 't met jou, slaap je alweer wat beter?

kus door

Direct opende ik het volgende mailtje:

hi door, gefeliciteerd met je kalme hoofd met mij gaat het ook wat beter, ik slaap soms zelfs een paar uur en loop niet meer uren

228

door de stad maar de angst is niet weg de fucking angst voor de
angst als die weer komt moet ik weer lopen dagen lopen om zo
moe te worden dat ik wel moet slapen al die gedachten, hoeveel
gedachten kan een normaal mens tegelijk hebben zonder op tilt te
slaan? tien vijftien?
tof die sterveling, lijkt me een lot uit de loterij je wordt toch niet
verliefd op hem? dat kun je er niet bij hebben nu

liefs doris

Ik voelde een zeurende hoofdpijn opkomen, maar kon niet anders doen dan het volgende mailtje openen:

dank doris voor je snelle reactie dat zeg je goed sterveling is
een lot uit de loterij ik heb hem nu bij toeval ontmoet en eerlijk
gezegd viel het me een beetje tegen ik bedoel in verband met
mijn theaterproject hij is minder doorsnee dan zijn naam deed
vermoeden wees gerust ik denk niet dat ik verliefd op hem word
hij is meer een bondgenoot en via hem begrijp ik steeds meer van
gekte want hij houdt niet op over zijn lijpe moeder te vertellen en
weet je wat? we hebben geneukt in de auto, als dat geen theater in
de openbare ruimte is, en daarna heb ik een hele nacht geslapen
voor het eerst sinds weken. Nu ben ik superrelaxed maar kan er
nauwelijks van genieten want ik weet dat straks mijn hoofd weer
gaat tollen kom je snel eens langs? ik ben soms zo bang alleen te
zijn

kus door

Doris kreunde onder me. Ik schrok, gegrepen door de mailtjes was ik zwaar op haar gaan leunen. Ik hield mijn adem in, maar ze draaide zich op haar zij en sliep door. Als ik mijn arm tot het uiterste strekte, kon ik nog net bij de laptop om een nieuw mailtje te openen:

hi door ik kom zeker snel langs maar ben nu teveel in gevecht met mezelf nu heb je niks aan me maar als ik me beter voel kom ik zeker okay? Hou vol!

liefs doris

Niet te harden, een zolderetage in deze tropische hitte. Ik wiste het zweet van mijn voorhoofd. Mijn buik plakte tegen de rug van Doris, maar uit angst haar te wekken durfde ik me niet van haar los te maken. Ik hield de chronologische volgorde aan en klikte op de volgende:

ha doris, kan niet wachten tot je komt, misschien kunnen we samen theater gaan maken twijfel eraan of ik sterveling zo ver krijg, waarmee ben je precies aan het vechten ja met jezelf maar waarom? als je me dat kunt uitleggen zijn we misschien al een heel stuk verder...

kus door

Weer bewoog Doris. Ik klapte de laptop dicht, legde mijn hoofd op het kussen en hield me slapend. Ze draaide zich op haar rug. Ik wachtte onbeweeglijk tot haar ademhaling weer regelmatig was. Langzaam richtte ik me op en heropende de laptop. Nog twee mailtjes te gaan. Ik keek naar de datum van het op een na jongste mailtje, het was van gisteren:

Hi door, waar ik tegen vecht? wist ik het maar tegen m'n kop
denk ik tegen alle gedachten en beelden die maar binnen blijven
komen het is nu al dagen aan de gang, daarom heb ik je niet meer
gemaild oh ik voel me shit alsof mijn hoofd uit elkaar knalt ik ben
de hele dag onderweg, soms lijk ik voor de tijd uit te rennen en als
ik omkijk zie ik als een film het heden en wat er met mij gebeurt
dat ik de controle verlies
ik word gek van het idee dat de tijd als snot door mijn handen
glijdt ik bedoel dat je dood gaat en het bestaan geen enkel nut
heeft, a la. maar welke sadist heeft mij een bewustzijn gegeven om
dat te beseffen...?!
op straat verbaast het me dat iedereen gewoon maar doorgaat of
er niks aan de hand is er is geen ontsnappen aan ik weet het is
allemaal krom wat ik nu schrijf maar ik kan het nu niet ordenen
is er helemaal geen uitweg? via kunst? seks? gekte? of alleen via de
dood? ik ben fucking bang voor de nachten... misschien moet ik
naar een dokter weet jij het nog? s.o.s! S.O.S!

doris

Ik wilde opstaan en wegrennen, maar wist met moeite die neiging te onderdrukken. De allerlaatste nog even en dan als de sodemieter wegwezen. Met trillende hand opende ik het mailtje. Het was van vanmiddag:

Doris, geen tijd te verliezen laat sterveling komen nu meteen! Hij
alleen kan je redden.

Ik sloot het mailtje en duwde de laptop dicht. Zweet drupte van mijn neus op haar borsten. Haar gezicht was rustig. Ze heeft me nodig, dacht ik. Het idee kalmeerde mijn hartslag.

Ik ging op mijn knieën naast haar zitten, boog me naar haar toe en zoende zacht haar lippen. Daarna zoende ik haar borsten en haar navel. Ik ging opnieuw naast haar liggen en monsterde haar profiel. Haar volle lippen en haar fijne neus, haar diepliggende ogen, haar zware wenkbrauwen. Ik streelde haar voorhoofd waarachter al die gedachten en beelden woelden. 'Slaap maar,' fluisterde ik. 'Deze nacht waakt Sterveling over je.'

24

Met de komst van de trein is de polder volwassener geworden, ziet Krijn terwijl het landschap aan hem voorbijflitst. Hij herinnert zich dat zijn vader vroeger aan tafel verwachtingsvol over de komst van het spoor sprak. De polderstad waar hij kantoor hield zou een stop worden op de lijn tussen Amsterdam en het noorden van het land. De verbinding zou de polder definitief openen voor de wereld. De lijn is er gekomen, maar is nog steeds niet doorgetrokken. Even buiten de stad lopen de rails dood in de klei.

Een grote roofvogel fladdert langs het raam van de coupé, maar Krijn is te vermoeid om hem te determineren. Hij heeft nachtenlang nauwelijks geslapen. Zijn vriendin heeft het plotseling uitgemaakt, vlak voor zijn afstuderen. Het was een complete verrassing. Hij had haar in de introductiefase van zijn studie leren kennen en was al vrij snel bij haar ingetrokken. En ja, na een paar jaar was het vuur uit de relatie verdwenen, maar om hem daarom nou meteen op straat te zetten...

Toch is hij zonder weerwoord vertrokken, lopend naast zijn fiets met zijn immense hutkoffer achter op zijn bagagedrager. Sindsdien trekt hij van vriend naar vriend, intussen op zoek naar een eigen appartement. Een appartement in de stad vinden blijkt haast onmogelijk. Zeker met zijn financiele mogelijkheden. Hij is na zijn studie werkloos geworden, zoals iedereen die in deze tijd in een alfarichting afstudeert. Daarom leeft hij van een uitkering, die hoogstens een studentenkamertje mogelijk maakt. Maar zelfs dat is niet te vinden. Het is alsof de stad tot het laatste berghok bevolkt is.

Het zwerven wakkert de onrust in Krijns hoofd aan, helemaal als hij merkt dat hij met elke logeerpartij minder welkom wordt. Hij zit nu een maand in de woning van een vriend die met zijn vriendin een reis door Azië en Australië maakt. Over twee weken komen ze terug. Dan weet hij niet meer waar hij naartoe moet. Dan kan hij alleen nog naar Stan, maar die heeft een vrouw en een pasgeboren kind. Een paar dagen kan hij daar blijven, een week hooguit.

Stan is na zijn studie in de buurt van zijn moeder gaan wonen, net over de dijk, op het oude land. Elke week bezoekt hij haar. Het is, buiten de sporadische bezoeken van Krijn, het enige bezoek dat ze ontvangt.

Krijn is haar een tijdje redelijk trouw geweest. Ongeveer eens per maand daalde hij vanuit Amsterdam af in de polder, onderweg zinnend op mogelijkheden om zijn moeder te genezen. Hij had gedacht aan wisselbaden, had overwogen haar van de trap te duwen, in koude winters mee het ijs op te nemen en haar pootje te haken, door elkaar te schudden, stiekem medicatie in haar thee te mengen. Maar het bleef bij onmachtig tegen haar wanen in argumenteren tot hij schreeuwend het huis verliet.

Langzamerhand zijn Krijns bezoeken minder en korter geworden. Nu is hij weer eens op weg naar haar, omdat Stan twee weken met vakantie is en zijn moeder niet zolang alleen wil laten. Krijn heeft toegezegd, hij heeft tenslotte toch niks anders te doen. Nu de tijd gekomen is, ziet hij als een berg tegen het moederbezoek op.

In Amsterdam heeft hij bij de stationskiosk een krant gekocht. Om te lezen, maar meer nog om achter weg te duiken. Nu en dan gluurt hij langs de krant de wagon in. Een vrouw van middelbare leeftijd die schuin tegenover hem zit, kijkt hem onderzoekend aan. De man naast hem bekijkt hem vanuit zijn ooghoek. Plots heeft hij het gevoel dat iedereen hem heimelijk in de gaten houdt. Hij duikt weer in zijn krant, houdt hem hoger voor zich. De man naast hem kan nog steeds zijn gezicht zien. Hij wendt zich af naar het raam. In de spiegeling van het raam observeert hij zijn reisgenoten. Waarom houden ze hem toch in de gaten? Zien ze iets aan hem?

De trein rijdt langs de rand van een natuurgebied, dat lange tijd weerstand geboden heeft tegen de plannen van de inpolderaars. Ondanks herhaalde bemalingen is het gebied drassig gebleven, een mix van woeste graslanden en zompige moerassen. Uiteindelijk hebben de planologen, ingenieurs en landschapsarchitecten het hoofd gebogen en het tot natuurgebied verklaard. Krijn herinnert zich de grote gele waarschuwingsborden met een tot zijn middel weggezakt mannetje en daaronder in grote zwarte letters Drijfzand. Levensgevaarlijk!

De spoordijk kruist een andere dijk die schijnbaar nutteloos dwars door het land loopt. De eerste huizen schieten langs, nog niet voltooide nieuwbouwwijken. Niet veel later schuift de trein het station van de polderstad binnen.

Onder de meizon lijkt het station een enorme bloemenkas, grote glasplaten rusten op rode stalen buizen. Op het perron wankelt hij even. God, wat voelt hij zich beroerd. Hij kan nauwelijks op zijn benen staan en er lijkt een klem op zijn schedel geschroefd. Het geroezemoes van de in- en uitstappende treinreizigers irriteert hem, de wind blaast een plastic zak over het perron. Krijn kijkt naar de geopende treindeuren en overweegt weer in te stappen, terug naar Amsterdam. Hij grijpt naar het dagretour in zijn achterzak, maar de treindeuren sissen al en sluiten met een klap.

Als de trein met piepende wielen optrekt, daalt hij een trap af, passeert een kiosk en loopt de schuifdeuren uit. Buitengekomen slaat hij een hand voor zijn ogen. Het lentelicht is te scherp. Vijftig meter verderop staat een drietal gele bussen van het streekvervoer te wachten. Met samengeknepen ogen leest hij de bestemmingen boven de voorruit en stapt in de bus naar het polderdorp. Tot zijn opluchting is hij leeg, op de buschauffeur na. Hij loopt naar achteren. Hij heeft zijn plek nog niet bereikt of de chauffeur sluit de deuren en geeft gas, zodat hij in zijn stoel wordt gegooid.

De bus rijdt met grote snelheid over een industrieterrein. Krijn herkent de omgeving niet. Waar brengt hij me naartoe? denkt hij. Hij wil opspringen, de nooddeur openmaken en zich naar buiten werpen. Dan ontdekt hij een bekend punt: de begraafplaats. Zijn vader ligt hier begraven. Krijn ziet het gapende graf weer voor zich. Stan en hij stonden aan de rand, om hen heen collega's van hun vader en mensen uit de pinkstergemeente. Wedergeboren christenen die in het hiernamaals geloofden, maar daar beneden hen lag Ward. Met elke doffe dreun van de aarde op de kist verdween wat Krijn betrof het eeuwige leven verder uit zicht. Wat zou er nog van hem over zijn? Botten en een das? Hij rilt en staart naar buiten.

De bus is weer terug op zijn normale route. Op de lange rechte polderweg concentreert Krijn zich op de langsglijdende akkers. De aardappelplanten steken al flink uit de ruggen, ziet hij, en in de opschietende tarwe zijn de prille aren zichtbaar. Her en der in het land liggen langgerekte tulpenvelden. De planten zijn al gekopt. De bloemen liggen in hopen te rotten op de kopakkers. Rijen onthoofde tulpen staan te wachten op de rooimachine.

De bus rijdt langs de voetbalvelden en slaat rechtsaf het dorp in. Hij reikt naar de knop om de chauffeur te laten weten dat hij eruit wil. Het lampje springt op rood. Shit, schrikt hij. Heb ik niet te vroeg gedrukt? Is er misschien een halte bij gekomen? Tot zijn opluchting stopt de bus als gebruikelijk aan de rand van het centrale grasveld. Talloze middagen heeft hij hier doorgebracht. De hond uitgelaten, gevoetbald, de eerste tongzoen, maar het voelt niet als een thuiskomst.

Vanaf hier is het vijf minuten lopen naar het huis van zijn moeder. Om te voorkomen dat hij bekenden tegenkomt, kiest hij zijn route zo veel mogelijk via de steegjes achter de huizen. Bij het huis van zijn moeder aangekomen, belt hij drie keer ten teken dat hij het is. Na een moment van stilte hoort hij gerommel in de kleine woning. Kort daarop gaat de deur van het halletje open en verschijnt zijn moeder. Ze zet grote ogen op en slaat een hand voor haar mond. Dan opent ze de voordeur.

'Krijn, wat zie jij eruit!' Bezorgd neemt ze zijn hoofd in beide handen. 'Eet je wel goed? Je ziet zo mager. Je wangen zijn helemaal ingevallen. En wat een wallen. Jongen, je moet een tijdje bij me komen wonen om aan te sterken.'

Krijn rukt driftig zijn hoofd uit haar handen. Zijn moeder gaat hem voor naar de kamer. Haar haar hangt in een lange staart tot op de zoom van haar rok. Krijns hoofd gonst van de gedachten. Te veel voor één hoofd. Hij kijkt rond. Onder aan de muur in de zitkamer ziet hij een afgeplakt stopcontact.

'Wat is dat?' vraagt hij dof.

'O dat,' doet ze nonchalant. 'Ik heb via de muur de televisie-aansluiting van de buren gesaboteerd. Die keken elke avond zondige films. Daar moest ik van God een einde aan maken.'

Krijn laat zich met een zucht op de tweezitsbank vallen.

'Er gebeuren rare dingen in het dorp, Krijn. Laatst is er salpeterzuur in mijn tuin gegooid. Alles dood, kijk maar.' Ze wijst uit het raam. Krijn concentreert zich op de massieve tafelpoot onder de achthoekige salontafel. 'Toen ik de politie erbij haalde, deden ze eerst niks. Twee agenten, waarvan één homo. Wat bleek? Die homo had het er zelf neergegooid! Had hij uit Japan geïmporteerd, dat zuur! Gelukkig is het allemaal uitgekomen en is hij uit zijn functie ontheven en naar de marine gestuurd. Daar is hij inmiddels gefusilleerd.' Opgewonden frunnikt ze met duim en wijsvinger aan de enige volledige tand die nog in haar mond staat.

'Ma,' smeekt Krijn. 'Alstublieft?'

'Het hele dorp is onrein. Laatst is hier achter in de steeg een vrouw verkracht door een paar roomse mannen. Ik vond haar en heb haar meegenomen. Ze had vreselijke pijnen, haar bloedingen waren niet te stelpen. Ik heb lakens stukgescheurd en als verband gebruikt, maar ze bloedde maar en bloedde maar...

'Ma! Stoppen!' Krijn staat op en schreeuwt het uit.

Verbaasd kijkt ze naar hem. 'Wat is er toch met je aan de hand, jongen? Je bent zo onrustig.'

'Er is niets aan de hand, maar ik wil dat u ophoudt met dit geraaskal.'

'Het is geen geraaskal. Geloof je je moeder niet?'

'Nee, ik geloof mijn moeder niet. U praat wartaal. U praat al

jaren niets dan wartaal. Ik ben het spuugzat!' Krijn beent op
en neer door de kamer, gadegeslagen door Lenna, die meewarig haar hoofd schudt en onverstaanbare woorden prevelt.

'Kom eens mee,' zegt ze plots. Ze loopt de gang in naar de
trap. Krijn blijft staan.

'Kom,' wenkt ze, 'ik wil je wat laten zien.'

Aarzelend loopt hij achter haar aan.

'Eerst even naar de wc.' Hij pakt de kruk van de wc-deur.

'Ga maar niet hier, jongen. Neem de wc boven maar.'

'Wat is er mis met deze?' Krijn opent de wc-deur. 'Ik kijk
er wel even naar.' Hij is blij met het vooruitzicht iets met zijn
handen te kunnen doen.

'Als ik doortrek, hoor ik steeds een raar geluid.'

'Wat voor geluid?'

'Niet boos worden, hoor, maar als ik doortrek hoor ik steeds
botten rammelen. Wil je misschien even kijken of er een geraamte in de spoelbak zit?'

Krijn verstart en gooit de deur met een klap dicht. Weg wil
hij, weg van hier. Zijn moeder staat halverwege de trap en
wenkt.

'Ik ga weg, ma. Ik heb het hier gezien.' Zijn hersenen gonzen. Aanzetten tot gedachten schieten door zijn hoofd, maar
hij weet geen enkele af te maken.

'Kom toch even. Ik heb iets voor je.'

Schoorvoetend beklimt hij dan toch maar de trap. Ze gaat
hem voor, de kleine overloop op. Er komen vier deuren op
uit, waarvan ze er een opent. Ze stapt naar binnen en weer
voelt hij de neiging tot vluchten opkomen.

'Kom nou even.'

Hij vermant zich en stapt naar binnen. Door een dakraam

valt licht het kamertje in. Tegen de muur staat een opgemaakt bed, met de rode sprei die hij als kleine jongen op zijn bed had. Voor het bed staan kinderpantoffels, op het nachtkastje aan het hoofdeind liggen een paar boeken. Hij herkent de kinderbijbel, *Snuf de Hond* en *De Kameleon*. Zijn ademhaling stokt.

Ze draait zich naar hem toe, hij ruikt haar bedorven adem. Ze zegt: 'Blijf bij me, Krijn. Ik zie dat je het alleen niet redt. De wereld is te hard voor je. Ik heb deze slaapkamer voor je ingericht. Kom bij me wonen, dan zorg ik voor je. Niemand anders ontfermt zich over je. Niemand wil je hebben, is het niet? Niemand ziet hoe bijzonder je eigenlijk bent. Nou, ik wel hoor. Je bent nog steeds mijn benjamin. Samen hebben we niemand nodig. We zullen de wereld buiten houden en...'

Haar ogen worden plotseling groot. Om haar nek sluiten twee handen. Verbijsterd kijkt ze naar Krijn. Die kijkt ongelovig naar de handen om de keel van zijn moeder. Ja, het zijn zijn eigen handen, maar hij lijkt geen enkele macht meer over ze te hebben. Ze knijpen steeds krachtiger. Hij voelt haar nek kraken. Ze grijpt zijn polsen en worstelt om uit zijn greep te ontsnappen, maar hij is te sterk voor haar. Hij ziet haar angst en heeft het met haar te doen. Ze hoeft toch helemaal niet bang voor hem te zijn? Hij is en blijft haar zoon! Hij wil haar ademnood lenigen, maar zijn handen drukken door. Lenna's hoofd wordt rood, haar ogen puilen uit hun kassen. Daarna wordt haar hoofd een beetje blauw met dikke aderen op haar slapen en uit haar geopende mond komt een hoge pieptoon.

Dan verslappen zijn handen alsof haar fluitende adem hem uit een hypnose haalt. Lenna zakt rochelend op het bed, haar beide handen aan haar keel. Hoestend kijkt ze op naar Krijn, haar ogen groot van angst en ongeloof. Krijn kijkt van zijn geopende handen naar zijn moeder. Dan draait hij zich om, stormt de trap af, langs de wc met het geraamte, door de kamer met het gesaboteerde stopcontact naar de voordeur. Hij rukt hem open en begint te rennen.

Krijn rent de wijk uit, kruist het dorpskanaal en laat het multifunctionele gemeenschapsgebouw links liggen. Hij rent langs de christelijke school, voorbij aan hun vroegere huis, tussen de winkels en de kerk door het dorp uit. Buiten de bebouwde kom dwingt de pijn in zijn milt hem tot stoppen. Hijgend plant hij zijn handen op zijn knieën en kijkt achterom naar het dorp. Als hij zijn ademhaling weer onder controle heeft, masseert hij met de toppen van zijn vingers de zijkant van zijn hoofd, maar het gonzen verdwijnt niet. Dan zet hij het weer op een lopen.

Hij steekt de tweebaansweg over en rent een landweg op. Met zijn vuisten gebald naast zijn borstkas rent hij langs de akkers, weilanden en boerderijen. Na een paar kilometer begint de weg te stijgen. Met kleine pasjes zwoegt hij de dijk op. Boven waait een lichte bries. Aan zijn rechterhand is water, verderop de brug die twee polders met elkaar verbindt. Hij rent onder hoogspanningsdraden in de richting van de brug. Een slagboom blokkeert de weg, maar Krijn duikt eronderdoor. Onder de brug hoort hij auto's kaboem kaboem over de betonnen wegdelen denderen. Het donkere water klotst tegen de pijler.

Aan de andere kant van de brug strekt zich een groot meer uit. De zon blikkert op de kleine golven. Links van hem is de met gras begroeide dijk, rechts het water, onder hem het asfalt van de smalle dijkweg, boven hem de ijle lentehemel. In de mêlee in zijn hoofd is maar één gedachte helder: rennen! De dijk kromt naar rechts, hij passeert een hek dat haaks op de dijk staat en springt over het veerooster dat over de weg ligt. De dijk voor hem loopt nu kaarsrecht naar de horizon. Zijn voeten knellen in zijn leren schoenen, zweet loopt in stralen langs zijn slapen en over zijn rug. Bij elke ademtocht steekt een breinaald in zijn longen. Hij kan niet meer.

Hij laat zich ruggelings tegen de schuine grashelling vallen. Als het hijgen minder wordt, richt hij zich op en slaat zijn armen om zijn knieën. Verderop, een kilometer of twee links van hem, ligt de elektriciteitscentrale. Witte damp komt uit de schoorsteenpijpen. Recht voor hem strekt het water zich onafzienbaar uit. Verder naar rechts licht een vissersdorp op in de zon, het eiland dat sinds de inpoldering van voor de oorlog geen eiland meer is. Hij laat zich weer achterovervallen en sluit zijn ogen. Gras prikt in zijn nek. Hij probeert zich vast te bijten in een gedachte, welke dan ook. De dijk waarop hij ligt bijvoorbeeld. Misschien wel door zijn vader ontworpen. Zijn vader.

Hij komt weer overeind en leunt op zijn ellebogen. Verdomd, hij is hier ooit met hem geweest. Maar wanneer en waarom? Als hij zich nu eens op die vragen concentreert. Was Stan erbij? Zijn moeder? Niet aan moeder denken. Ja, Stan was erbij. Het was tijdens een novemberstorm. Het regende dakpannen in het dorp en de enorme ruit van de slagerij was naar binnen gewaaid. Hij was bang dat de dijken het niet zouden houden. Dat ze in het dorp, dat op het diepste punt van de polder lag, zouden verdrinken als ratten. Die angst had zelfs zijn moeder niet uit zijn hoofd gekregen. Daarop had zijn vader voorgesteld te gaan kijken hoe de dijken erbij stonden. Stan en hij hadden zich op de achterbank van de auto genesteld, zijn moeder was thuisgebleven. Waarom was ze thuisgebleven? Hadden ze ruzie gehad? Niet aan denken.

Waar was hij gebleven? O ja, ze waren met zijn drieën in de auto gestapt. Terwijl ze wegreden, spatte her en der een dakpan op straat, dat herinnerde hij zich nog goed. De doffe klappen van de dakpannen. De wind had aan de auto gerukt, maar zijn vader was niet onder de indruk geweest. Met vaste hand bestuurde hij de auto. De snelweg naar het noorden van het land was nog niet in aanbouw, zodat ze met de auto tot vlak achter de dijk konden komen. Toen ze uitstapten, hoorden ze de wind en het water bulderen, maar achter de hoge dijk was een luwte in de storm. Door het natte gras liepen ze omhoog. Hoe hoger ze kwamen, hoe wilder de wind aan hun kleren rukte. Boven op de dijk was de wind zo sterk dat Krijn bang was opgetild en honderden meters verderop in de polder neergekwakt te worden.

Zijn vader en Stan stonden naast elkaar in een hoek van zestig graden tegen de noordwester geleund. De golven braken op de basaltblokken, schuim spatte om hun hoofd. 'Kom,' had zijn vader boven de storm uit geschreeuwd. 'Hou mij maar vast,' en had zijn hand naar hem uitgestoken. Krijn worstelde zich ernaartoe en greep hem als een reddingsboei. Toen graaide hij naar Stans hand, die hem onwillig gaf. Gedrieën keken ze zwijgend naar de stormkoppen op de metershoge golven. Toen schreeuwde Ward triomfantelijk: 'Zo voelt een zware storm, jongens. Windkracht 10, maar de dijken houden het. Geen centje pijn.'

De herinnering brengt een flauwe glimlach op Krijns gezicht. De golven van het meer klotsen tussen de basaltblokken, een kokmeeuw krijst boven hem, de zon droogt het zweet op zijn gezicht. God, wat is hij moe. Hij rolt zich op zijn zij en legt zijn hoofd op zijn linkerarm. De ontspanning trekt via zijn benen naar zijn rug en schouders. De zachte bries streelt zijn wang. Zijn lichaam schokt een paar keer; hij valt in slaap.

Hij moet een paar uur geslapen hebben, want de zon staat laag en de lucht boven het meer begint te verkleuren. Koud en stram staat hij op, rekt zich uit en klopt het gras van zijn kleren. Dan klimt hij de laatste paar meter naar de top van de dijk. Daar kijken schapen hem verbaasd aan om vervolgens geschrokken weg te rennen. Beneden, op een meter of vijftig, ligt de snelweg. Daarachter, met de rug naar hem toe, een paar boerderijen. In de verte ziet hij de kerktoren, de geopende vogelbek die boven het dorp uit steekt. 'Een gepasseerd station,' mompelt Krijn en daalt de dijk af die in twee reuzentreden van gras naar beneden golft.

Onder aan de dijk klimt hij over het gaas en springt over een sloot. Zijn linkervoet sleept door het water. Op de vluchtstrook laat hij het water uit zijn schoen lopen en wringt zijn sok uit. Dan tuurt hij de weg af die parallel aan de dijk naar het westen loopt. Daar moet hij heen! Hij trekt zijn sok en schoen weer aan en begint te wandelen, met de duim van zijn linkerhand in de lucht. Auto's suizen langs, sommige claxonneren. Krijn besteedt er geen aandacht aan. Als hij een minuut of tien gelopen heeft, stopt er een Saab. Een autoraam schuift naar beneden. Een man buigt zich naar hem toe en vraagt: 'Hé, man, ben je het leven zat? Levensgevaarlijk om hier te liften.'

Krijn knikt.

'Waar moet je naartoe?' vraagt de man.

'Amsterdam.'

'Dan heb je mazzel. Stap maar in.'

25

Toen ik even voor achten wakker werd, sliep Doris nog. De hitte van de vorige dag was door het open raam verdwenen. Ik twijfelde een moment of ik wel naar mijn werk zou gaan, maar ik had weinig keuze. Mijn vrije dagen waren op. Bovendien, uit de mailtjes bleek dat Doris behoefte had aan slaap en slapen deed ze nu.

Voorzichtig stond ik op en sloeg een laken over haar naakte lichaam. Ik zocht mijn kleren bijeen en liep op mijn tenen naar de andere kant van de ruimte. Daar kleedde ik me aan. Bij de gootsteen waste ik mijn gezicht en poetste ik met de zijkant van mijn wijsvinger mijn tanden. Op sokken liep ik naar haar toe en bestudeerde haar slapende gezicht. Haar mond hing half open, als in een grimas. Haar oogleden trilden licht. Nu en dan fronste ze haar wenkbrauwen. Voorzichtig drukte ik een kus op haar lippen, nam mijn schoenen in mijn hand en verliet haar appartement.

De zon hing nog te laag om de smalle straat te verwarmen. Toen ik mijn fietsslot openmaakte, rilde ik van de ochtendkilte.

Ik besloot rechtstreeks naar mijn werk te gaan. Terwijl mijn computer opstartte, at ik met trage kaken een croissant. Ik dacht met een mix van onrust en euforie aan Doris. Nog voor ik de laatste hap genomen had, ging mijn mobiel. Ze is wakker, dacht ik, maar zag dat het haar nummer niet was.

'Met Krijn.'

'Meneer Sterveling?'

'Spreekt u mee.'

'U spreekt met de afdeling Orthopedie van het Leids Universitair Medisch Centrum. Kent u mevrouw Astrid van Volden?'

'Ja.'

'Mag ik vragen: wat bent u van haar?'

'Wat ik van haar ben? Ik ben haar neef. Vertelt u me alstublieft wat er met haar gebeurd is.'

'Mevrouw Van Volden is van de trap gevallen en opgenomen in het ziekenhuis...'

Ik wist zo snel niet iets te zeggen.

'We hebben foto's van haar rug en nek gemaakt. Ze blijkt twee nekwervels te hebben gebroken...'

'Wat betekent dat? Is ze... verlamd?'

'Wat het precies voor haar gaat betekenen, kan ik nu niet zeggen. Ze heeft momenteel allerlei uitvalverschijnselen. Soms verdwijnen die na verloop van tijd weer. Soms ook niet.'

'Is ze bij kennis?'

'Ze is bij kennis en daarom bel ik. Uw tante heeft het de hele tijd over u. Ze zal en moet u spreken.'

'Kan ze al bezoek ontvangen?'

'Als u het kort houdt. En ze zich niet te veel opwindt.'

Ik meldde me af bij Kirsten.

'Weer ziek?' vroeg ze.

Ik schudde mijn hoofd. 'Familieomstandigheden.'

'Niets ernstigs, hoop ik.'

'Nee hoor. Mijn tante heeft haar nek gebroken.'

Ongelovig keek ze me aan. 'Hoe dan ook, ik geef door dat je afwezig bent vanwege familieomstandigheden. Die namen van je lopen...'

Ik draaide me om en stapte de kamer uit. Terwijl ik naar huis fietste om mijn auto te halen, dacht ik: waarom moet iedereen me altijd op de nutteloosheid van mijn werk wijzen? Alsof Kirstens werk zo nuttig is. Trouwens, wie doet er tegenwoordig nog iets nuttigs? Buiten een enkele boer en een dokter niemand toch?

Thuisgekomen griste ik de memoires van mijn overgrootvader van het nachtkastje. Onderweg naar het ziekenhuis probeerde ik Doris in mijn achterhoofd te stallen en aan mijn tante te denken, uit piëteit voor haar gebroken nek. Welbeschouwd kende ik haar nauwelijks. Wat kon ze me dan zo dringend te vertellen hebben? Ongetwijfeld had het iets met mijn moeder te maken, dat was tenslotte het enige wat ons bond, maar hoe belangwekkend kon het zijn? Misschien herinnerde ze zich door de val de achternaam van de Duitse officier en meende ze dat het van levensbelang was mij die naam mee te delen.

Op de gang ving een zuster me op. 'Meneer Sterveling? Mag ik u op het hart drukken rustig aan te doen? We hebben gisteren een haloframe op het hoofd van mevrouw Van Volden gezet om haar nek te fixeren.'

'Een haloframe?'

'Ja, een soort steiger, waardoor het hoofd stabiel op de nek blijft zodat de nekwervels zich kunnen herstellen. We hebben er gaatjes voor in haar schedel moeten boren... U begrijpt dat ze nog niet te veel aan haar hoofd kan hebben. Ik heb u alleen gebeld omdat ik hoop dat u haar kunt kalmeren. Meteen toen ze bijkwam vroeg ze naar u. Ze leek in paniek.'

Ze ging me voor naar de kamer. 'Hier is uw neef voor u, mevrouw Van Volden. Ik laat u even alleen.'

Tante Astrid lag op een tweepersoonskamer, het bed naast het hare was leeg. Het hoofdeinde van haar bed was iets omhoog gezet, zodat ze de kamer in kon kijken. Het rek was met kleine schroefjes aan de schedel van mijn tante bevestigd. De huid om de schroefjes was blauw en gezwollen. Het rek rustte op het kussen. Buiten de pregnante ziekenhuisgeur was de atmosfeer aangenaam. De airconditioning wist de zomerhitte buiten te houden.

'Dag tante.' Ik greep haar hand·die slap op de deken lag.

'Godzijdank dat je er bent, neef.' Haar ogen bewogen in mijn richting. 'Ik moet je dringend iets vertellen.' Ze was nauwelijks te verstaan en klonk als een vinylplaat op een te laag toerental.

'Rustig maar, tante. Dat komt zo wel. Wat een toestand zeg. Kijk eens wat ik kom terugbrengen.'

Ik hield het boekje van haar grootvader voor haar ogen. Ze keek er nauwelijks naar. Ik legde het op de deken bij haar hand en ging op de stoel naast haar bed zitten.

Haar ogen flitsten heen en weer. 'Ik ben van de trap gevallen,' zei ze met dikke tong. 'Nu kan ik niets meer bewegen. Ik heb alleen mijn stem nog.'

Ik knikte. 'Maar uw andere lichaamsfuncties kunnen terugkomen. Dat zei de zuster net nog tegen me.'

'Ik weet het niet, Krijn. Ik ben een oude vrouw.'

'Maar u was hartstikke fit voor uw leeftijd.' Ik had meteen spijt van dat 'was'.

Ze leek het niet te horen en zei: 'Ik heb liever dat je gaat staan, Krijn. Zo kan ik je heel moeilijk zien.'

'Sorry, dom van me.' Ik ging staan zodat ze me zonder al te veel inspanning aan kon kijken.

'Misschien ga ik dood, Krijn, en voor mijn dood moet ik nog iets kwijt. Je weet immers maar nooit.' Ik meende een flauwe glimlach op haar gezicht te zien.

'Je moeder en ik waren vroeger erg *close* met elkaar, dat had ik je niet verteld, hè?'

'U heeft me verteld dat jullie erg op elkaar leken.'

'We leken uiterlijk op elkaar, maar we deelden ook alles met elkaar. Lief en leed. We waren eigenlijk meer hartsvriendinnen dan zussen.' Ze sloot even haar ogen. Toen vervolgde ze met zwakke stem: 'Ik heb je wel verteld over die Duitse soldaat, *haven't I?*'

Ik knikte en dacht: zie je wel, nu komt ze met zijn achternaam. Ik boog me voorover en draaide een oor naar haar toe.

'Heinrich was een echte *hunk*, zoals ze in Amerika zeggen. Blond, groot en ontwikkeld. Eigenlijk waren we allemaal verliefd op hem. Lenna ook! Ze vertelde het me op een avond toen we samen in bed lagen. Het erge was, hij was ook verliefd op haar! Hij deed alles om maar bij haar te kunnen zijn. Ze wandelden vaak door de boomgaard, hij leerde haar paardrijden, ze speelden piano samen, hij gaf haar Duitse boeken te lezen. O, ik was *so jealous...* Ik wilde hem zo graag zelf, mijn *body* deed soms pijn van verlangen. Ken je dat, Krijn?'

Ik knikte begrijpend.

'Op een avond was Lenna in tranen. Heinrich had om haar hand gevraagd en ze had hem afgewezen. Ze hield van hem maar kon geen relatie hebben met de vijand, huilde ze. Zo was je moeder, *you know*. Heel zwart-wit. Ondanks zijn smeekbedes bleef ze weigeren. Ze wilde wachten tot na de oorlog. Niet lang daarna werd Heinrich opgeroepen voor het Oostfront. Hij kwam het ons vertellen toen we in de keuken zaten. Ik zag hoe bang hij was, wat had ik het met hem te doen...' Ze hijgde een beetje.

'Misschien is het beter dat ik een andere dag terugkom. Dit is nu te zwaar voor u.'

'Blijf, neef! Ik probeer het kort te houden. Op een avond – Lenna was naar een jeugdavond van de kerk of zoiets – heb ik hem met een smoes naar binnen gelokt en op de slaapkamer verleid. Ik wilde hem troosten, die arme jongen ging de dood tegemoet... Maar toen kwam Lenna binnen... Ze was onverwachts eerder thuisgekomen. Ik zat op zijn schoot, als je begrijpt wat ik bedoel, en ze keek me recht aan. De woede en teleurstelling in haar ogen...'

In een flits zag ik Doris, in de auto, op mijn schoot.

'Heinrich vertrok naar het front. Zo nu en dan kwam er een brief van hem. Voor Lenna... Maar ze weigerde ze steevast te openen. Op een gegeven moment hielden de brieven op...' Mijn tante sloot opnieuw haar ogen en zweeg.

Dus dit wilde ze kwijt. Dat ze zijn moeder haar jeugdliefde ontstolen had. Dat ze de band met haar zus verraden had. Een klotestreek. Zeker. Maar wat wilde ze er werkelijk mee zeggen? Dat de gekte van zijn moeder... Ik stond op het punt haar te bedanken voor haar bekentenis, dat ik hem pijnlijk vond om te horen, maar dat ik het haar niet kwalijk nam. Dat ik niet dacht dat haar handelen van toen de oorzaak was van de latere geestesgesteldheid van mijn moeder, maar dat ik nu toch echt weg moest. Met de familieomstandigheden als alibi kon ik de rest van de dag met Doris doorbrengen.

'En toen kwam de bevrijding.' Ik schrok van haar stem, zo

onverwacht helder tussen de spijlen door van haar haloframe. 'De Canadese tanks rolden langs ons huis naar het centrum van het dorp. Het was één groot feest. Onze vlag hing uit en we stonden met de hele familie te springen en te dansen langs de kant van de weg. Maar de volgende dag bonsden er vuisten op de deur. Moffenhoer, kom naar buiten, hoorden we roepen. Een misverstand, zei moeder *nervous*. Ze stuurde Lenna om open te doen. Lenna haalde altijd de kastanjes uit het vuur. Vanuit de kamer hoorden we haar gillen. We renden de gang in. Een paar mannen hielden haar vast en bonden haar handen op haar rug. Ik zag angst en ongeloof in haar ogen... We probeerden van alles... we vochten als katten, we smeekten, maar de mannen waren niet voor rede vatbaar. Ze sleurden haar mee en zetten haar op een handkar. Ondertussen werd ze overal geknepen en betast. Zo reden ze haar naar het dorp door een haag van tierende mensen. Moeder was in een shock, maar ik ben erachteraan gerend. Ik wilde roepen: ik was het, neem mij in haar plaats! Maar ik durfde niet...'

Verdoofd staarde ik naar de mond van mijn tante die gejaagd bewoog tussen de steigers om haar hoofd.

'Niemand had ook geluisterd. De meute was door het dolle heen.'

Ze zweeg even alsof ze op mijn begrip wachtte. Ik kneep mijn lippen stijf op elkaar, mijn kaken spanden zich. Ze bleef maar doorpraten. Haar woorden leken een stroom lava die traag maar onstuitbaar een helling komt afrollen.

'Ze reden haar naar het plein voor het gemeentehuis. Onder de grote eiken hadden zich honderden dorpelingen verzameld. Een man met een schaar klom bij Lenna op de kar en begon in het wilde weg te knippen, terwijl de menigte "Moffenhoer! Moffenhoer!" joelde.'

Tranen rolden nu langs de wangen van mijn tante. Haar handen lagen krachteloos op de deken, ook ik was niet in staat tot bewegen. Mijn hoofd was leeg. Geen gedachten, geen vragen, zelfs Doris was weg.

'O Krijn,' snikte ze, 'die donkere haren aan haar voeten, de kale plekken, haar bloedende hoofd. Ik stond achter een boom en zag de eenzaamheid van je moeder op die kar. De blik in haar ogen daar... die heeft me overal achtervolgd. Zelfs Amerika was niet ver genoeg om aan die blik te ontkomen...'

Uit de gang kwamen stemmen. Het bezoekuur was afgelopen. Mensen liepen langs, hakken klikten op het marmoleum. Kinderen lachten uitgelaten, blij dat ze naar buiten konden.

'Kun je me vergeven, Krijn?' Ze keek me smekend aan, een adertje in haar oog trilde.

Mijn ogen dwaalden van haar weg en bleven haken aan het lege bed. Mijn hoofd vulde zich weer met gedachten. Ik dacht aan mijn moeder, aan mijn vader, aan Stan, aan de laatste vijfentwintig jaar van mijn leven. Ik verlangde hevig naar Doris. God, wat wilde ik graag bij haar zijn, mijn hoofd op haar schouder leggen en in slaap vallen.

'Kun je me vergeven, Krijn?' smeekte ze opnieuw.

Ik keek haar strak aan, net zolang tot ze haar ogen wegdraaide. Toen zei ik: 'Ik vergeef het u. Waarom zou ik u niet vergeven? We doen allemaal wat we kunnen. U, ik, mijn moeder... U heeft een Duitse soldaat getroost die een wisse dood tegemoetging. Een daad van medemenselijkheid en liefde. Hoe kan ik nou tegen een daad van liefde zijn. Liefde gaat nu eenmaal vaak ten koste van derden. Dat is een *fact of life*, daar kan u helemaal niks aan doen.'

Ik liep naar de deur. In de deuropening stak ik mijn hand op en riep zonder naar haar om te kijken: 'Beterschap, tante!'

26

Lopend door de ziekenhuisgangen dacht ik aan de vrouw op de kar. Ik zag de plukken haar die links en rechts aan haar bloedende hoofd hingen. 'De eenzaamheid in haar ogen,' had tante Astrid gezegd. Ik dacht aan mijn moeder als jonge vrouw, de ondoorgrondelijke blik op de trouwfoto. Toen ik door de draaideur van het ziekenhuis naar buiten liep, belde Doris.

'Waarom ben je weggegaan?' vroeg ze. Ze klonk boos en gejaagd.

'Ik moest naar mijn werk. Geen vrije dagen meer.'

'Kan mij wat schelen. Ik heb je nodig, Sterveling. Je zit in mijn hoofd. In mijn buik trouwens ook. Ik heb de hele nacht je zaad in me gehad. Misschien ben ik nu wel zwanger. Ik gebruik helemaal niks!' Ze lachte hard en schel. 'Je moet naar me toe komen. Nu direct.'

Ik schudde mijn hoofd. 'Dat zal moeilijk gaan, ik zit in Leiden.'

'In Leiden? Ik dacht dat je geen vrije dagen meer had.'

'Heb ik ook niet. Familieomstandigheden. Mijn tante is van de trap gevallen en ligt in het ziekenhuis.'

'Astrid?'

'Die ja.'

'Ah, weer die bloedband. Hoe is het met haar?'

'Last van haar nek... Desondanks zat ze nogal op haar praatstoel.'

'Nog nieuwe dingen gehoord?' Haar zinnen kwamen als salvo's.

'Ja.'

'*Heavy stuff*?'

'*Heavy stuff*,' bevestigde ik. 'Vertel ik je nog wel.'

'Waarom kom je nu niet direct naar me toe? Je hebt een alibi voor je werk.'

Ik aarzelde. 'Nu meteen gaat niet. Ik moet naar mijn moeder.'

'Die moeder van je altijd.'

Ik zweeg.

'Vanwege de *heavy stuff* van je tante?'

'Min of meer.'

'Hoe laat ben je terug in Amsterdam?'

'Rond een uur of zes.'

'Ontmoeten we elkaar dan ergens?'

'Heb je een suggestie?'

'Ken je het restaurant bij het Prins Bernhardplein? Aan die rotonde?'

Tot aan de brug naar de polder was het druk, daarna raakte de snelweg steeds leger. Ik drukte het gaspedaal diep in. Pas bij de afslag naar het polderdorp minderde ik vaart. In mijn hoofd rolden beelden en gedachten over elkaar heen. Hoe meer gedachten, hoe meer zweet. Omdat de autoventilatie nauwelijks verkoeling bracht, draaide ik beide zijramen open. Mijn haar waaide om mijn hoofd. Links van de weg graasden twee grote combines een akker kaal. Kaf waaide door de auto.

Ik reed het dorp binnen. Het woonerf waaraan mijn moeder woonde was uitgestorven, op een kat na, die loom in de schaduw van een auto lag. Ik belde drie keer en stak de sleutel in het slot. Het was doodstil in huis. De gordijnen in de woonkamer waren dicht. Ik riep mijn moeder. Haar antwoord leek van ver te komen. Ik ging de trap op, stapte haar kamer binnen. Ze zat enigszins rechtop met haar schouders tegen een kussen. Ik boog me voorover, drukte een zoen op haar voorhoofd. Toen ik haar in mijn armen nam rook ik een penetrante urinelucht, maar ik liet haar pas los toen ik merkte dat ze huilde.

'O jongen,' zei ze, toen ik me oprichtte. 'Kijk nou toch eens.' Ze wees naar een grote gele plek rond haar middel. 'Ook mijn lakens zijn helemaal bevuild. Ik kan er niks aan doen, mijn benen willen niet meer.'

'Wanneer is Stan voor het laatst geweest?'

'Gisteren. Of was het eergisteren? Ik ben het besef van de dagen kwijt. Dit is toch geen leven meer?' Ze huilde met grote uithalen.

'Luister, ma. U kunt niet meer voor uzelf zorgen. Niets om u voor te schamen. We moeten een plek voor u vinden waar er voor u gezorgd wordt.'

Ze greep me bij mijn schouders. 'Dat doe je niet, Krijn. Ik wil nergens meer naartoe. Ik wil hier blijven tot de Heer me haalt.'

'Rustig maar, ma. We doen niks tegen uw zin.'

Gerustgesteld zakte ze achterover. Haar borst ging op en neer.

'Hoe is het verder met u?'

'Weinig adem, jongen. Er zit met de dag minder zuurstof in

de lucht. Zijn ze weer zuurstof uit de lucht aan het filteren?'

'Geen idee.' Met afschuw keek ik naar de urinevlek in haar nachthemd. 'Eén ding is zeker, zo kunt u niet blijven liggen.'

'Ik vind het zo erg dat je me zo ziet, Krijn. Je moeder is altijd rein gebleven. Haar hele leven lang. In mijn huwelijk en na mijn huwelijk...'

'Weet ik, ma.'

'Als meisje ook.'

'Ik weet het, ma. Ik weet alles.'

Ze keek me met een schuin hoofd vragend aan. 'Weet je het echt, jongen?'

'Echt, ma.' Ik knikte. 'U moet gewassen worden en iets anders aandoen,' zei ik. 'Ik weet al wat.' Ik liep naar de badkamer en draaide de koud- en de warmwaterkraan van het bad open. Ik mixte het water tot een handwarme temperatuur en keerde terug naar mijn moeder. Het gonzen van mijn gedachten was afgenomen. 'Ik ga u in bad doen, ma. Kom, ik help u uit uw vieze kleren.'

Ze keek me verbaasd aan maar protesteerde niet. Ik schoof haar nachthemd langs haar heupen omhoog. Gewillig boog ze zich iets voorover zodat ik haar hemd over haar hoofd kon trekken. Daarna deed ik hetzelfde met haar onderrok. Haar lege borsten hingen tegen haar ribbenkast, daaronder rimpelde haar buik. Ik realiseerde me dat dit de eerste keer was dat ik haar blote buik zag, ik had haar nooit in badpak of bikini gezien. Het vel rond haar navel was meelwit. Ik wees naar haar onderbroek. 'Ook die moet uit.' Ze knikte lijdzaam. 'Toe maar.' Ik raapte mijn moed bij elkaar, pakte de vochtige zoom van haar onderbroek en trok hem langs haar benen naar beneden. Haar schaamhaar was grijs als as.

'Kom,' zei ik. Ik bukte en nam haar in mijn armen. Toen ik

me oprichtte, legde ze haar hoofd tegen mijn wang.

'Ben ik niet te zwaar voor je?' vroeg ze.

Ik schudde mijn hoofd. Bijna al het vlees is van haar botten, dacht ik.

'Wat ben je toch sterk geworden, mijn jongen.' Haar hand ging omhoog en streek een scheiding in mijn haar.

Ik droeg haar naar de badkamer. Het badwater stond al halverwege. Ik boog me voorover en liet haar voeten in het water hangen.

'Niet te warm?'

'Heerlijk!'

Daarop liet ik haar verder zakken. Ze lag achterover met haar hoofd op de badrand en haar ogen gesloten, alsof het ruisen van het water muziek was voor haar oren.

'Wil je mijn voeten even op de rand leggen?' vroeg ze.

Ik stak mijn handen in het water en tilde haar voeten op de badrand. Ze lag nu languit in bad, met alleen haar hoofd en voeten boven water.

'Rare tenen heeft u toch,' zei ik.

Ze opende haar ogen en glimlachte. 'Jubeltenen!'

Het water stond nu tot vlak onder de badrand. Ik draaide de kranen dicht, liep naar de wasbak en pakte een washand en een nagelschaartje. Ik knipte de nagels van haar tenen. Daarna van haar vingers.

Ondertussen begon ze met gesloten ogen te praten: 'Weet je nog dat ik op het ijs gevallen ben, Krijn?'

Ik knikte. 'Ik was erbij, ma.'

'Toen heb ik toch zo lang in bed gelegen? Dat was omdat ik stervende was. Op een avond stond ik plots voor de doodsjordaan. Het water was zwart en sinister en er waaide een poolwind boven de rivier, maar aan de overkant zag ik de groenste weiden die ik ooit gezien had. Er liepen mensen te wandelen, heel gemoedelijk. Toen ik beter keek, zag ik mijn vader en moeder lopen, arm in arm. Mijn vader droeg een jacquet en mijn moeder een sierlijke beige japon. Ze zwaaiden naar me. Ik wilde naar ze toe en deed een stap naar voren. Het water was zo verschrikkelijk koud en donker...'

Ik legde het nagelschaartje naast het bad en pakte de washand. Terwijl ik haar voeten waste vertelde ze: 'Ik wilde zo graag naar ze toe, maar ik dacht aan Stan en jou en de rivier was zo angstaanjagend... Ik was er nog niet klaar voor en ben de oever weer op gestapt.'

'En,' vroeg ik, terwijl ik haar benen schrobde, 'bent u er nu klaar voor?'

Ze opende haar ogen en vroeg: 'Waarvoor?'

'Voor de dood?' Het woord was koud als een steen.

Ze zweeg even. Toen zei ze: 'Weet je, Krijn, ik ben niet bang voor de dood, maar wel voor het sterven. Ik zie steeds die doodsjordaan voor me, het zwarte water, de kou en de kilte... Ik wil graag naar de overkant, maar durf niet...' Ze schudde haar hoofd, haar lippen prevelden.

Ik ging door met wassen: haar buik, haar navel en haar borsten. Ik stond op, greep haar onder haar oksels, trok haar iets overeind en schrobde haar uitgemergelde rug. Daarna waste ik de tranen van haar gezicht.

In de hoek van de douche zag ik shampoo staan. De fles was vuil en stoffig, overduidelijk lang niet meer gebruikt. Ik knielde weer bij haar en kneep een klodder shampoo op mijn hand. Gelukkig rook hij nog lekker. Ik boog me naar haar toe om het haar in te zepen. Ze liet me begaan. Ik waste het haar en masseerde haar hoofdhuid. Haar ogen waren gesloten, de mondhoeken van haar ingevallen mond kwamen omhoog tot een flauwe glimlach. De shampoo vormde een schuimlaag op het water en bedekte haar naaktheid.

'Je reinigt me grondig, zeg,' zei ze.

Ik keek op de shampoofles. 'U ruikt nu naar een veld met voorjaarsbloemen. Kom, ik spoel uw haar even uit.'

Ze tilde haar hoofd van de badrand om me de ruimte te geven. Terwijl ik de shampoo uit haar haar spoelde nam ze me van opzij op.

'Waarom huil je, Krijn? Toch niet om je moeder?'

Ik schudde mijn hoofd.

'Maak je geen zorgen om mij, jongen. Met mij komt alles goed. Jezus gaat me helemaal nieuw maken.'

Ik knikte. Alle gedachten in mijn hoofd waren stilgevallen, behalve één.

Ze legde haar hoofd terug op de badrand en sloot opnieuw haar ogen. 'Wordt het water niet te koud?' vroeg ik. Ze schudde langzaam haar hoofd. 'Alleen mijn voeten zijn een beetje koud.'

Ik tilde haar knieën boven water en liet haar voeten erin zakken.

'Zo beter?'

Ze knikte.

'Ma,' zei ik.

'Ja, jongen.'

'Ik hou van u.'

Ze keek me verrast aan. Een hemelse glimlach trok over haar gezicht. Ik boog me voorover en sloeg mijn armen om haar schouders. Ik trok haar naar me toe, zodat haar natte achterhoofd tegen mijn wang drukte.

'Ik ook van jou, jongen. Ik ook van jou.'

Minutenlang hield ik haar in mijn armen. Toen liet ik haar los. Ze zakte terug in het water. Ik rechtte mijn rug, haalde diep adem, legde mijn hand op haar kruin als om haar te zegenen en drukte mijn moeder langzaam naar beneden. Het water sloot zich boven haar hoofd, haar haar waaierde uit tot een krans. Ze spartelde met haar armen, badwater gulpte over de rand, maar ik verloor de greep op haar hoofd niet. Uit het water kwam een hand naar boven die mijn pols pakte. De greep was stevig, maar ze kneep en trok niet. Haar hand omvatte slechts de mijne. Terwijl ik haar hoofd op zijn plaats hield, stroomde er vocht uit mijn ogen, uit mijn neus en mond. Het vermengde zich met het badwater. Een paar luchtbellen ontsnapten aan mijn moeders mond en deden het water rimpelen. De seconden leken minuten. Toen ging er een siddering door haar lichaam en bobbelden grote bellen omhoog. De greep om mijn pols verslapte, het water werd glad als een spiegel.

Ik haalde mijn hand van mijn moeders hoofd. Het kwam omhoog als een kurk, tot haar neus, ogen en voorhoofd boven de waterspiegel uit staken. Haar tandeloze mond stond half open, het haar deinde als zeewier om haar gezicht. Ik boog me voorover. Het water begon nu toch echt koud te worden, voelde ik en ik trok de stop uit het bad. Daarna stond ik op en nam een handdoek van de verwarming, veegde het vocht van mijn gezicht en droogde mijn handen. Vinger voor vinger droogde ik af, daarna de ruggen en de palmen. Toen liep ik naar de slaapkamer van mijn moeder. Ik verzamelde haar kleren die ik uitgetrokken had, haalde het bevuilde laken van het bed en stopte alles in een plastic zak. Ik zocht in de linnenkast naar schoon beddengoed. Ik vond een schoon wit onderlaken en een dekbedhoes en maakte het bed op. Toen liep ik terug naar de badkamer. Het water was weggelopen, het lichaam van mijn moeder lag scheefgezakt op de bodem van het bad. Ik tilde haar op, haar lichaam leek zwaarder dan voorheen. Ik droeg haar naar haar slaapkamer en legde haar op het bed. Met de handdoek wreef ik haar droog, eerst haar lange grijze haren, toen haar lichaam. In haar klerenkast vond ik een onderjurk, een nachtjapon en een onderbroek. Met moeite kleedde ik mijn moeders weerbarstige lijf. Ik legde een kussen onder haar hoofd en drapeerde het haar langs haar lichaam. Haar handen vouwde ik op haar buik. Ik deed een stap achteruit, bekeek het resultaat en zag dat het goed was. De handdoek bracht ik naar de badkamer en legde ik opgevouwen op de verwarming. Daarna keerde ik terug naar mijn moeders slaapkamer en greep de tas met vuile was. Ik boog me nog eenmaal over haar heen en drukte een zoen op haar mond. Haar lippen waren koud en blauw.

Ik draaide me om, verliet de slaapkamer en sloot de deur achter me. Daarna daalde ik de trap af, liep zonder op of om te kijken door de woonkamer naar de voordeur. Op het smalle stoepje voor het huis bleef ik staan. Het woonerf was nog steeds uitgestorven, alleen de kat lag nog op dezelfde plaats. Ik keek naar boven. De lucht was onveranderd strakblauw. Ik haalde diep adem, zo diep dat mijn longen leken te scheuren. Daarop hief ik mijn armen ten hemel, gooide mijn hoofd in mijn nek en rekte mijn spieren. Met het leeglopen van mijn longen ontsnapte me een luide kreet. De kreet weerkaatste tegen de huizen.

27

De zon die ik tegemoet reed, deed zeer aan mijn ogen. Uit het dashboardkastje pakte ik mijn zonnebril. Daarna drukte ik de radio aan. Uit de luidsprekers schalde *Roll up, roll up for the mystery tour...* De dorsmachines stonden werkloos op het land toen ik met grote snelheid passeerde. De boeren stonden tevreden rokend tegen de manshoge voorwielen geleund. Op de akker restte niets dan geelbruine stoppels, met her en der een slordige hoop stro. Ik zong uit volle borst mee: *The magical mystery tour is dying to take you away...* Eenmaal op de snelweg zette ik de radio zachter en belde Stan.

'Net bij ma geweest,' zei ik zonder introductie.

'Je wordt nog eens de ideale zoon,' zei Stan. 'Hoe is het met haar?'

'Niet zo best. Ze had in bed gepiest...'

Ik hoorde Stan slikken. Toen zei hij: 'Ze moet nu echt naar een verpleeghuis. Desnoods onder dwang.'

'Helemaal mijn idee.'

'Je hebt haar toch niet in haar eigen vuil laten liggen?'

'Je raadt het nooit...'

'Wat raad ik nooit?'

'Ik heb haar in bad gedaan!'

Stan begon te lachen.

'Daarna heb ik haar schone kleren aangetrokken en haar bed verschoond.'

'Mijn broer als ziekenbroeder. Het idee alleen al.' Stans lach ebde weg. 'Om eerlijk te zijn had ik dat nooit achter je gezocht.'

'Ik ook niet,' zei ik.

'We moeten hoognodig praten over haar toekomst.'

'Dat moeten we zeker,' zei ik.

'Zal ik vanavond nog even langsgaan?'

'Toen ik wegging, was ze net in slaap gevallen. Laat haar maar slapen, ze was ontzettend moe. Morgenochtend is vroeg genoeg.'

Terwijl ik Amsterdam naderde had ik alleen nog maar Doris in mijn hoofd. Wat zou ze aanhebben? Zou ze wat tot rust gekomen zijn? Misschien konden we ergens buiten eten, tot laat op een terras aan de witte wijn zitten en dan zij bij mij of ik bij haar. Onder mijn navel jeukte het. Hoe dichter ik de stad naderde, hoe drukker het werd. In tegengestelde richting stond een lange file, ook de drie rijbanen die naar de stad voerden waren met bumper aan bumper rijdende auto's gevuld, maar er zat tenminste beweging in.

Het plein waar ik met Doris had afgesproken, hing als een kniegewricht onder de stad. Bijna al het verkeer dat vanuit het zuiden de stad naderde, passeerde hier. Uit gewoonte las ik de lichtkrant boven het restaurant: Heineken -10,3%, ING -11,6%, KPN -8,4%, Philips -7,5%, Randstad -13,4%... maar de diepere betekenis ervan ontging me. Ik nam de afslag naar het centrum en sloeg meteen daarna linksaf naar de rivier. Vrijwel direct vond ik een plek en parkeerde de auto met de neus naar het water.

Met mijn handen in mijn broekzakken slenterde ik langs het water in de richting van het restaurant. De woonboten lagen twee rijen dik in de kalme rivier: uitgevaren rijnaken en grote vierkante woningen op een betonnen bodem. Tussen de boten en de wal schoten meerkoeten door het water. Aan de overkant van de rivier, op het dak van de roeivereniging, wapperde de Nederlandse vlag. Boven op het uit rode bakstenen opgetrokken brugwachtershuisje hing de vlag van het waterschap, blauwe golven in een wit vlak. Ik liep over de klinkers van de kade, die vol lag met aangemeerde plezierjachten en kleine open roeiboten. In mijn hoofd zeurden The Beatles: *dying to take you away, take you today...*

Ik passeerde uitpuilende terrassen waar gebruinde mensen luidruchtig consumeerden. Bij de brug aangekomen sloeg ik linksaf en liet de rivier achter me. Terwijl ik onder de ijzeren spoorbrug doorliep, raasde er een trein overheen. Links van me was het restaurant. Het terras lag, gescheiden door een haag en een fietspad, aan de rotonde. Auto's draaiden er drie rijen dik omheen. In het midden van de rotonde was een grasveld met daarop, in een kring, grote platanen.

Het was druk op het terras, maar minder druk dan op de terrassen aan de rivier. Ik speurde langs de tafeltjes op zoek naar Doris. Nog niet gearriveerd, constateerde ik. Ik zette me aan de laatste vrije tafel, met zicht op het verkeersplein en graaide naar mijn mobieltje: 17.49 uur en geen berichten. 'Een halveliter graag,' zei ik tegen de serveerster, die zonder me aan te kijken de bestelling kwam opnemen. Haar gedrag deerde me niet, net zomin als het lawaai van de omstanders me stoorde. Ik strekte mijn benen en monsterde vanachter mijn zonnebril de auto's, de fietsers en voetgangers die in een onuitputtelijke stroom langskwamen.

De avondspits was op zijn hoogtepunt. De geur van uitlaatgassen en smeltend asfalt vermengde zich met de warmte van
de namiddag.

'Is deze vrij?' vroeg een man in pak met zijn hand al op de
rugleuning van de stoel.

'Nee,' zei ik. 'Ik verwacht iemand.'

De serveerster bracht me een groot glas bier.

'Ik heb dorst,' zei ik verontschuldigend. 'Het was me het
dagje wel.'

De serveerster haalde haar schouders op en keek naar de
carrousel van auto's. 'Het is zwaar voor iedereen.'

Ik knikte. Ik wilde nog wat zeggen, maar ze was al op weg
naar het volgende tafeltje.

Het glas was halfleeg toen ik banden hoorde gieren en daarna
een klap en glasgerinkel. Direct volgde nog een klap en meer
glasgerinkel. De mensen op het terras stonden op uit hun stoelen en wezen naar de rotonde. Sommigen lachten. Ongepast,
dacht ik, lachen om een ongeluk. Toen meer mensen wezen
en lachten, stond ook ik op. Op twee plekken op de rotonde
waren auto's op elkaar geknald. Meer dan blikschade was er
niet, schatte ik in, maar het verkeer op de rotonde was volledig vastgelopen. Auto's claxonneerden, bestuurders stonden
verontwaardigd naast hun auto, een tram kwam rinkelend tot
stilstand. Stoplichten sprongen vruchteloos op groen, oranje
en rood. Weer zag ik mensen opgewonden naar het grasveld in
het midden van de verkeerschaos wijzen. Toen pas zag ik haar.

Op een houten kistje te midden van de platanen stond Doris. Om haar heupen had ze een laken gewikkeld. De vroege
avondzon scheen juist onder het gebladerte door en zette haar
in een oranje licht. Versteend staarde ik naar haar, ondanks

het bier voelde mijn keel droog aan. 'Ervaringstheater in de publieke ruimte,' mompelde ik. Zonder op of om te kijken verliet ik het terras. Ik drong me door de toeschouwers, kruiste het fietspad, stapte het asfalt op en slalomde langs de stilstaande auto's naar het grasveld. Ik liep onder de bomen door. Binnen de kring platanen was het rustig als in het oog van een tornado.

'Dag Doris,' zei ik en zette mijn zonnebril op mijn voorhoofd.

Ze stond op een appelkist, haar schouders een kwartslag gedraaid ten opzichte van haar heupen en haar hoofd opgeheven naar de kantoortorens die hoog boven het station uit rezen. Haar bovenlijf glansde in de zon, het laken om haar heupen bedekte nog net haar schaamstreek. De welvingen van haar onderbuik liepen dood in het witte linnen. In haar linkerhand had ze een appel, met haar rechterhand hield ze bij de knoop op haar zij het laken vast.

'Zie je, Sterveling,' zei ze zonder haar hoofd naar me te draaien. 'Als mijn machtige hand het wil, staat gans het raderwerk stil. Het is me gelukt! Ik heb de consument tot staan gedwongen. De treinen lopen niet meer, de auto's en de trams zijn vastgelopen. De hele wereld is tot stilstand gekomen en kijk!' Haar hand met de appel wees naar het station. 'Zelfs de tijd staat stil. Het einde der tijden is aangebroken. Het eeuwige nu!'

Ik keek langs haar heen naar de grote klok die tegen de ramen van de hoge stationshal leek geplakt. De wijzers stonden in een rechte lijn op zes uur. Iets verder naar rechts stond een treinstel stil voor het perron.

'Weet je wie ik ben, Sterveling?' vroeg Doris. Ze keek me verwachtingsvol aan.

Ik haalde mijn schouders op en zei: 'Eva?'

Doris lachte schamper. 'Ik zal je helpen. Toen ik me hierop voorbereidde, heb ik voor het perfecte resultaat overwogen mijn armen af te hakken. Praktische bezwaren hebben me weerhouden. Als ik er één afgehakt zou hebben, hoe zou ik dan...' Een flauwe grijns vloog over haar gezicht. 'Weet je nu wie ik ben?'

'Ik heb een sterk vermoeden,' zei ik. 'Mijn complimenten. Je overtreft het voorbeeld.'

Ze grijnsde haar tanden bloot. Toen zei ze met een stem die geen tegenspraak duldde: 'Kleed je uit en kom bij me staan, Sterveling. Ik wil met je versmelten tot een nieuw standbeeld. Tristan en Isolde of Romeo en Julia. Jezus en Maria desnoods.'

Ik keek naar haar. Haar volle mond was vertrokken tot een krampachtige lach. Haar borsten hingen als vruchten in de zon, haar buik bewoog licht onder haar ademhaling. Voor haar was ik bereid tot alles. Terwijl ik de knoopjes van mijn overhemd losmaakte, ging mijn blik omhoog naar de toppen van de platanen. Een blad dwarrelde sloom naar beneden, en toen nog één. Het wordt godzijdank toch gewoon weer herfst, dacht ik. Toen mijn blik zakte, zag ik achter Doris dat de stationsklok twee minuten over zes aanwees. De trein bij het perron trok piepend op.

'Waar wacht je op, Sterveling? Last van plotseling opspelende pleinvrees?'

Ik schudde mijn hoofd en zei: 'Kijk, de tijd loopt weer. De wereld draait gewoon door.'

Ontzet staarde Doris naar de klok. Ze vloekte. In de verte klonken sirenes.

'Ze komen ons halen,' zei ik. 'We moeten weg van hier.'

'Ik denk er niet aan,' zei Doris verontwaardigd. 'De voorstelling is nog niet afgelopen.'

'Je gaat mee,' zei ik.

'Vergeet het maar,' zei ze.

'Nee,' zei ik, 'ik vergeet het niet.' Ik stapte op haar af en nam haar met een zwaai in mijn armen. Ze maaide woedend om zich heen en schopte wild met haar benen, zodat ik haar moest laten vallen. Scheldend spartelde ze in het dorre gras, met het laken half over haar naakte lichaam. Een moment keek ik besluiteloos naar haar. Toen greep ik het linnen en omwikkelde Doris als een mummie. Alleen haar hoofd, schouders en onderbenen staken uit het laken. Ik nam haar opnieuw in mijn armen en klemde haar dicht tegen me aan. Tevergeefs probeerde ze aan mijn greep te ontkomen, haar voeten trappelden in de lucht.

Ik liep onder de bomen door naar de rand van het grasveld. Voorzichtig manoeuvreerde ik het lijf van Doris tussen de stilstaande auto's door. Ik negeerde de schuttingwoorden die vanuit autoramen naar ons geslingerd werden. Zonder dat iemand een vinger naar ons uitstak, bereikten we de overkant van de straat. Ik nam de smalle klinkerweg onder aan de spoordijk. Hier was het rustig, op een enkele verbaasde wandelaar na. Doris had haar pogingen gestaakt zich aan me te ontworstelen en haar hoofd tegen mijn schouder gelegd. We gingen linksaf via een fietstunnel onder het spoor door, een korte gracht langs die in de rivier uitmondde. Ik hijgde als een karrenpaard. Straaltjes zweet liepen langs mijn slapen en op mijn rug vormde zich een ovale vochtplek. Toch dacht ik er niet aan haar los te laten.

'Waar breng je me naartoe, Sterveling?' vroeg Doris. 'Toch niet naar een dokter?'

Ik schudde mijn hoofd.

We staken de straat over en sloegen rechtsaf in de richting

van mijn auto. Ik droeg haar langs de volle terrassen aan het water. Er werd gesist, gefloten en gelachen, maar ik keek niet op of om. Terwijl we over de kade liepen, fluisterde Doris in mijn oor: 'Zullen we niet een stukje over de rivier lopen, Sterveling? Als je erin gelooft, kan het!'